U0832210

作家出版社

The Goblin Times

小妖精时代

丁小二◉著

摄于二零零九 青岛

丁小二，本名丁晓禾

浙江人

中国作家协会会员

曾策划出版张弛《北京病人》等

著有长篇小说《算账》

题　记

《经济学家》2009年11月12日推出年刊“2010年世界”。编辑说：没有多少时间段配得上一个描述性的称谓，如奇迹之年或恐怖之年。但出于某种原因，人们通常认为10年前面应该加一个形容它的名字。牛津大学教授蒂莫西·阿什已经把21世纪第一个10年称为“没有名字的10年”。

本书小妖精一览表

人物	年纪	出生	身份
小妖精	60后	钱塘西湖	老革命后代或艺术家
妖壹	70后	我们老家	军属或下落不明者
妖贰	80后	太湖湖州	美女作家或老板娘
妖叁	70后	皇城北京	老革命后代或大众情人
妖肆	70后	我们老家	反革命后代或中戏人
妖伍	80后	湘水湖南	歌厅女或天堂女
妖陆	70后	皇城北京	报社记者或钉子户
妖柒	80后	不详	川音人或李宇春同学
妖捌	80后	钱塘西湖	大学生或双性恋者
妖玖	80后	不详	餐厅服务员或基督教徒
妖拾	60后	钱塘西湖	舞者或单身贵族
妖拾壹	80后	我们老家	×博士或性学研究者
妖拾贰	不详	不详	不详
妖拾叁	70后	我们老家	干女儿或公务员
妖拾肆	不详	蒙古草原	海关长或老板娘
妖拾伍	80后	黄河西北	杂志记者或将军恋者
妖拾陆	90后	青海湟水	反革命后代或自杀者
妖拾柒	70后	运河扬州	美女作家或自残者
妖拾捌	70后	黄浦上海	美女作家或佛教徒
妖拾玖	70后	不详	公司 CEO 或北大 EMBA
妖贰拾	70后	钱塘西湖	海归精神病学博士或凶手
妖贰壹	70后	我们老家	欠款抵押者或家庭倒戈者
妖贰贰	60后	黄浦上海	偷渡者或海归
妖贰叁	70后	钱塘西湖	古筝国手或女魔头
妖贰肆	不详	我们老家	乡村医生或性瘾者
妖贰伍	不详	不详	硕士二奶或天上人间工作者
妖贰陆	不详	不详	大仙局成员或大胡子神话团成员

人物	年纪	出生	身份
妖贰柒	不详	我们老家	富二代或家庭财富捍卫者
妖贰捌	不详	天府四川	黄局打工者或川菜馆掌门
妖贰玖	90后	蒙古草原	乌兰巴托大学汉语系学生或勤工俭学者
妖叁拾	90后	蒙古草原	乌兰巴托大学汉语系学生或勤工俭学者
妖叁壹	90后	蒙古草原	乌兰巴托大学汉语系学生或勤工俭学者
妖叁贰	90后	蒙古草原	乌兰巴托大学汉语系学生或勤工俭学者
妖叁叁	90后	蒙古草原	乌兰巴托大学汉语系学生或勤工俭学者
妖叁肆	不详	蒙古草原	森林酒吧女
妖叁伍	不详	不详	大四学生或涉嫌杀人犯
妖叁陆	不详	不详	不详或涉嫌诈骗犯
妖叁柒	不详	东瀛日本	日本中国留学生
妖叁捌	不详	不详	美院学生
妖叁玖	80后	我们老家	大学生或豆瓣网“父母皆祸害”小组成员
妖肆拾	不详	我们老家	小保姆或抑郁症患者前妻
妖肆壹	80后	皇城北京	格格后裔或东局杀手

1

小妖精在北京七九八有一个画廊，经营情况不明，好久没有联系，那天她忽然发我一个邮件，算是请柬，说她的画廊改换门庭，诚邀各位朋友大驾光临。现在七九八画廊充塞，共和国的军工厂后现代了，但本质好像没有变，一个车间一个车间，庞大一条流水线，泥沙俱下，是个人都是艺术家，有点像大跃进年代的赛诗会。时尚成为潮流差不多就是恶俗，一般自以为有文化的都不去了，我们没有身份，也不在乎脸面，去也就是见见朋友喝喝酒，顺便捧捧场。

七九八里到处游荡着本城小资外地游客国际友人天下新贵，浑身艺术地晃来晃去，终于把七九八晃成了一个沃尔玛。小妖精原先的画廊，叫什么“妖画廊”，现在一看，改为“江湖牙”，很怪的一个名字，大家都没想到，不知什么意思，我随口读去就是江湖牙医。小妖精杭州人，杭嘉湖一带大家都知道，一方水土一方人，湖光山色多妖精，一贯盛产小妖精的。白娘子、西施女、祝英台、苏小小，一个个都是那里的小妖精；戴望舒的丁香、胡适之的表妹、郁达夫的王映霞、徐志摩的林徽因，一个个都是那里的小妖精，一个一个都把男人搞得神魂颠倒。小妖精们大都喜欢闹事，这一位的闹事在圈里就出了名的，闹出来的动静都让我们记忆犹新。说起来，小妖精不闹事就不是小妖精了，小妖精不闹事天下就没有小妖精了，所以我们大家对小妖精的闹事，基本上一笑了之，没有人当一回事。小妖精的闹事，北京话说就是闹腾，普通话说就是折腾。这回小妖精的折腾，倒是出乎我们大家意料，不折腾总是相似的，折腾起来一次有一次的折腾。

小妖精一袭黑衣，头发剪得像尼姑，端着一杯酒，笑盈盈在门口欢迎大家，寒暄一两句，大家都被小妖精身后的一排模特吸引。看来这是小妖精的精心策划，五个女模五个男模，一排十个，男女间隔，整齐站在小妖精的身后，男的谈不上帅气，女的谈不上靓丽，服装也算不上奇形怪状，仔细看去，整个阵势甚至有点恐怖。十个家伙一律张开大口，一律傻笑，每人将两排大牙呈现在观众眼前，所有的牙齿都染过颜色，除了白色没有，什么颜色都有，换句话说，除了没有白牙，什么牙都有，赤橙黄绿青蓝紫，甚至大红大黑，不知道用的什么材料，把人至关要紧的牙齿搞成这样。所有来宾，都被小妖精的牙模吸引了，都被牙模五彩缤纷的大牙吸引了，好像牙齿成为一个人的首当其冲，他们的长相已经无关紧要了，他们的服装似乎退居幕后了——小妖精拿牙齿当招牌，已经把人类正常的审美彻底颠覆了。

这种搞怪，果然有惊艳效果，看到大家多少有点惊场，小妖精开始招呼大家喝酒。一张原木长条桌上，黑方红方蓝方绿方金方，小妖精真够大方，准备这么多和牙模们一样五彩缤纷的威士忌，外加几大铁桶德国啤酒，这种排场在画廊活动中难得一见——小妖精显然又想鹤立鸡群，一鸣惊人了。牙模们摇身变成招待，托着盘子，以趴体方式，在人群中穿梭，笑口依然常开，一律彬彬有礼，让一向喜欢喝酒的画廊客，在选酒的同时，不得不近距离欣赏他们的那一口花牙。有一个家伙，满口龇牙，一时咧嘴，好像是恶作剧，把一大口洋酒，喷洒到一个女牙模的身上去，那女牙模照旧露齿而笑，愈发显出牙齿的魅力，从而愈发显出女人的妩媚了。这时小妖精站在类似中堂的那面大墙下，扬手举杯，准备致辞了。很多人这才发现，小妖精背后的白墙上也有一副巨大的花牙，没有头脸，突兀一张嘴，变形的夸张主要体现在上牙床，最突出的两颗大门牙上：一颗金牙上画着一张美元大钞，一颗金牙上画着一张百元人民币，横空出世，好像在炫耀，嘴巴就是金钱。整体看上去，那一口一排的巨大彩牙好像百花齐放，让人眼花缭乱，给人以强烈的视觉冲击，不少人都在倒吸一口凉气。有人拿镜头对准那幅荒诞的花牙海报，几个小报记者则准备录音了。大家都知道，从以往的故事看，甚至从中国当代艺术史的走向看，小妖精也不是一盏省油的灯，大小都有点新闻价值，说不定什么时候，就会闹出一件怪事来。

人声嘈杂中，小妖精开始说话，开口就说，为诸位朋友和老师，光临寒舍“江湖牙”，干杯。人群中大都是熟人，一片起哄声中，小妖精把自己杯中酒一口干完，喘一口气，咂一下嘴，然后说，大家都知道，今天人们对于人体上的时尚，已经山穷水尽，可以开发的地方，统统都开发了。从头上开始说起吧，小妖精把自己当成一个人体模特，现身说法，拿一只手从上指到下，大家看着小妖精，像千手观音，翩翩起舞，手到之处，小妖精的全身就一一暴露在大家面前了——头发、面孔、眉毛、眼皮、鼻尖、鼻梁、鼻翼、鼻孔、嘴巴、嘴唇、舌尖、耳朵、脖子、胸膛、肚皮、脐眼、背脊、肩膀、手臂、手腕、手背、手掌、手指甲、屁股、大腿、膝盖、小腿、脚踝、脚趾甲……

小妖精最后说：“大家想想，我没有漏掉什么地方吧？”

有人立刻大叫：“女人最重要的东西，怎么不见了啊，乳房呢，女人的乳房，艺术的重镇啊，彩绘的，纹身的，刺青的，五花八门，多了去了。”

有人马上跟进：“还有，比乳房更重要的东西，艺术的重中之重，女人最隐蔽的地方，女人的私处，在那个地方挂各种各样的饰物。南非还有挂两个金属圈的，一边一个，就差一把铜锁了，哇塞。”

一个女同胞，似乎也不愿落后男同志，声音不羞涩：“女人的三角区，早已是纹身的时尚密码区，你们都没见过吧，走进一些高档会所女宾部，那种百花齐放啊，把你眼睛都看花，一双眼睛绝对不够用，好看哦。”

又一个女的，声音很平静：“我补充，男人的胸毛，有奥斯卡影帝把胸毛剃成乱七八糟，据说为环保，抗议人类对森林的乱砍乱伐。”

小妖精拿自己的身体故意挑逗，气氛一下子就热烈起来。一片哄笑中，小妖精又喝了一杯酒，声压四座说，没错没错，如今这年头，尤其是女性，凡是可以上色彩的地方，都上了；凡是可以画东西的地方，都画了；凡是可以挂饰品的地方，都挂了。八仙过海，千奇百怪，好像不变成妖精，就誓不甘休，一个个都在比个性——一个人走在大街上，或者脱光在可以赤身裸体的场所，唯恐没有回头率。总之啊，一个人的身体上，已经体无完肤了，千疮百孔了，万紫千红了，甚至见缝插针的地方都没了。一个人体，就是一个美术馆，这就是艺术上的与时俱进啊，大家同意我的说法吗？

有人拍了几下巴掌，有人吹起捣乱口哨，更多的是暧昧笑声。小妖精要了第三杯酒，又要求和大家一口干完——这种喝酒的勇气让人生疑，好像有点疯——小妖精居然潇洒一口闷，然后又说，但是，上帝造人，人体无穷。今天在座的，不是搞艺术的，也是懂艺术的，或者说和艺术有关系的，大家都知道，一个艺术家，最重要的就是创新，没有做不到，只有想不到。大家都看见了，我这个“江湖牙”，就是要开发人体时尚的最后一块处女地——要把牙齿艺术，或者叫牙齿彩绘艺术，向全中国推广，向全世界推广；要把人类的牙齿，搞成丰富多彩，搞成大千世界。“江湖牙”的宗旨，就是一个：武装到牙齿，解放全人类。让人类千篇一律千年不变的白牙，在地球上消失。我这里就是武装到牙齿的根据地，我就是一个“江湖牙医”。

说到这里，大家看见小妖精神采飞扬，有人在笑，有人在窃窃私语，也有人在私底下骂：真是一个神经病。小妖精还没完，小妖精说，大家都知道，有个著名作家，曾经是个牙医，后来变成作家，以为很时尚，以为很成功。那是老掉牙啦，风水轮流转。现在的时尚，是把画家变回牙医，把艺术画廊变成牙医诊所，这一点大家没想到吧？大家可以想想，如果追求时尚的少男少女，讲究时尚的青年男女，甚至学习时尚的老头老太，一万个人里有一个要绘牙，一个人有一颗或者两颗要绘牙，中国有多少人，世界有多少人，人类牙齿有多少颗，数都没法数啊！那是一个多么大的产业啊，说是改变人类的伟大产业，说是艺术彻底改变人类，也不是耸人听闻，呵呵。还有，即便不喜欢时尚的人，因为牙齿不好，不是黑，就是黄，牙齿不好的十有八九，牙齿难看，破坏自己形象不说，影响市容市貌那是夸张，至少影响以牙会友吧，这些人是有苦难言啊。这些人只能模仿古代美女，笑不露齿，可怜兮兮，这些人来绘牙，一绘遮百丑，一举两得哦。当然，除了观念转变之外，还需要科学，还需要技术，还需要材料，还需要营销。不管大家信不信，我反正相信一句话，人有多大胆，地有多大产。今天我的“江湖牙”算是开张，明天开始，我马上动手三件事情。第一，改变世界，从我做起，今天我没绘牙，怕你们被吓着，所以先用牙模，给大家一个示范，明天我就没有白牙了。第二，我已经叫我的经纪人，起草了关于牙绘专利权的国家申请，包括染料的配方与生产，无毒无嗅无味，这是我和中科院所属的、著名的全国牙绘组，长达几年的开发成果，三年不掉色，五年包护理，办个 VIP，终生保修。这毫无疑义是一个发明，我要保护自己的知识产权，以后还要取得世界各国的注册，这是有五千年悠久历史的中国人的伟大发明。古代四大发明自己基本都没用的历史，在我们这一代，要永远结束了；我以前作品被人欺世盗名的历史，也永远结束了。小妖精说到这里，大家一阵沉默，看来小妖精今天是有备而来，有延续从前辉煌的意思，也有继续拨乱反正的意思。小妖精停顿了一下，环视一圈听众后，继续说，第三，我即将完成我的牙绘画谱，大概有一千零一页，分成十个序列，这仅仅是第一部，这是专利的附本。不要小看这个附本，这是人类历史上第一部牙绘画谱，它的重大意义，绝不小于敦煌壁画，本妖精不是开天辟地，也是独一无二。总而言之，从今以后，我将改变艺术方向，毕生致力于牙齿艺术，以牙还牙，以牙会友。我的话完了，请大家继续喝酒，随便喝啊，谢谢大家。

那天我走得早，据说小妖精近乎疯狂的演说之后，一批好酒之徒，摇身变成好色之徒，借观摩花牙之名，把开幕酒会喝成花酒开幕，把那几个女牙模灌得差不多之后，当着小妖精的面拉拉扯扯搂搂抱抱了。花牙居然有迷乱性情的功能，这一点恐怕连小妖精自己都没想到。小妖精好像也自身难保，扭来扭去和男牙模跳起拉丁舞来。据说闹到凌晨三四点，把七九八的保安都招来了。

妖言一曰

武装到牙齿，解放全人类。

以牙还牙，以牙会友。

壹

江南生产小妖精，北京物流小妖精，流行小妖精，营销小妖精。物流、流行、营销，这些听起来很商业化的词汇，说明这年头的人才流动，完全是市场化运作，市场这只大黑手，冥冥中就把小妖精调控得晕头转向，传说现在南方的小妖精都跑北京去了。八百年皇都，多少政权更迭，多少官宦当道，一朝天子一朝妃，多少公主，多少宫女，多少二奶，多少小三，红颜飘逝，散落民间，化为孤魂野鬼，半城戾气半城妖，北京天生小妖精摇篮，演绎不尽小妖精的前世与今生。按理，中国地域宽广，哪里都有小妖精，四川有四川的小妖精，湖南有湖南的小妖精，川妹子，湘妹子，都是别处没有的妹子。倒是没听说过东北有什么小妖精，大概同那里女孩发育的土壤、成长的气候、长成的身材，甚至同那里风靡的二人转，转来转去转不出东北，也有什么扯不清的关系。上海小妖精按理可以有，上海滩的女孩，本来就具备一种小妖精气象，可能是上海方言的关系，把好端端的小妖精叫成狐狸精——看来天生不流行小妖精，只能说小妖精的变种了。有一个时期，深圳聚集大量小妖精，据说一眼望去，满大街乌压压全是，毕竟舞台太小，难以施展身手，霎时大举北上了。如此一考察，唯有北京名正言顺小妖精大本营，成为小妖精神出鬼没之地。

小妖精不是白骨精——白领骨干精英，说起来好听，实际上充满死人气息，单位确实也像一口大棺材，不管什么体制，各有各的死沉，不喜庆不吉利。小妖精也不是剩女——剩女充塞活口味道，搞得像剩菜剩饭似的，像满大街的垃圾，不人性不人道。所以，小妖精就是小妖精，没法概括的，无可替代的，那天我在北京一个饭局上，遇见我们老家一小妖精，就让我刮目相看。为保护隐私，就化名为妖壹吧，以后各位，依照顺序，也一并数字化处理了——不是说要把人当成数字，不把人当人看，实在社会已经数字化，谢绝有人对“妖”入座。

妖壹我们老相识，相貌不用说，明眸皓齿，笑也露齿，而且笑起来很正气的样子，没有一丝邪念，这就让哪怕有一丝邪念的男人，自动退避三舍，像莲之出淤泥而不染，濯清涟而不妖，可远观而不可亵玩焉。妖壹很阳光，我印象中，她对所有男人都很阳光，都笑也露齿，阳光得看不出已经是一个五岁男孩的母亲了。小孩的父亲是我们老家野战军的一个汽车营长，就是说妖壹的老公是军人，妖壹是军婚，军婚更比莲花，即便眼红，也不可近前的。野战军总是出现在战略要地，野战军真是一个让人充满想象力的地方，据说妖壹和野战军的关系很好，从首长到警卫，从战士到炊事，所以她办的那个企业，和军方有关，和警方有关，一个专门经营监控系统的公司，军民鱼水情，小妖精如鱼得水。小妖精和地方上的关系当然也不错，经常在军方和地方之间鱼水一番，共建然后双赢，她甚至是地方一个什么个体协会的副会长，会长是工商局长兼任的。所以，妖壹的事业蒸蒸日上，产业多大不知道，住水景豪宅，开军牌吉普，大家都有目共睹的，至少我没有见过一个小妖精，把企业和家庭同时搞得这么风生水起。有时我回老家，朋友就把她当成一个地方的花瓶，一个地方的面子，请她一起来喝酒，军民联欢一番。她往往在电话里笑也露齿，呵呵，今天她要和省军区来的某司令吃饭；呵呵，今天要和旅长团长晚宴——明天吧，明天吧，明天我请你们，国贸大厦25层007，就这样定了啊。有一次，妖壹居然带来十几个兵，一排铁塔，呼拥而来，像穆桂英挂帅，像花木兰从军。这种饭局阵势，在任何地方出现，都雄壮威武，都吓人一跳；喝起酒来，一律部队作风，一个命令一个，官大一级压死人。妖壹俨然压寨夫人，在她的指挥调度下，把我们地方杂牌军打得落花流水，有个别同志甚至屁滚尿流，不辨东西，不知道滚到什么地方去了。妖壹好比刀切豆腐，部队吃香，社会吃香，军中一枝花，地方一朵花，军民团结如一人，试看天下谁能敌。第二天，那个屁滚尿流同志——我们老家一个著名花痴诗人，一大早出现在我面前，已然恢复花痴的诗兴，在我面前激情飞扬。我唯唯诺诺，不懂诗也不敢不看。诗说：

总有一种感冒，让我们患上甲流。
总有一种声音，让我们浑身颤抖。
总有一种力量，让我们屁滚尿流。
总有一种记忆，让我们不堪回首。
总有一种风景，让我们灵魂游走。
总有一种女人，让我们万古消愁。

那天的北京饭局，妖壹喝酒很阳光，顺便很阳光地谈起她最近在北京有一个大项目，大概准备上市，已经准备大半年了，她马上要在北京 CBD 有一个基地总部了。这次来，一个是跑马圈地，一个是挖掘人才，上市需要很多专家顾问的，上市公司需要很多精英人才的。她没有说投资多少，没有透露投资方任何细节，该阳光时阳光，该隐秘时隐秘，妖壹严守商业机密，看来钱已经不是一个问题，而且下一步准备去美国，去纽约设一个总部。我没想到，没几年工夫，我们这帮老男人还在北京瞎混，老家一个小妖精已经开始在北京上市，准备去国外开拓市场了。席间有一海归朋友高博士听了就比较兴奋，谈起美国现在的投资环境，又顺便谈起他在纽约郊区新泽西有一住宅，回来时正逢金融危机，原来五百万的现在二百五都没人要，那么一个漂亮房子，差不多要沦为一个成功海归在美国的遗址了。妖壹比高博士更兴奋，不是笑而露齿的事情了，是合不拢嘴的事情了，好像她完全可以利用金融危机去美国抄底了，好像那住宅已经划归她的名下了。妖壹说好啊好啊，我最喜欢纽约了，纽约我们已经在考虑了，有什么资料，让我看看吗？高博士说，我正要回去一趟，这位正好也要去玩——朋友指了指我——让他回来带你一套，图片啊图纸啊什么都有。妖壹说，这次她太忙，要看房，要看人，要和许多头面人物会晤，很多线都是从军方过来的，不去都不好意思的，她要面试很多人，说起来是北大清华，很多人也都有军队背景，一个都不能马虎的，办完事马上要赶回去，一个月后再上来，到时不要忘了哦。我说你忙你忙，房子算我替你去看了，我可以为你拍一些照片回来——意思是作为朋友，两边都是朋友，我当然可以牵线。那天的饭局，俨然一个商贸洽谈会，有缘千里来相会，把大家都搞得情意绵绵。

高博士的美国住宅，果然是一座美丽乡间别墅，背靠森林，面向大海，春不暖花也开，海不阔鸟也飞，环境好得一塌糊涂。更让人无法想象的是，这座房子是高博士凭借一己之力拔地而起的。他买下一处破旧老房，自己重新规划，一人独立施工，推倒四墙，挖地三尺，披星戴月，愚公移山，花了整整一年时间，一座美式别墅巍然屹立，房屋面积徒然扩大了一倍。谁也没有想到，一个美术博士，居然精通建筑，设计师兼工程师兼木匠兼小工，显示昔日一个中国知识青年上山下乡的深厚功底，最终在美利坚修成正果。一个男人在世界上怎么混，美国一名宇航员在太空俯瞰地球时，只看见一个黑乎乎圆乎乎的怪物，上不着天下不着地悬浮在那里，顿悟人类的空虚，需要赶紧去做事——换一次尿布，跑一次马拉松，造一所房子，写一本书。中国前知青高博士，对比美国宇航员的做人标杆，不但已经达标，而且已经超标，他在美国豪宅开了一个烧烤“大趴踢”，欢迎国内同胞。高博士看见我们对房子的啧啧称奇，苦笑举杯说，房子造到美国，无法搬回中国，经济危机一来，卖掉没人接盘，租掉都很困难，不住就是一座死宅，维护费用也不少，变成一种拖累了，有时候失败就是成功，有时候成功就是失败，这个世道，混来混去，都没个准，呵呵。

一个月过去，纽约回来后，我如约给妖壹电话，妖壹说，你的电话好像长了眼睛，她正在去机场的路上呢。停顿一下，她压低声音说，只是现在她身体有点问题，可能先要去一下医院，声音听起来真好像有点问题，好像没有从前的阳光灿烂。我记挂朋友的房子，也记挂妖壹的身子，再打电话时，一遍没人接，两遍没人接，从下午打到傍晚，不知道打了多少遍，终于有人接了，大概是妖壹的助理。助理说，妖总不方便电话，没多说一句，马上就挂了。

和妖壹约好的那个电话，我一直没有打通，后来永远打不通了。后来，我回老家，问一个最接近妖壹的朋友，他说妖壹就是去北京的路上消失的，听说是急症，据说大出血，具体都不清楚，可能转道去医院吧，朋友吞吞吐吐，最后甚至支吾起来，好像出了什么大问题，我也不便细问了。我直到现在还在疑惑，妖壹还活在这个世界上是肯定的，活着为什么要人间蒸发呢？又不是毁容，又不是脑残，又没人劫财，又没人劫色，为什么不能见见人，甚至通上一个电话呢？大事也罢，小事也罢，事情成不成，和其他人都没有什么关系；朋友也罢，老乡也罢，混得好不好，和其他人也是没有什么关系的。

至于高博士那座别墅，原本就和妖壹没有一点关系，也许就是一句饭局戏言，中国人现在的谎话如流星锤，谁都出口成章的，不用打草稿的。

只是海归高博士同志比较认真，按美国人的行为方式，精心准备了一整套别墅资料，厚厚一大摞，至今还在我这里；我也拍了不少照片，很占地盘地存在电脑里。我现在想，我只能感慨地想想，也许小妖精就是小妖精，小妖精只能做小妖精事，小妖精做出什么怪事，大家都可以见怪不怪，小妖精要做什么大事，可能命中还没有注定——生命中不能承受之重。

妖壹就这样，在北京神出一次，第二次就鬼没了。

妖言二曰

最近在北京有个大项目。

好啊好啊，我最喜欢纽约了。

2

我和小妖精断断续续的交往，大都因为老青皮，老青皮算哥们。我的许多朋友，不知道什么原因，都喜欢小妖精一类，弄得我也魂不守舍，一看到小妖精，就睁大眼睛。老青皮和小妖精，莫名其妙地结婚，莫名其妙地离婚，之间相隔十五年。说起来，我们三个算校友，不同系不同级：小妖精雕塑系，老青皮油画系，我书法系——浙江美院最不景气一个系。他们两位在美术界好歹已混出点名气，我至今依旧靠写一些大字小字，卖字度日——没办法，最民族的东西，最不能走向世界。他们离婚之后，老青皮来无踪去无影，偶尔在饭局遇见，也是互相点点头，笑一笑，干几杯了事。他好像已没有当年的激情，完全脱胎换骨，另一副模样了。从前酒后的夸夸其谈已经不再，一脸的看破红尘，浑身不屑一顾，要么一声不吭，要么半途消失，要么伏案而睡，有时候饭局上人都走光了，他还在呼呼大睡。

老青皮同以前判若两人，以前也有酒喝多的时候，以前的酒后亢奋，花样很多的。我们的饭局，大都一些画家作家艺术家，诗人艺人媒体人，饱汉饿汉流浪汉，小朋友小可爱小骚×，小家碧玉大家闺秀半老徐娘，名门之后满清遗少，也会有几个假老外真老外，偶尔碰到一两个大明星大名人，也不是没有可能的，有时候能从三五人喝成一二十个人。铁打的饭局，流水的食客，走马灯似的，不管今天谁买单，蹭吃蹭喝，顺便蹭妞，或者反其道蹭个男人。食客一个个人模人样，看起来素质都不错，混杂一起就基本没什么好事，唯恐天下不乱。说起来，老青皮之流的酒后表现，大都老一套，基本是一个“拆迁办”，意思是饭局的本质就是一个男女拆迁办公会，红男绿女灯红酒绿，男的眼睛发绿，女的面若桃花，彼此寻寻觅觅，最后在灯火阑珊处，勾搭成奸。

正经说起来，饭局肯定不是什么好地方，去多了对家庭幸福肯定不利。可饭局的开场，往往很文化，酒过三巡，一个人或几个人，从贴身胸前或裤腰带上，甚至从一个意想不到的地方，变戏法似的掏出一块玉或几块玉，造型怪异，牛头马面，你就断断年代吧。明清的玩意太没档次了，红山文化或良渚文化，石器时代或者玉器时代，没有五千年的东西，根本就不好玩，就算一年一块钱，算算多少钱吧。一个古怪精灵的东西，一个跟随死人的葬物或陪伴过无数死人的玩物，一个相貌与出生都非常可疑的家伙，就带着不可知的历史，在饭局上鬼头鬼脑妖光四射，搞得饭局上有钱的没钱的，诺大一圈人都很自卑，不敢正眼看那宝贝，看了也不懂。

有时候，没有高古的玉，就玩现代的诗，一个诗人或者伪诗人忽然站起来，表情很严肃，目中无人，慷慨激昂，大声朗诵道——为什么我的眼里常含泪水，为什么我见到这块土地就要恶心，今夜我不关心人类，我只想你……让人无端感动，这年头饭局上居然还有诗。诗真是一个好东西，永远在某一个阴暗角落里长生不老，阴笑着拭目以待，无论何时何地，随便一铺垫，情感就充沛，然后就有人顺着诗的阶梯居高不下，诗意顺势一转，就转到在场某位美女身上去了。说美女的那个男朋友，那个同仁医院的眼科大夫或牙科大夫，最近好像很多事，一些风流的韵事，一些小道的消息，真的也有假的也有，虚虚实实——总之是说坏话，以拆散人家为己任——最后说，你怎么还在和他混啊，真是一个不景气。这是一个考验你心理承受力的问题，是一个测试你智商情商的问题，大庭广众，你得有一个态度，态度好或者不好，无所谓或有所谓，都会是一个陷阱，都有被羞辱的可能。“拆迁”的过程，开始貌似一个审判的过程，渐渐过渡到一个调情的过程，最后演变成一个传达暧昧的过程，看看有无什么破绽。如果你一开始就急了，无数大灰狼就笑了，“拆迁办”就有希望了。

“拆迁办”的另一招，就是直接去勾引，勾引的方法也老套，看似随便拉起身旁一位姑娘的手，其实早就看准时机，以看手相下手。黑手不看，老手不看，枯手不看，糙手也是不看的；白手起家，把一双白嫩的手，翻过来翻过去，揉过来揉过去，不是眼睛眯成一条缝，就是眼珠子马上要掉出来，一副通灵者模样，然后以预言家口吻，谈一些搞来搞去的人生哲理。

看手相是肌肤之亲，谈人生是情感攻势，最后暗示到位，达成默契，伺机拿下。有时候明明身边不是女的，或者算不上美女，趁着酒局混乱，不知什么时候就转移到一个美女身边去了。

不看相的时候，一般就去打电话，把手机里的美女挨个打一遍，都是一些动迁过的对象，这项工作随酒喝得高低程度而定，一般起码要两个小时。听说有的老美女有经验了，晚上十点以后一看是老青皮，一般都不接的；新美女不明就理或者正中下怀，犹抱琵琶或半推半就，一接之后恐怕就有什么好戏了。有时候一个打不通也是有的，那就接着打，非打通不可，那就要超过两小时——工程无端浩大了，加班到天亮，也是有可能的。有时候明明看他打通了，实际上又没有什么动静，不知道叽里咕噜说些什么，好像准备彻夜长谈。

有一次，可能手气不好，可能酒后乱性，号码翻来翻去，电话打来打去，结果打到小妖精那边去了。接电话的是一个男的，那男的说，你老婆酒喝多了，回不去了，在我这里睡着呢。老青皮好像酒一下子醒过来，立刻站起来，说在哪里，我去接她。老青皮一般不会接小妖精的，他们都是自己有自己的饭局，老公喝老公的，老婆喝老婆的，井水不犯河水，现在听到一个男声，就觉得事情有蹊跷，而且已经在睡了。那男的说，我也不知道在哪里，我搞不清楚在哪里。老青皮说，朋友，拜托你把他送到东三环长虹桥辅路 16 号食堂，谢谢你谢谢你，来了咱们一起喝酒。那男的说，凭什么要我送啊，我要送，她可能还不愿意呢。这一下事情清楚了，那家伙的口气，显然不把他这个老公放在眼里，简直是公开的挑逗。老青皮一听就火了，事实上男人大概都受不了这种侮辱，都会火冒三丈的。你妈的，老青皮一声大吼，左手拿着手机，力量大的右手正好空着，抓起眼前一只酒杯，猛地往桌上砸去。酒杯当然碎了，他手上的皮肉好像也碎了，血一滴一滴。那天我坐在老青皮对面，他一边说着，一边传达给大家听，他俨然一个受害者了，光天化日遇到一个劫匪了，而且劫的是女色，劫的是自己的老婆，他现在正在和色胆包天的劫匪谈判呢。在他准备砸第二个酒杯的时候，身边有人将那只半空中的手抓住了，一桌子的狐朋狗友这时才看清楚一桌子的血，纷纷摩拳擦掌，准备去营救小妖精。可小妖精在哪里呢？

大家面面相觑，一段时间沉默之后，小妖精在电话里哈哈大笑，原来她在手机里新装了一款变声软件，把她的女声变成男声了，她当然知道老青皮酒后爱打美女电话的爱好，早有预谋报复一下了。大概听见玻璃砸桌的响声，听见大家见血的叫声，沉住一段气之后，知道事情搞大了，她的报复成功了，就在电话里笑了。老青皮对着电话骂了一句婊子养的，自己跑到医院去缝针了。小妖精和老青皮，就是这样的关系，要么长期冷战，要么短兵相接，要么一个突然袭击的互相报复。所以，总的说来，离婚对于老青皮来说，并非什么不好的事，说起来早就该离了，离了大家都解脱了。

妖言三日

你老婆酒喝多了，回不去了，在我这里睡着呢。

凭什么要我送啊，我要送，她可能还不愿意呢。

贰

小妖精算60后，妖壹算70后，妖贰就是80后了。现在90后都出来混了，夜店里随便一问，就是一个90后，会吓你一跳，不敢碰她的手。当然也有混得好的，在奥运会上争金夺银的，就有不少90后，尤其女游泳女速滑之类，让人感叹这年头的阴盛阳衰。长江后浪前浪，妖精一代一代，不过80后小妖精的心态很奇怪：妖贰就笑90后，慢慢混吧，你们还早；妖贰也笑70后，一眼看去，全是怨妇。妖贰显然以偏概全，不过对80后小妖精，我们一点搞不懂。

妖贰湖州人，正宗杭嘉湖，我们经常笑她是湖妖，她对湖妖的称呼很满意，一点不生气，好像是褒奖。妖贰也学美术，不过更喜欢文学——文学女青年在学校里容易闹事——据说大四那年闹了一场轰动校园的恋爱，莫名其妙地被除名了，不过文凭还是被她搞出来了，看来还是有点活动能量的。小妖精肄业或毕业后，索性夜以继日写小说，我和她认识，就是因为文学。文学这个东西，不管好不好，好像一张通行证，在圈子里面是可以流通的，也好像排球运动，一传二传之后，就可以变出很多打法，造成各种各样的结果。杭州的杨文学，把妖贰介绍给上海的程编辑，上海的程编辑就把妖贰介绍给我了。杨文学很好客，程编辑很好客，朋友们到杭州去，到上海去，都喜欢找他们，他们接待朋友的不厌其烦，接待程序的吃喝玩一条龙，全国都著名的。我们都称他们为地下文联秘书长，把两个地方的地面文联搞得形同虚设，好像整个长三角都是他们两位主动承包的。按理我和文学没什么关系，因为我认识几个书商，程编辑就说，妖贰的小说，题目不错，《群居的蟑螂》，写得也不错，要写出时代的荒诞是不容易的，妖贰还是有点才气的，但这个小说的妖气太重，不适合他们杂志，书商没准会喜欢，搞不好，一本畅销书也有可能的。在上海一条弄堂深处，在一个很适合推出小妖精的小饭局里，在老酒的微醺和灯光的暧昧之下，杨文学和程编辑，两位很正式地把妖贰推到我面前了。我一看妖贰，狐眉花眼，水灵灵果然一个湖水里泡出来的湖妖，长相和打扮完全符合80后小妖精标准，一个小才女身上所具备的素质，也好像哪里都不缺，该大的地方大，该小的地方小，只是笑起来似乎妖雾弥漫。

我把妖贰的小说推荐给丁书商。丁书商也算半个文化人，所以妖贰的小说出版，从杨文学到程编辑到丁书商，一路下来，顺理成章了。妖贰因为这本书，混出了一点小名气，因为这个小名气，后来嫁了一个老诗人，从此在文坛就很有名气了。后来在杭州的一个文学饭局上，大家很自然要谈到妖贰。我私下以为，杨文学是一传手，程编辑是二传手，丁书商是四传手，我充其量一个三传手罢了。不料从老家出去、成名北京的女作家，好像没人不认识，大家谈起妖贰，气氛好像很热烈，都说早在哪年哪年，他们就看过妖贰的小说，最早大概是丁一，丁一介绍给王二，王二介绍给张三，张三介绍给李四，李四之后还有三五个人，最后才是杨文学。我听来听去，这个路线图错综复杂，完全一个小妖精编年史，完全可以把人搞晕的，暗中一算，我起码在十传手之后了，换句话说妖贰这个小妖精的成功，没有我一点事的，一点份都没有的。这当然是开玩笑，但说明一个问题：一个小妖精在这个世界上的诞生，和男人是分不开的；一个成功的小妖精，背后起码十个老男人。不是说老男人有什么厉害，是妖贰有活动老男人的能量，况且文学本来就是一种活动。

丁书商出了妖贰的书后，有一天办公室走进来妖贰，妖贰在丁书商的公司里视察了一番，开门见山对丁书商说，你们这里很不错嘛，我到你们这里来上班，好不好啊，我当个小编辑，还是可以的吧，我拿个几千块，还是不算多的吧。丁书商对妖贰在北京方庄的公司里突然出现，有点不适应，刚想打哈哈，妖贰又说了，妖贰说她已经在方庄租好房子了，就在距离公司不到一百米的地方。丁书商这回有点吃惊了，这个妖贰真是神出鬼没啊，跑到北京没有电话，跑到方庄没有电话，跑到公司还是没有电话，一路自信到山前，好像有路必有丰田车，这种风格没法弄的。丁书商也开门见山了，丁书商说，你会写小说，不一定就会当编辑，你会当编辑，不一定就当得好。丁书商接下来半开玩笑半当真，说你这种小妖精跑到公司来，大闹天宫一样，公司肯定要乱套，估计公司离倒闭就不远了，拜托你啦。妖贰就这个好，怎么说无所谓，说什么不生气，妖贰看起来真是一个好脾气，妖贰笑眯眯说，我哪有这么大本事，把你们公司搞倒闭，我要么不工作，我工作起来很认真的，我什么工作都会做的，分配什么干什么，我随便的。说完一脸天真望着丁书商，搞得丁书商居然有点不好意思起来，一个资深书商的老脸皮，居然让一个小妖精的厚脸皮，搞出一点红晕来了。妖贰乘胜追击，又一脸认真，开始和老前辈谈结婚生小孩了。妖贰说，她还是很传统的，她的遗传主要是奶奶，隔代遗传太神奇了，奶奶生了很多小孩，八九个十来个吧，所以她也喜欢生小孩的。就是喜欢生小孩，喜欢得不得了，她可以不结婚，但小孩是必须生的，和谁生无所谓，爸爸可以不要的，小孩生出来就可以了，我自己一个人会带的。

估计丁书商就是被妖贰这种“无爸小孩论”给提醒了，他开始带着妖贰在北京的各种饭局出现。一个新鲜小妖精在饭局的出现，总是让许多人眼睛一亮，听说妖贰在北京一呆不走，生活费就出现问题了，妖贰每天跟着丁书商去饭局，当然也不说她还有一点稿费没结清，算算时间也快到了。最重要的方面，我们认为是丁书商被吓着了，赶紧为妖贰找一个下家，爱谁谁了，他就可以脱身了—— 一个小妖精在饭局混没问题，在单位天天招摇就麻烦了——说起来书商基本是奸商。这当然是我们的恻隐之心，没有什么根据的，好在北京的场子大，每天的饭局赶都赶不过来——北京的饭局，大家都知道，有时真的就像一场排球运动，小妖精被传来传去，最后总有人接手的。换句话说，男人们对小妖精总是刮目相看，小妖精要找个男人很容易的，小妖精在找男人方面，总是得心应手。妖贰运气果然不错，她遇上一位朦胧诗人了。关于运气问题，有人持不同意见，说一个黄花小姑娘，嫁给一个黄昏老帮菜，亏死了；有人不以为然，妖贰不是嫁老公，妖贰是嫁诗人，嫁文学，以后妖贰前途无量啦。朦胧诗人50后，鹤发童颜，一脸刚毅，是一个天不怕地不怕的强势男人，也是我们大家的朋友，我们大家都很尊重他，说起来他也是诗歌江湖的老大。老大敢于接手妖贰，这是水到渠成的事情，不过老大比妖贰大了整整三十岁，而且有一个上初中的女儿，一个据说老早要离婚、不知离了没有的老婆。

运气不运气，大家都瞎说，后来也没见妖贰在文学上有什么无量表现，朦胧诗人也没有在文学上对妖贰有什么重要贡献，我们大家深感佩服的是，诗人居然敢空手套白狼，或者说，朦胧套湖妖，不能不说是妖精史上的成功案例。我们大家有目共睹的是，妖贰为朦胧诗人生了两个小孩，一男一女，金童玉女。这让我们大家都很羡慕：老夫少妻已经够美了，老来又得双子星座，朦胧诗人艳福不浅，后福无穷啊，这年头像他这个年纪，计划生育政策一以贯之，谁有三个小孩啊，估计全中国都难找。当然现存的朦胧诗人也不多了，自杀的自杀，出国的出国，收编的收编，发财的发财，一个两手空空坚守本土的朦胧诗人，上帝馈赠一个小妖精，说起来也名正言顺。大多数时候，朦胧诗人也一脸幸福，饭局进行到差不多光景，电话里经常宝啊宝的——宝是诗人对妖贰的昵称——我们一听就知道是妖贰。妖贰经常会搞一下老房东查铺的，一场饭局没有几个电话追过来，饭局是不会结束的——朦胧诗人老帅哥，名气大，交游广，很多女孩喜欢的。一次查房完毕，我们和朦胧诗人开玩笑，朦胧诗人干了一杯酒，叹了一口朦胧之气说，我现在哪敢有女朋友啊，我现在一听到女声电话，吓都吓死，赶紧就挂，一看到女的短信，没看完就删。朦胧诗人说，就为女声电话，妖贰失踪起码四五次，自杀不只一两次，一次割腕，一次上吊，一次爬到大街的人行天桥上，不是农民工讨薪那种装神弄鬼，是整个人真的飘飘欲仙在天桥上，两只脚悬挂在车水马龙之上，两只手抓着铁栏，摇摇欲坠，马上要松开的样子。真掉下去，死了也罢；搞成残废，怎么弄啊？那天朦胧诗人紧紧抓住妖贰即将脱手的双手，诗意全无，脑子朦胧，一把老骨头眼看就要虚脱，桥下一个候客的出租司机，在下面看得惊心动魄，气喘吁吁赶到了。

妖贰以死相许搞定朦胧诗人之后，把已经上幼儿园的儿子留给诗人，把两岁的女儿交给湖州的父母，自己一个人跑到杭州开酒吧去了。我们去杭州，自然要去酒吧捧场。妖贰给我一张名片，公司很长一串名字，我一眼没记住，只记得以香港打头的，可能是某港商的投资。妖贰回答大家的疑问振振有辞，老头子没有工作没有钱，诗歌又不能当饭吃，我们靠什么活啊？酒吧现在的经营状况不知道，听说妖贰最近又有新动向，很认真对朦胧诗人说起生小孩的事，说美国有一个超级妖精，生了六个小孩后，选择人工体外受精，成功生下八胞胎，加起来一共十四个小孩，全世界出名，每天接受采访，超级妖精开出的采访费，每天五万美元，按天计价，听说半年的计划都排满了。各地捐赠的东西更不得了，儿童运动器材以吨计算，十几辆玩具卡车，几百个玩具球、熊、公仔、猴子、魔兽、洋娃娃……后院里一半地面铺上人造草皮，有一个健身器材馆，四个秋千，数不清的踏板车和自行车，比一个幼儿园还大。那八个小宝宝，有八个奶妈志愿者，有四个儿童福利组织代表，啊哟喂，这种生活真的让我好期待哦。

故事讲完，妖光闪闪，妖贰一本正经对朦胧诗人说，她起码还要再生一两个的。老诗人听了小娇妻半天故事，这时才反应过来，立马双手作揖，朝妖贰拜了几下，宝啊宝，两个还不够啊，你要搞死我啊。妖贰说，美国人能搞的事情，中国人为什么不可以搞啊。说完，一个起码要生三四个小孩的80后，很不以为然笑起来，妖贰笑得一脸妖雾。

妖言四曰

可以不结婚，但小孩是必须生的。

和谁生无所谓，爸爸可以不要的。

3

小妖精对离婚的态度，和老青皮完全不一样，她把离婚的动静搞得很大，把离婚搞成一个艺术品了。

天下艺术家当然不计其数，天下离婚者更无以计数；但天下把离婚搞成公开的展示，搞成一件可以拍卖的商品，恐怕只有小妖精了。

而且，小妖精把一场离婚，搞成两件作品，把离婚这么上不得台面的事，彻底拿到光天化日之下，一次接一次，公开演示，大肆张扬，从此成为一件著名的事先张扬的离婚案，兼一件著名的事先张扬的枪杀案。

第一次或第一件作品，是在北京北郊特警学院的打靶场——光明正大可以打枪的地方。小妖精显然妖术大长，从前不问地方乱打枪，今天包下特警打靶场，连枪支弹药都一并解决了——有钱能使鬼推磨，小妖精变身女枪魔了。

上次打枪到今天打枪，间隔了十五年，正是小妖精与老青皮的婚姻大限。小妖精好像对打枪情有独钟，打出一场爱情来，打出一场爱情去，打出不爱红妆爱武装，打出君失娇杨我失柳，好像打出一片前所未有的诗意。难怪一位美术史家在博客里说，呵呵，枪杆子里出艺术了。

那天特警学院打靶场，没有杀气腾腾，没有硝烟弥漫，甚至没有往常的神秘气氛。彩旗飘飘，气球飘飘，横幅高高在上，人群遍地横流，好像一场盛大的离婚庆典。到场的据说有好几千人，艺术同行、媒体记者、院校师生、武警官兵、围观群众……连赫赫有名的国外画廊老板都来了。官方有无暗探不知道，反正小妖精把离婚的场面基本搞得前无古人后无来者，大得不能再大了，一眼望去就是绝版的气势。

小妖精把当年也就是十五年前，一件冠名为“沟通”的装置作品，拍成十五幅原样大小、一人多高的照片，贴在十五块木板上，整齐一排，像靶子一样竖在操场上。一切都按特警正规要求，打枪的距离，枪支的型号，甚至打枪的子弹、打枪的时间，都有严格标准。不同的是，十五个模拟的真人靶子，一个个栩栩如生，充满浪漫艺术画面——特警的训练科目，不可能有这样的生动活泼。

小妖精端枪的时候，也完全不像一个女人，更不像一个艺术家，飒爽英姿，面露凶光，看起来天生一个美丽枪魔。枪魔好像站了很久，大家眼光所到，镜头聚焦之处，小妖精似乎嘘出最后一口气，头颅一歪，再一歪，再再一歪，然后就打打打，打死你个屌样，一连打了十五枪，一枪一靶，枪枪命中，整个过程一气呵成。那十五个“沟通”，眨眼间东倒西歪，显然灰飞烟灭了。

看热闹的、观察的、见证的、摄影的、摄像的、无所事事的、莫名所以来的、心怀叵测来的……所有人都看得一愣一愣的，据说枪打完后有一个瞬间，大家都直愣愣站着——搞不清楚小妖精哪里来的这手好枪法，而且好像满怀深仇大恨似的——不在特警学院受过专门训练，不可能有这一手声情并茂的枪法。看来女枪魔非一日之功，和十五年前的初出茅庐，完全不可同日而语了。

靶场爆发一片欢呼，女枪魔举起枪支，向欢庆的人们挥来挥去，好像还抛出两三个飞吻，一副胜利者模样。大家当然知道，那个叫“沟通”的作品，是中国美术界的一桩公案，十五年前曾经引起很大轰动，全世界都出名的。关键当时这个作品的署名是两个人，有当时国内外的无数报刊为证—— 一个小妖精，一个老青皮。两个人就是先有作品，后有婚姻的，这个作品就是他们的大媒人。

今天小妖精拿凶残的十五枪，把十五年统统枪毙。知道这个作品的人都知道，看上去是打“沟通”、打自己；实际是打老青皮、打他们两个的婚姻，一枪一年，一年不剩，打死老青皮，打死那个婚姻。这真是一场莫名其妙的枪杀行为，一个莫名其妙的的艺术作品。他们两个的关系不说，谁是谁非不说，难道这个作品是她一个人可以说了算的吗，是她一个人可以随意枪杀的吗？离婚是事实，离婚不是目的，有人认为小妖精打的完全是花枪。小妖精到底想干什么，大家还是有点搞不懂。

几天后，小妖精把这十五枪打十五年的巨幅照片，组成一个新作品，挂在妖画廊里，挂在十五年前那个“沟通”作品后面的墙上，供大家欣赏，供媒体报导，接下来第二场好戏就开场了。那天我们也很新鲜地去了，我想我们应该代表代表老青皮，去见证一下他的那位即将要成为前妻的老婆—— 一个不可多得的天敌，还准备搞出什么新名堂。

事实上，他们的暗中较量引起了我们极大的兴趣。小妖精把满大街的海报搞得很抽象，一把手枪，一把剪刀，像党旗上镰刀斧头那样交叉，凌乱缠绕着一绺女人的长发，画面上只有一句话——生活的极致就是艺术。枪和剪刀，看去好像和生活有深仇大恨，和古老的“源于生活，高于生活”有一拼。老青皮则在电话里告诉我们，这个臭不要脸的，她爱怎么搞怎么搞，把我搞火了，最后找她算总账。看来老青皮是不会袖手旁观的，不公开表态不等于没有态度，不是说我们大家喜欢坐山观虎斗。这个小妖精，人小妖风大，一脑子的歪主意，一肚子的生意经，妖画廊里果然又是人满为患，好像把一些美术界的大腕都忽悠来了，连美术史家大胡子都到场了。

大胡子下过乡，留过洋，见过世面，混过天下，作品如山，著作等身，头衔多得响当当，艺术界名正言顺或名不正言不顺的领军人物，有点中国波普教父的味道。更具中国特色的是，大胡子黑道白道通吃，有点江湖老大的意思，所以他的博客宾客如云，今天回去一写，明天全世界都知道。

小妖精把这一次的行为或作品，冠名为《关于一个“沟通”的沟通》，看来小妖精不管别人烦不烦，自己是一门心思要抓住“沟通”，将“沟通”进行到底了。在那个十五年前的“沟通”前面，在十五年后打十五枪的巨幅照片面前，小妖精开始表演，拿出一把剪刀，盘腿坐在地上，开始剪自己那一头长长的黑发。

据说小妖精的那头长发，十五年没有剪过了，今天一刀一刀剪下来，一缕一缕剪下来，有人仔细数着，一共剪了十五缕，一缕一缕放在十五份已经打印好的文件上。文件是小妖精和大胡子一系列通信的影印件，以及一份关于“沟通”作品署名权的澄清声明，准备一一分发给大家。

小妖精在大庭广众下，公然变成一个小尼姑了，看上去变身还挺成功，脑袋浑圆，一脸肃穆，亭亭玉立，手捧白纸黑发，供我们大家拍照，表现仪式完成后的庄重。一个现代甚至后现代的小妖精，用这种古老而古典的手法，去重现古人的情感决断，而且是一石二鸟，既和老公拜拜，又将老公除名，作品回归自己，真是一场小妖精推陈出新的好戏。

全场肃静，大家都貌似欣赏，一脸“清官难断家务事”。有三两个女性观众偷偷在抹眼泪，后来有一个抽搐起来，好像需要配合小妖精的伟大壮举，争取把艺术氛围尽量搞成悲壮。不知哪位带的头，生怕头发不够发，一下子冲上前去，把小妖精团团围住，居然哄抢起来，以为若干年之后，又是一件可以拍卖的文物。既然猫王的一缕头发可以卖到几万美元，将来小妖精的头发打个折也是可以的。

大胡子那天的博客说，什么叫从头再来，就是从头发开始，结发为夫妻，剪发断情愁。“沟通”真是个好东西，小妖精的半生情缘，开枪十五次，剪发十五缕，异曲同工，是一个女性艺术家追求真理的勇气。

理论家就是理论家，小妖精的悲情秀，被大胡子的花言巧语赋予了很庄严的意义，不知道小妖精在追求什么真理，不知道大胡子在小妖精追求真理的过程中，有没有什么提存。中国的艺术家，画画光头，画画傻笑，画画痴呆，一出手就是几百万几千万，中国人完全可以拿中国式光头、中国式傻笑、中国式痴呆，去糊弄全世界了。后来我们大家都知道，小妖精的那两场表演，其实是为那个将要被世人遗忘的“沟通”造舆论、做铺垫，按商业说法就是市场营销。一场开枪杀人，一场剪发自残，两场推销之后，“沟通”果然起死回生，关于“沟通”的话题又铺天盖地，最后那个“沟通”卖了300万，卖到苏黎世去了，整个买卖过程，完全可以写进MBA教程里去。

只是倒霉蛋老青皮，我们认为他的智商完全在小妖精之上，竟然一点也搞不定小妖精，一点抵抗的迹象都没有。成也“沟通”，败也“沟通”，人财两空，最后不知道跑到什么地方去了，他已经从大家的视野中消失了。

有传言说，老青皮已经就“沟通”的知识产权归属问题，或者说家庭财产分割问题，告到法院去了。到底是知识产权问题，还是家庭财产问题，以什么起的诉，传言者大都含混不清。

连大胡子的博客都语焉不详：中国画家的官司太多了，画一值钱，官司就来，这几乎就是中国画家的宿命，像陈逸飞的死人官司，像“沟通”的活人官司。中国的法院从来就搞不清艺术的来龙去脉，一件艺术作品的诞生或流传，比杀一个人、放一把火、打一次劫、奸一次尸，要复杂一万倍的，就像搞不清腐败到底产生在什么地方一样。

妖言五曰

生活的极致，就是艺术。

叁

妖叁，土生土长的北京人，伟大光荣的北京户口，地地道道的北京妖精。妖贰从南方跑到北京，不要老家一套房，宁要北京一张床，准备大张旗鼓生小孩的时候，妖叁拖着一只大皮箱，在北京城里四处流浪。

如果说，妖壹算牛人，妖贰算仙人，妖叁就是个神人。妖叁总是在饭局上才会出现，喝酒你好我好，饭后一声拜拜，各奔东西，不知去向了。她的家在哪里，大家都不知道，按她自己说法，她的那个大皮箱，就是她的家，皮箱到哪里，哪里就是家。这个大皮箱，今天出现在某个合租的女友家里，明天说不定就出现在某个临时寄住的朋友家里，有时候直接就出现在饭局上，好像喝完酒，就要去远方。

可以想象，一个像空姐那样的大美女，拖着一只比空姐箱大好几倍的超大箱，从北边的大羊坊，跑到南边的沙子口，从东边的大北窑，跑到西边的公主坟；或者从北边跑到东边，从东边跑到南边，从南边跑到西边，从西边跑到北边，各种可能都是有的，都是一些听起来不太好玩的地方——隔三岔五在北京城转过来转过去，地铁公交出租，倒过来倒过去，是一件很折腾人的事情。妖叁拖着流浪的家，从不是自己的家出来，到不是自己的家去，永远在路上的样子。在路上她脑子想什么呢，没有人知道了。这年头，人就是一个符号，一个号码，一串数字，手机一通，人就存在，手机不通，天苍苍野茫茫了，地球上就没这个人了，大家都回归原始社会了。换句话说，妖叁就是一个大皮箱，大皮箱不知道落在什么地方，我们就不知道妖叁落在什么地方，我们好多日子没见到大皮箱了。妖叁让人好奇，好奇让人好感，好感让人好色，色而不淫，淫而不乱，乱而不滥——我们这帮男人的自圆其说，说的就是妖叁这样的大众情人。现在大众情人不见了，对于我们来说，在饭局上消失，等于在北京消失，等于在人间消失，也不见有什么男人在怀念，好像只有我在这里耿耿于怀。

问题好像就出在大众情人上，从前妖叁每年的生日都搞得很大众，男男女女一大帮，十好几桌济济一堂，很多人互相都不认识，妖叁的交游太广泛了——妖叁不算倾国倾城，也算颠倒众生了——大家都是为妖叁的生日来喝酒的。妖叁的生日，就是我们的节日，每年离她的生日还有好几个月，大家就开始喋喋不休记挂，男人一个个都自告奋勇，说今年妖叁的生日，一定由他来操办，一定要组一个大局，什么地方好啊，大家都想想吧，想出一个好地方，大家一起去开心。

我们北京的饭局很有讲究，基本穷讲究：地点很重要，交通要方便，场子要体面，饭菜要可口，价格要适中。最重要还是朋友要对路，要物以类聚，要臭味相投——场面冷清不行，场面太闹不行，话不投机不行，不会喝酒不行。我们这帮人，基本两大饭局；西边一个饭局，东边一个饭局；西边的就叫西局，东边的就叫东局；西局是西二环以外，东局是东二环以外。西局局长，现在还是张弛老；东局局长，一度就是老青皮。

张弛老就是那个写小说、导电影、在电视广告上为螨虫做形象代言的那位。据说张弛老有幽闭场合恐惧症，不坐飞机，不坐地铁，甚至连电梯都不坐，不上天，不入地，就是喜欢人头攒动的人间饭局。张弛老好像有一大摊工作，有一度还领导一个能力有限文化公司，怎么还无限能力似的，天天去管理饭局，说起来也是一个妖怪——有些人天生为饭局而生的，我们只能这样去理解。饭局局长职责就是，饭局策划，饭局召集，定人定点定时，掌握买单人选，注意男女搭配，甚至预设饭局主题——说起来，相当于一个组织部长的全面，一个宣传部长的到位，一个居委会主任的繁琐。饭局局长信息要灵，人脉要广，没有权威是不行的——没有号召力也是不行的，没有以身作则模范买单还是不行的，一个囊中羞涩钱袋空空更是万万不行的。最后一个不行，就是没有女人缘当然不行的——小妖精们都不来，这个饭局显然不能算一个成功的饭局。小妖精们长期不来，那这个饭局局长肯定没人去理他，就要考虑更换人选了。所以，为了防止这种局面的出现，西局局长与东局局长，显然有过交流，或者无师自通，深谙江湖规矩，达成一个共识——据说是北京惯例，不知是不是北京的大老爷们愿意拍小妖精马屁——小妖精们吃饭不花钱，只要到场就好，当然也不可能有什么出台费。换句话说，小妖精们一律不买单，只管白吃白喝，也不准收取什么小费。小妖精的种种毛病，想来一大半是被男人们吃出来的，宠出来的，惯出来的。当然也有小妖精喜欢买单，而且善于买单，比某些男同志大方。大老爷们能做的事，小妖精当然也能做，歧视女性是不行的；只是这种小妖精凤毛麟角，否则男人们会一辈子欢欣鼓舞的。总而言之，饭局局长是历史选择的，是经过长年累月考验的，是所有饭局群众有口皆碑的，不是你有什么能耐就可以搞到这个职位的。

东局局长和西局局长，领导原则大致一样，领导风格略有不同。东局局长老青皮，通知都是当天中午前后，一个一个打电话，直接落实人选，风格简洁明快，来不来啊，一口搞定。五点之前没有电话，那个饭局就没你什么事了。有群众往往拿这个时间，来决定当天晚餐的去向。比如苟子，五点没有电话，心里一阵郁闷，就电话通知父母，晚上回家吃饭。苟子偶然回家吃饭，父母亲总是在五点零几分前后，准时接到苟子电话，所以一向对外夸奖，苟子是一个守时的好孩子。晚饭前后时间，局长一般不打电话的，那样好像临时抓差，填补空缺一样，显然对人不尊重不礼貌。如果你准备请客，则要提前几天提请，局长根据需要，做个统筹安排，这一点东局西局是一样的。还有一点也是一样的，在饭局上，某人喝高兴了，嘴巴一张，信口一开，说明天或者后天，我来组局，那里或者那里，海底捞或者金山城，今天在场的都去啊。经常这样一来，经常饭局就自动延续了，减去局长们不少工作负担。只是，酒一高，情绪高，信口一开饭局，第二天一早醒来，情绪往往低落，难免有后悔——后悔也没用，一言既出，就成饭局。在饭局这个事情上，要改期都是一件不好意思说出口的事情。如果要反悔，如果要取消，大家绝对看不起你，你就别想在北京混了。

不同的是，西局局长张弛老，通知一般会提前一天，方式是发短信，风格书生意气，而且主题明确，让你可以选择，比如短信通知的第一句：见证文学——那肯定是有朋友出新书了，饭局就兼备新书发布会了，朋友出书总要广而告之的，白吃白喝还有书白看，这就很有吸引力。导演开会——那就是招募群众演员了，饭局上牛头马面，大胡子小白脸，大美女小妖精，什么样的长相没有？肥水不流外人田，好事留给自己人。欢迎甘姐——那就是一个姓甘的外地朋友来北京了，通常都是与大家的工作有一定关系的，比如文学界的出版界的美术界的影视界的，以后都是要互相提携的。小荷才露尖尖角——那就是一个叫小荷或者小禾的家伙，好久不买单了，今天终于请客了，出来混迟早都是要还的。妖精出没——那就看情况了——张弛老是很会玩文字游戏的，总是把饭局搞得有点悬念，有点惊喜——可能某个小妖精生日，可能某个小妖精有什么事情需要大家帮忙，有时候带一个新男友也说不定，意思让大家观赏观赏，鉴定鉴定，参谋参谋。饭局的功能其实包罗万象，人生的方方面面，都少不了的。张弛老的短信风格，虽然比老青皮的一口风格，似乎更有趣味，但也有缺陷。比如一个饭局，大概十人规模，他通常就发短信十二到十四条，打个提前量——有些人经常会无缘无故缺席。说起来局长也不好当，真是煞费苦心，人多了挤不下不行，人少了没气氛又不行，这一段某人失恋，这一段某人热恋，这一段某人郁闷，这一段某人生病——这些都是局长决定饭局人选时，需要考虑的因素。长期的工作经验，迫使局长采取宁滥勿缺政策——人多了总比没有人好。偏偏有时候所有收到短信的都来了，而且前前后后的，不是说散兵游勇乌合之众，而是有的人确实临时有变化——生活这么忙乱，什么事都会来添乱的。结果搞得椅子和餐具，一加再加，一忽站起来，一忽站起来，嘴上还要说，没事，没事，挤挤，挤挤，大家挤挤显亲密。济济一堂，果然亲密无间，于是又一轮新的介绍开始了：这位那位，各位好各位好。点头的点头，示意的示意，递名片的递名片，留电话的留电话……饭局的时间，无端延长了；饭局的话题，也忽然变得不知去向了。

饭局的话题，其实也不全是前面所说的“拆迁办”——那都是跑题的不良后果。每天夕阳西下，十里长街，华灯初放，北京千千万万饭局，像海洋般宽广，汹涌澎湃开张，何等壮观景象。中国人最大的娱乐，不是电影——电影不小众；不是电视——电视太大众；不是卡拉 OK——卡拉太年轻化；不是麻将——麻将太老年化；更不是网络游戏——游戏永远低龄化。唯有全体人民都喜闻乐见的、都津津乐道的、都持之以恒的、传统与现代完美结合的、最体现城乡一体化的、不论官府民间大家一致接受的，就是饭局。饭局有大有小，有高档低档，有奢侈简陋，但没有门坎，也没人拦着你，人人都可以进去，是天下最大的公平，所以有“民以食为天”的说法。从天上望下去，北京的傍晚，太阳将要西下，东西南北中，中央的天安门，国旗一降，百万饭局开张，千万妖精出洞。四面八方里，灯火一片中，最璀璨之处，必定是饭局。

饭局开始接管北京的夜晚，任重道远，一往无前，从傍晚一直延续到黎明。如果没有千千万万饭局，北京之夜还有什么好玩吗？像非典那样，早就黑灯瞎火，整个城市陷入一片死寂了。北京的夜生活，都从饭局开始；一切夜店夜场的生活，都是饭局的自然延伸，甚至延续到一个一个家庭之中。饭局归来，娱乐犹在；娱乐精神挥之不去，当下的家庭夜生活可能就极大丰富了：不想上床的上床了，不想睡觉的睡觉了，不想骂娘的骂娘了，不想神经的神经了……总之会有一种改变。

所以，饭局的话题，当然也是不可预测的，完全没有什么主题，完全由着每个人的当下情绪，信马由缰，说到哪里算哪里：北京的中国的世界的宇宙的，家庭的胡同的小区的单位的，大事小事，上至天文，下至地理，人间去日苦多，地狱忧思难忘，战争与和平，天使与魔鬼，英雄与美女，大官与小民，乌鸦与麻雀，两只小燕子啊，飞在花丛中啊，哥俩好啊，好就好啊，你家不干净啊，需要洗刷刷啊，老虎杠子鸡……饭局是一个都不会放过的。而且可以随心所欲，无须遮遮掩掩，嘴巴本来就大开，大吃大喝，大鸣大放，大快人心，相当于一场民间的《新闻联播》，一场老百姓的狂欢。吃美酒，吃美食，看美女，看美男，很容易就把一个人搞美了，美滋滋后，什么话题都出来了——饭局真是一个暴露阴暗思想的好地方。饭局既有组织部的职能，又有宣传部的功效，更有居委会的作用——看来有些机构就可以精兵简政了，尤其居委会之类，很难深入到千家万户饭局的隐秘之处，已经完全跟不上时代了，甚至跟不上一个饭局了。不如建一个民间饭局机构，给张弛老、老青皮这类创新型人物，加一个编制，定一个级别，拿一份工资，工作起来就师出有名，名正言顺了，对和谐社会还是有一定好处的。说起来，不好意思，我北漂多年，基本没有参加北京的社会主义建设，大都在为北京的饭局，做一些名不见经传工作。我准备再接再厉，在写完《小妖精时代》之后，再写一部《大饭局时代》，极有可能是官场小说，也有可能主题就是“唯有饮者留其名”，超现实、超玄幻、超穿越、超惊悚——因为古人对饭局的理解，显然领先我们很多年了。

又跑题了，继续饭局。局长之下，为配合局长正常工作，往往有几个基本骨干，或者说核心圈子，相当于常委一类，这样每天的饭局就有基本保障了。西局局长张弛老的基本骨干是四大金刚：苟子、阿间、丁添、皋大师。东局局长老青皮的基本骨干也有四大金刚：张大肌、龙闲师、丁书商、南城老三。老青皮离婚之后，局长一度逃逸，不知去向，属于自动离职，东边的饭局就很不景气了。有新局长气象的，暂时好像也没有—— 一个饭局局长的造就，不是一年两年的事；即便有梯队建设，考验个三五年很正常的。说起来，平常一般都是西局东局各自为阵，从东边到西边去，从西边到东边来，穿过偌大一个北京城，就像穿过一个超级停车场，是所有真北京人假北京人最痛苦的跋涉，没有特别重大的事情，一般就近方便了。成员中偶尔也有串局的，那是个人行为，基本无关大局。所以，那次妖叁的生日大宴，就是北京东局与西局的最后一次饭局世纪大战——妖叁的人气太旺，涵盖东西两个饭局，那是挡都挡不住的事。

妖叁交友广，人缘好，和她的酒量大、酒风好是密不可分的；而且不分场合，不分对象，不分酒类——啤酒红酒，白酒黄酒，威士忌伏特加，什么酒一上来就干；而且往往很主动，主动向男人进攻。那天东局西局两路好汉，十八桌上罗汉林立，妖叁显然飞蛾扑火，开始还张牙舞爪，中间还手舞足蹈，最后就彻底放倒，倒进一个帅哥的怀里去了。这样的情况是经常发生的，不是生日宴也经常出现的；这一幕大家见得太多了，简直没有一点创意了。所以和妖叁以往的生日大宴没有什么不同，结果总是如出一辙，在大家都喝高之后，嘻嘻哈哈，吵吵闹闹，拉拉扯扯，搂搂抱抱，跌跌撞撞，踉踉跄跄，在大家把生日蛋糕挥洒得漫天飞舞，在人人都像京剧大花脸的时候，有人打起来了——两个人扭成一团，有几个人冲上去了，更多的人在外围虚张声势。这时有一个人勇敢地爬到桌子上去了，好像是苟子，好像要劝架，好像要发表什么言论，结果他没有发出声音，举着一只啤酒瓶子，高高在上，表演独舞“千手观音”之后，又从一张桌子太空步到另一张桌子上——看他那轻功架势，似乎要横扫饭局如卷席了。眨眼之间，主宾妖精倒，妖怪苟子跳，大家猢狲散，留下一屋子杯盘狼藉，最后不晓得谁买的单。

妖叁好酒没问题，我们大家都好酒；问题是，酒后容易乱性，酒后容易失身——这个还不是关键，最大问题是，酒后生妖孽。你酒后失态，有人就会利用；被人利用了，你就有口难辩说不清楚了。所以，关于妖叁的绯闻，总是在某次饭局、某次大酒之后出现，出现在新的饭局之上、新的大酒之前。当然，也有一些小花絮，比如说妖叁酒后驾车，一个小警察将她拦下，妖叁将车一停，对副驾座的人说，妈的又要老娘出卖一次色相了，然后车门一大甩，款款走向小警察。关于妖叁的酒后，真相到底如何，没人说得清，说了也说了，笑了也笑了，至今一笔糊涂账。至少我们到今天，也没听见一个不要脸的家伙公开说和妖叁上过床，更没看见一个负责任的男人公开把妖叁娶回家。

倒是有一个谦谦君子，不像是吹嘘，也不像是标榜，说和妖叁最热火朝天的时候，妖叁准备给他买一件一万块的西服，算是无意之中，为妖叁说了一句公平话——也仅仅是准备，估计后来没有这个必要了。其实，妖叁一般人她看不上眼的，豪华长相摆在那里，豪爽性格摆在那里，豪门出身摆在那里——豪女一个啊，而且三重豪女，你敢吗，你敢上去试试吗？非典期间，全国抗非，主流社会不正面接触，坚壁清野，缩头乌龟。我们抵抗的方式：一不口罩，二不洗手，三是变本加厉四处饭局——我们趁机开辟了很多新“战场”，甚至深入到北京的核心地带，以显示我们“抗战”的坚定。那天在西单——北京的繁华地，我们胜利结束饭局，决定继续去“抗战”，去酒吧，去歌厅，去什么好玩的地方，结果一律黑灯瞎火。眼看大家即将流落街头，妖叁挺身而出，妖叁说，去她家吧，她家就在附近。这个提议让大家吃惊不小——这是我们从来没遇见过的新情况—— 一看妖叁满脸的真诚，大家异口同声说“好”。后来想起来，可能是妖叁要抓住非典难得，向大家证明，自己的清白，自己的出身，自己不是一个孤魂野鬼。总之那天像非典突然从天而降一样，我们破天荒去考察了妖叁的老巢。

我们一行十几人，跟着妖叁去老巢——好像一次探秘，更像一次考古——就在西单闹市区的一条胡同里。北京的胡同，表面人间烟火，其实大块文章，说不定哪个高墙里面，住着一个如雷贯耳的大人物。妖叁家果然曲径通幽，拐来拐去，一干人在一面高墙的一扇大门前站住——应该是藏龙卧虎之地了。妖叁打开大门中的小门，我们走进去，有点不相信自己眼睛：大树参天，阴风四起，杂草丛生，缠人腰身，黑糊糊中大家只能靠相机手机的微光，战战兢兢地走路，有人怪声一叫，立刻就有聊斋气氛。在西单这个北京著名商业区的核心地带，居然暗藏这么一个“野猪林”，真是让人不敢相信。这里和外面，完全两个世界，不过那幢三层老洋房，黑暗中彰显一种贵族之气，顽强显露别墅拥有者昔日的尊贵。楼房看不清有多大，我们从侧门进去，地板咯吱，楼梯空隆，蛛网在眼前飘来飘去。妖叁指着二楼的一个房间，说这几天她就住在这里。这句话的意思就是告诉大家，这几天她住这里，以前她不住在这里，以后也不住在这里。我们看见那只大皮箱了，一派全副武装样子，肃立在红漆斑驳的地板上，好像时刻准备着，为流浪主义而奋斗。紧挨大皮箱的，是一张小床，那种公家常见的两头靠单人床，孤零零地躺在房间中央。整个闺房空旷无比，看去没什么人间气息，没有胭脂气，没有女人味，完全一个蛮荒之地。

妖叁说，这里夏天还好，老房子也阴凉，可是冬天没有暖气——现在没人烧了，只有一个远房亲戚，在这里留守照看，房子马上就要收回去了。妖叁的身世，我们大致听说过一点。她爷爷是当年林彪手下一员大将，四大金刚之一，后来有资料透露，妖叁出生第十二天，林彪神秘坠机，从此温都尔汗的鬼魂就缠上了妖叁，成为她生活的梦魇。她外公是解放初期重庆第一任市委书记，后来官位也是高高在上。两位赫赫战功的老革命，没有死在战场，没有死于敌人，基本死于非命——外公是文革第一个死于批斗的共和国部长，爷爷则死于长期的囚禁，两位革命亲家可谓殊途同归。妖叁的母亲，一边背父亲黑锅，一边背公公黑锅，两个黑锅像两座大山，胸部再高也挺不起来了，一下就把一位公主压垮了，也把一个贵族之家压得支离破碎了。妖叁父母离婚时候，妖叁才六岁，小公主从此流离失所。父亲现在北京，已有一个后妈，以妖叁的倔强，显然没什么来往了。母亲去了深圳，一直没有再婚。妖叁母亲当年也是名副其实小妖精，妖叁就两眼放光地说过，她老妈那时也是一个戴红领巾、穿连衣裙、蹦蹦跳跳在天安门广场接受红太阳检阅的少先队员，现在这个小妖精已经彻底离弃北京了。妖叁和母亲，一老一小，两个单身，偶尔网上相见，QQ 几句，邮件几封，像一对普通的网络朋友，几年都不见一面，估计相见不如怀念，有情何似无情了。一个当年被多少人眼红的官官联姻，一个怎么看都是大户的人家，就这样烟消云散，遁入无边红尘去了。妖叁一个人与远房亲戚住在这里，这座豪宅不知是他爷爷的还是外公的，这一点我们大家都不便再问。可能房子日益破败无法居住，可能不想面对伤心之地，可能觉得这座房子已与己无关，一天到晚和一个和自己没什么关系的老太婆住在一起，没有什么意思，妖叁一直不愿住这里，宁可拖着一只大皮箱，在北京城里四处流浪——有时暂时没有去处，偶然回来呆几天，一有新的栖身地，拖上大皮箱就走。我们可以想象妖叁每次回来的心情。但我们无法想象妖叁每次出走的心情。那天我们考察得十分沉闷，最后只是去了一下卫生间：一个破旧洗浴瓷缸，满身黄渍斑斑；那个老式便盆器，里面黑污污的，把尿撒进去都觉得有些不对路。

那天从妖叁老巢离开后，妖叁就从饭局消失了。有人说，真人一露相，然后从此消失，这种结尾很符合中国的妖精传统。有人说妖叁开过公司；有人说妖叁去了南非；有人说妖叁现在是一个演艺经纪人，拖着一只大皮箱，满中国飞来飞去……各种说法都有，只是没有她结婚的传闻。有一种说法只能算道听途说，说某次大酒之后，一个帅哥的钱包里少了不少钱，那天只有妖叁在身边，他是醉得一塌糊涂，完全身不由己了，言下之意，妖叁是最大嫌疑犯。有人就对帅哥幸灾乐祸，你和妖叁上过床吧，你一点责任也不负吧，一个小妖精，没有正式工作，没有生活来源，拿你一点小费，难道不应该吗，你还好意思说出来？饭局上的这种说法，不可能不传到妖叁那里。据说妖叁最终从饭局上遁身而去，是因为看透了所谓社会江湖——大小也是皇亲国戚，好歹也是贵族后裔，一个共和国将军与部长的老革命后代，怎么说也算和老百姓环球同此凉热，和我们大家一起混了这么多年的民间饭局——人心不古，世态炎凉，社会的深山老林不好玩，妖叁从此对饭局彻底寒心了。

妖言六曰

这几天，我就住在这里。

妈的，又要老娘出卖一次色相了。

4

说起来，老青皮和小妖精半斤八两，都属于交友不慎，艺术家成为夫妻，大都没有好下场。零点调查机构每年公布的离婚榜，搞艺术的永远高居榜首。艺术这个东西，一旦迷恋，人就会五迷三道，两个灵魂出窍的男女，实在不宜睡到一张床上去。

老青皮与小妖精相识的那一天，一开始就没有什么爱情的迹象，都是艺术这个家伙在暗中搞鬼。那天老青皮百无聊赖走出浙江美院大门，在杭州南山路酒吧一条街晃荡两个来回，晃过来晃过去，最终还是晃进了那个老枪酒吧——已经决定这个家伙的爱情，注定会栽在老枪之下，走上一条长达十五年的不归路。酒吧偶遇，酒吧艳遇，老而又老，俗而又俗，又完全说明酒吧故事，一开始就来路不正。

老枪酒吧灯光黯淡，音乐在背后摇滚，壁画在暗中张扬，似是而非的艺术氛围，一眼就知道是美院根据地——搞艺术的都喜欢泡酒吧，在酒吧谈艺术好像很时尚，不晓得哪里来的好风气。老青皮光头铮亮，小妖精花枝招展，两个人在吧台互相打量一眼，好像没有一点陌生，好像似曾相识，不知在校园的什么地方见过，随便就聊起来了。老青皮问调酒师，小妖精喝的什么酒——调酒师正在龙飞凤舞——小妖精主动介绍，长岛冰茶。老青皮一笑，小女生有格调哦，敢喝这种烈性酒。两人的距离被长岛冰茶拉近，不聊不知道，一聊就有缘，觉得很搞笑。原来不仅酒味相投，人品都半斤八两：同一个校园里，一个什么系，一个什么系；小妖精今年已经毕业，老青皮明年将要毕业；小妖精有一件作品入选北京一个展览，老青皮也有一件作品入选北京那个展览。一个全国大展，两个校友作品，在人才荟萃的浙江美院双双冒尖，才子幸会才女，看起来就有点像金童玉女，所以就不能说没有缘分。老青皮的光头，当下就照亮酒吧；小妖精的长发，当下就分外妖娆。

再幸会下去，老青皮知道了小妖精的父亲就是美院的，小妖精知道了老青皮的父亲就是军区的——美院与军区原本就是一墙之隔——不仅是同学，而且是邻居，天下的好事就是这样凑起来的。一个是院长的女儿，一个是首长的儿子；一个出身艺术之家，一个出身军人之家。艺术之家的搞艺术，好像没有什么偶然；军人之家的搞艺术，好像也没有什么偶然。事实上，那位院长的岳父大人——小妖精的外公，也是一位老革命，追溯起来可算半个军人之家。关于八十年代涌现的新潮画家，大胡子对他们的出身背景有独到的研究。大胡子固执地认为，中国本来就以诗的国度自居，皇帝或领袖不乏浪漫诗人，他们的幼童时代，或者说他们的启蒙时代，正是“中国第一妖”很有兴趣召开部队文艺工作者座谈会以指挥一个国家的文艺方向的年月。文艺居然有国家的方向，地球上不是独一无二，人类中也算凤毛麟角，那就需要高高在上了，甚至上升到意识形态的高度了。追根溯源，中国不文艺大国，不娱乐狂潮，不同一首歌，那真对不起列祖列宗了。不过，大胡子企图刨根问底的时候，小妖精和老青皮早已成才，才华横溢了。

在烛光很不真实的摇曳中，老青皮说起他参展的作品《老巢》：几万根火柴头竖插成一块巨大红地毯，气势貌似宏大，只要一根火柴燃烧，整个地毯必将熊熊大火，隐喻美丽的老巢随时有化为灰烬的可能——壮观吧？深刻吧？老青皮被自己的阐释搞得坐不住了，屁股一抬一抬，两杯长岛冰茶转眼消失，光头之上，汗珠一颗一颗，闪闪发亮。

小妖精听得胸脯一起一伏，望着老青皮的激动状，自己也跟着激动起来，长发一甩一甩。小妖精的激动主要表现在声音上，嘴巴一张一张，嘴唇一圆一圆，就发出一连串奇怪的叫声。叫完之后，小妖精喘了口气，目光有点游离，最后聚集在光头上，觉得这位男生好伟大哦。在老青皮眼光赤裸的鼓励下，小妖精终于有点不好意思地说起了自己的作品。

小妖精碰见强势的男人，不但会一时失语，还会有点魂不守舍，甚至莫名其妙地低调起来。事实上她的这个作品作为毕业成果，已经刊登在《美术家》杂志的封底上，不管有没有父亲的潜在作用，这件作品在代表中国主流美术的杂志上出现，还是引起了轰动与争议。画面上，两个真材实料做成的公用电话亭，男左女右两个年轻人的背影在里面打电话，背影是真人一样大小的摄影作品，看上去和大街上的电话亭一模一样。两个电话亭之间，有一面和电话亭一样高的镜子，镜子前的台子上，有一部红色的电话，话筒的电线悬挂下来，似乎发出嘟嘟的忙音，显示男女之间正在进行的通话，其实是断路的或者短路的。意思很明显——电话不通，无法沟通。

小妖精说，作品就叫“沟通”，暗喻沟通的困境，反正就现代社会那么一种让人困惑的意思。老青皮看着小妖精，觉得这个小女生的东西就和眼前的这个人一样：相貌一般，性感十足；表面老实，内心狂野——有点意思哈。老青皮没有把小妖精看成师姐，仅仅看做一个小女生，所以眼光就有点居高临下，眯眼欣赏之中，一杯长岛冰茶又下肚了。

老青皮说，你这个作品啊，无非表现一种男女关系的状态，或者显示人与人一种沟通的困境，好是好，格局太小。小妖精目光又游离了，心想光头果然厉害，开口就是格局，但不懂这位男生说的格局什么意思，就说这个东西是毕业作品，完成后指导老师也说太完整了，需要在什么地方“破”一下，眨眼工夫破它一下，产生瞬间视觉冲击，造成一种震撼。我们就想到了枪，拿抢打它一下，这样意思就出来了。小妖精说，老师说打枪的“破”，和我自己内心的“破”，真是不谋而合啊，看来我们真是需要枪啊，可惜在杭州借不到枪，所以这个作品目前只能这个样子了。

一听到枪，老青皮的脑袋好像忽然挨了一颗子弹，缩进肩膀里去，说话声音好像从胸腔里冒出来：“啊呀，这个好，这个好，你敢不敢去美术馆打一枪啊？”

小妖精说：“敢啊，当然敢，有什么不敢的？我北京的小朋友，家里有的是枪。”

老青皮说：“小朋友，哪里小朋友，这么牛×？”

小妖精有点骄傲：“那是，到时候去北京，你就知道了。”

老青皮有点狡黠：“呵呵，这样啊，老师说的‘破’，我可以理解；你内心的‘破’，什么意思啊？你家境优越，学业优秀，一个小美女，难道还有什么对社会的不满啊？”

小妖精反唇：“我的情感破了，破裂了，破碎了，我的心破了，可不可以啊？”

老青皮相讥："可以可以，不过你年纪轻轻，说心破太夸张，怎么情感这么早就会破了呢?"

小妖精一笑："我早熟啊，早恋啊，早婚啊，我曾经沧海难为水啊，这样回答你满意了吧?"

老青皮举杯："开放的花蕊，你怎么也流泪……"

小妖精碰杯："我并没有醉，我只是心儿碎……"

那天他们在酒吧，就到长岛冰茶的份上，充其量只到邓丽君的靡靡之音，离爱情当然还有十万八千里。

妖言七曰

你敢不敢去美术馆打一枪啊?

敢啊，当然敢，有什么不敢的?

肆

妖肆也是70后，妖肆是妖贰的闺中蜜友，妖肆鬼使神差地出生在农村。父母亲一个是历史反革命，一个是右派，差不多同一年从北京遣返回乡——我们老家一个依山傍水的美丽小镇，最后在群众监督下，劳动改造中，生下一个小妖精。父亲从小就人还在、心不死一般地教育她：我们这一辈，从农村考到城里，考了等于白考，人生就是零分，一个大鸭蛋，转一圈又回到农村，从起点回到起点，我们这辈子算完蛋了，今后你只有自己靠自己了，重上井冈山，“重归苏莲托”，重新找回我们家的尊严。母亲则心已死、人还在一般地教育她：什么都不重要，一个温馨的家庭最重要，家庭是美丽的港湾，港湾是自然的怀抱，怀抱是人生的美好，美好是家庭的幸福——话说得比父亲还拗口。妖肆从小就聆听父亲母亲这样那样莫名其妙的教导，一白眼，一扭头，一蹦一跳跑到外面和同学跳牛皮筋。不过，妖肆大概有一点读书的基因，很轻松就状元般地考进中戏——妖肆自己有造化，天生小妖精的命。

妖肆和妖贰成为闺中蜜友，饭局当然功不可没——两个人的老公，都是饭局的座上宾。偏偏这两个家伙，和我们不一样：我们一般都是独来独往，自由自在；他们两个却喜欢携夫人一同出席，虽然不会每一次，却也经常双进双出，翩翩而来，翩翩而去，好像天下他们最恩爱似的。两个最恩爱的妻子，就容易成为好朋友。妖贰的老夫，大家都知道是朦胧诗人；妖肆的老夫——说起来也不能算老夫——比妖肆大个十来岁，我们都叫他海龟。据说海龟曾经在美国一所大学教书—— 一个永远记不住名字的大学——但并不妨碍他把北大一位赫赫有名的大才女勾引到拉斯韦加斯。据说那里是天下结婚圣地，什么证明都不要，两人走进一个办公室，点个头，牵个手，笑一笑，就算天长地久了。结婚随便，之后当然也请便——事实上，他们现在有没有在拉斯韦加斯注销婚姻，需不需要去拉斯韦加斯注销婚姻，大家都是一笔糊涂账。

说起来，妖肆和妖贰的两位老公是饭局的最大受益者——两位老公都是在饭局上认识两位老婆的。妖精总是在饭局上出现——说“冉冉升起”更诗意一点；妖怪总是在饭局上擒妖——说“顺手牵羊”更文雅一点。饭局真是一个三顾茅庐四渡赤水五反围剿的风水之地。朦胧诗人前面有说，海龟情况稍有复杂，因为他和妖肆认识之时，并且迅速打得火热之际，肯定没有先去拉斯韦加斯。后来有好事者，曾经专门去研究拉斯韦加斯，比光顾那边的赌场还要兴致勃勃——那边的婚事，这里的婚事，两个婚之间，是否可以画一个等号，或者画一个加号，两婚相加不就是一个重婚吗？研究显然没有什么成果，因为妖肆已经为海龟生出两个小海龟了。从这一点去看，妖肆与妖贰，70后与80后，不相上下，一个平手，一对生儿育女的好母亲。说起来，朦胧诗人与海龟，真的让我们眼红不已——我们在饭局，好歹也“工作”这么多年，好歹也“奋斗”这么多年，有时候酒喝得连命都不要了，脂肪肝酒精肝肯定是跑不了了，怎么从来没有遇见这样的好事呢？说起来都是为他人做嫁衣裳了。

妖肆中戏戏文系毕业后，完全忘记父母亲的教导，甚至旁门左道，不写戏，不演戏，热爱什么服装设计，在后现代城开了一个服装小铺，稀稀拉拉挂着的衣服，飘飘荡荡展示的款式，一件一件都在自说自话。什么外套简约，味道性感；什么最佳社交穿着，还是膝上小礼服裙；什么轻摇滚，不累不腻；什么黑色很好，棕色更没问题；什么别用长上衣遮住紧身裤的精彩，肚皮要露，背脊要露……林林总总，花里胡哨，一眼看去就是小妖精服装专卖店。整个小妖精系列服装，只能由小妖精自己设计，别人假冒的时尚，她们一律不买账。从这个意义上说，妖肆也不能说不务正业，至少在为小妖精涂脂抹粉，让小妖精一个个霓裳羽衣、妖里妖气，有利于她们去神出鬼没。妖肆平时自己的打扮就很入时，就很出粜，就很养眼，在妖精如云的饭局上一亮相，常常会引起一片大呼小叫，“麦——嘎”；妖肆立刻就响应一句，念台词一般：给我一杯威士忌，里面兑一些姜味汽水，宝贝儿，别太吝惜了。妖肆随口而出的经典台词，都是中戏的水平，都是很上台面的，既避免被惊场的尴尬，又不失优雅地点了一种酒。当时妖精们的呼叫，当然都是英语——我不懂英语，也不喜欢在一本全是汉字的书里，突然冒出一串异类文字——那是小妖精们的时髦文风。

妖肆也不能说没有追求，追求时尚就是很高尚的追求，况且已经是两个小孩的母亲了，追求小孩等于追求未来，应该是人类的永恒追求吧，一个儿子七岁，一个女儿两岁，又是一对金童玉女。说起来也怪，小妖精要么不生，要生就是一双，好像存心要和计划生育过不去，不晓得是一种什么心理。当然，也有老青皮之类，对生儿育女一向深恶痛绝——人类从来都苦大仇深，自己都活得不像个人样，还有什么资格去造后代，让后代受苦受难，简直罪该万死；如果再生出几个白痴，还要去搞艺术去指挥什么乐队，在舞台上一本正经，真惨不忍睹。自己不生就不生，偏偏还要别人不生，也不晓得是一种什么心理。有一点是不需要搞清楚的，大家都知道的：海龟和妖肆，从来没有举行过婚礼。有没有领过结婚证，这个估计谁也不清楚——难道拉斯韦加斯，真的还有什么问题？难怪一度传闻，说那位北大女博士，也不是一位说不要就可以不要的，不是一件服装，今天穿明天换，而且对女权主义是有研究的，据说已经在咨询京城某位大律师了。看来，小妖精的婚事，或者说要和小妖精去发生婚事，还真不是一件饭局上眉来眼去的事——婚事绝非小事，更不是什么玩笑事。

那年元旦前半个月，我们大家都接到一封精致的请柬，而且一一快递到家，显然良苦用心。当下社会，朋友一般就知道你大致住什么方位，具体什么城区、什么街路、什么小区、几号楼、几单元、几零几，是几乎没人关心的，也没有必要去知道。请柬送出之前，名单的制订、短信的发出、地址的确认、到达的回馈，就是一项浩大的工程。还有就是请柬的制造。海龟和妖肆的请柬，不像小妖精“江湖牙”画廊的那种，一封电子邮件就了事，也不是大街上琳琅满目随便挑来的，而是海龟亲自书写的。这年头会书法的不多，写书法的更少，那天到场的起码一百人以上，一张一张亲手书写——包括带红框的牛皮纸信封—— 一笔浑厚端庄的颜体，恐怕也不是一天就可以完成的。显而易见的是，这种当下罕见的请柬，海龟有意要作为珍贵纪念品，派送给朋友，留存下来，意义重大，一不小心，就是文物。另一方面，也完全说明，海龟要朋友们一起见证，他决心要与妖肆地久天长了。

元旦的前一天下午，四面八方的朋友，专车的专车，小车的小车，直奔怀柔那座著名的避暑山庄——三面环山，面向平原，像十三陵那样的风水，果然是一个小妖精举办婚礼的好地方。也有飞机火车，天上来，地上来，星夜兼程，风尘仆仆，为一场著名的婚礼，为一个不小的面子，从全国各地赶到。按照请柬的精心策划，完全西式“大趴踢”：两点以后开始签到，礼金礼物一一在案；再领豪华套房门卡；然后去酒吧下午茶，洋酒啤酒应有尽有，为晚上盛大饭局润喉热身，狂欢将在大局之后的假面舞会出现；最后的高潮，十一点五十分燃放高空烟花，在新年的礼炮声中完成豪华婚典。六点半晚宴开始，宴会大厅张灯结彩，秃驴大聚会，牛头马面彬彬有礼，妖精大亮相，魑魅魍魉喜气洋洋，一场年度最后的婚礼马上就要开场。只是有人不习惯婚宴自助餐——那是海龟从西方带来的习惯——吃着吃着闭了乌鸦嘴，东张西望某处小妖精。饭局之意，不在饭，不在局，在于妖精也；同样，大家心里都明白，今天的婚礼之意，不在婚，不在礼，在于告示天下也。

高潮是无法策划的，高潮是说来就来，也可能说不来就不来，高潮是一个很不老实的东西，所以高潮似乎远远到来的时候，海龟已经不胜酒力了，摇摇晃晃走向舞台，一手拉着七岁儿子，一手拉着两岁女儿，三个人就站成一排，好像准备接受全体宾客的检阅了。大家以为有什么表演，有人就起哄了，大声嚷嚷，新娘子呢，新娘子呢。看样子新娘子喝得更多，晃动的幅度比新郎官明显要大，被两位老伴娘搀扶到台上。说起来，妖肆酒量没有海龟大，但酒风绝对比海龟好——这么说吧，你想要把海龟灌醉，那是绝无可能的；你想要把妖肆灌醉，那是得心应手的。妖肆和妖叁一样，都有点贪杯，换一种说法就是酒风好，一喝就到底，绝不半途而废。不同的是，妖叁是主动进攻，妖肆是被动防守；妖叁是见朋友就敬，妖肆是见朋友就喝；妖叁喝高后，主动倒向帅哥怀抱，妖肆喝多后，被动喜欢一点温存。所以，海龟是深知老婆的底细，也深知朋友的德性，一般都和妖肆一起赴宴——这个大家都知道的，有监酒官的意思，也有护×虫的意思。只要海龟一在场，我们一般不向妖肆敬酒，妖肆好像也很乖，一派淑女相，酒杯都不端。万一海龟不在场呢——海龟总有打盹的时候，或者工作繁忙的时候，他是一家网站的 CEO，哪有可能天天陪老婆喝酒，下班都在八九点之后——还是曹植曹公子厉害，一眼看穿妖精：美女妖且闲，采桑歧路间。妖肆不像海龟，高薪等于卖身，每天身处漩涡；妖肆小店很不大众，平常鬼都要爬出来——晚上再不出洞去，去歧路采采桑什么的，会把人闷死的——大多数小妖精，估计都差不多。妖肆每天都巴望采桑的，所以海龟不在，就是妖肆开怀之日，也是大家尽兴之时。说起来，这种局面都是海龟自己造成的：你越开放，你越放开，别人就没戏，就不演戏；你越不开放，越不放开，别人就有戏，就要演戏——天下的事情，好像都这样。

一片起哄中，终于安静下来，海龟开始说话了。海龟说，真正的男人，只喜欢两样东西是裸体，一样是女人，一样是威士忌，今天大家加冰块了吗——海龟式开场白总是貌似幽默。笑声中哨声四起：我们今天不加冰块，假洋鬼子才加冰块，我们今天要把威士忌统统喝光，好像已经不够喝了啊。海龟又说，好啊，好啊，我郑重宣布，其它不能保证，酒保证管够，这个山庄里的酒，喝个三天三夜没问题。还是要谢谢大家的光临，今天在座的都是朋友，朋友们都知道，我们一直没有办过婚礼，大家一定会有许多猜测，我们自己也觉得心里不安，这种不安延续到七年之痒，中国有奉子结婚传统，我们奉子奉了七年了，这个时间有点长，请诸位多多原谅，今天我宣布，我们结婚啦。凭良心说，海龟这番话，还是很真诚的。奉子七年是什么感觉，大家很少亲自体验；奉子七年才举办婚礼，大家更少亲自实践。海龟和妖肆，真是一对绝配。不过，后来事情的发展表明，博学而聪明的海龟，显然没有在男人喜欢的两样东西之间把握好关系。比如说，你喜欢的裸体女人，这个裸体女人同时也喜欢你的裸体威士忌呢，这就是一个要命的问题。

掌声劈里啪啦地响起来，海龟把一双儿女拉到跟前，一脸灿烂笑容，供摄影爱好者聚焦。有人就叫了，新娘呢新娘，一起照，一起照，全家福，全家福。这时有人才发现，妖肆一直站在舞台的边缘，端着一杯酒，扭扭捏捏，不晓得什么意思，可能真是喝多了。两个老伴娘把妖肆牵到舞台中心，妖肆好像很兴奋，高举酒杯，似笑非笑，对着台下大叫，我要喝酒，我要说话，我要喝酒，我要说话。最后，酒也没有喝，话也就那两句，老伴娘要扶她下台，她也不肯下台，好像全家福也没有照成，因为妖肆一直不肯老实站着，满舞台转来转去。有人马后炮，指天起誓说，当时就发现，不照全家福，不是好兆头。

三个月后，春节过后，春暖花开，春心萌动，妖肆消失了，至少在海龟面前消失了。后来那个喜欢研究拉斯韦加斯的家伙，又出来公布最新研究成果：七年之痒，分手之日；七年之痒补办婚礼，逆历史潮流而动，就是婚礼的葬礼了。有人嘲笑：你这个婚姻专家，那天你为什么不上台去提醒一下他们？婚礼这个东西，是有黄道吉日的，不是心血一来潮，想哪天就哪天的。一个迟到的婚礼，无疑是一场早退的悲剧。

其实，一开始妖肆就不能算消失——春暖花开大家都知道，春心萌动只能是猜测——妖肆只是应妖贰邀请去杭州玩。说不定妖肆天生妖精，有一种灵敏的嗅觉，西湖的湖光山色，很适合去潇洒、去疯狂、去妖魔化一番的。妖贰的杭州酒吧，取名"今天"，借名当年朦胧诗的一本刊物，既富有诗意，符合小资胃口，又暗合当下，追逐时代潮流，今天有酒今天醉。名一正，钱就顺，妖贰的酒吧生意有声有色。每天晚上，饭局之后，杭州的文人墨客，骚人骚客，写诗的写小说的写天下文章的，画画的卖画的买人间春色的，因为朦胧诗人在文坛的名气，因为女老板在交际场的活动能量，统统都跑到妖贰的酒吧里了。

妖肆和一个叫老土的家伙怎么好上的，他怎么让妖肆乐不思蜀，让妖肆觉得江南好最忆是杭州，最后一去不复返了，恐怕除了妖贰，没有人会清楚。前面说过，我们去杭州，都要去妖贰酒吧捧场——那天我们面对老土和妖肆，半开玩笑半当真问，你们两位怎么好上的啊？老土笑而不答，向我们指指妖肆，意思让她说，看样子好像是妖肆主动，谁主动谁坦白的意思。老土名字老土，其实是一个哲学博士，本科学建筑，硕士读美术，显然满腹经纶，很厉害的一个家伙，不过，这家伙看去很憨厚，任何时候一脸憨笑，貌似一个老土，实际深不可测。妖肆那天倒没有喝多，从妖贰酒吧出来，我们又去大排挡宵夜，发现老土酒量了得，一场接一场，一杯接一杯——难道妖肆的移情别恋，和一个人的酒量有什么关系吗？从妖肆那天的回答去分析，还真是有玄机。说起来，结婚就结婚，离婚就离婚，一切都是上帝安排。海龟和妖肆，同居七年，儿女一对，已然幸福，婚礼一办，居然分手——不会早就策划好的吧，不会是一场为了告别的聚会吧，更不会是收了大家一点小财礼胜利大逃亡吧——这是谁也想不明白的事。也许还有这样一种可能——生于江南，归于江南，生为江南人，死为江南鬼。那就是小妖精冥冥之中的命运问题了，很多年前妖肆父母亲从北京发配老家，说不定已经命中注定了。

命运的妖魔，好像都和某个地方有千山万水千丝万缕的联系，比如，韶山还是溪口，延安还是西安，北京还是南京，继往开来，有很多时候，地方就能决定一个人的命运。妖拾柒，上海人，美女作家，老公是英国人，贵族后裔，美女嫁老外，作家嫁贵族，天生一对，绝代双妖，男妖怪，女妖精，男欢女爱，生个混血儿人见人爱。可老公就是不喜欢上海，喜欢北京；妖拾柒就是喜欢上海，不喜欢北京；一个说在上海一天都呆不下去，一个说在北京一天都呆不下去，两个都一天呆不下去，就没有一点调和的余地，就没地方可调了，只能各奔前程了。鸡飞狗跳之后，法院不晓得按大不列颠及北爱尔兰联合王国法律，还是按中华人民共和国法律，判定女儿归老公，换句话说，一个中国美女作家，给一个英国贵族后裔白白生了一个小后代——当然这都是我们饭局的话题，属于廉价爱国主义，不说白不说，说了也白说。英国贵族后裔带着中国美女作家的混血女儿，漂洋过海，班师回朝，回英伦三岛去了。可怜堂堂中国美女作家妖拾柒，差点就神经病，无法求救耶稣，无法求救上帝，最后只能依靠阿弥陀佛，从佛教中得以解脱。命运继续妖魔，妖拾柒前老公，天生喜欢北京，注定要在北京混世界，没多久又带着女儿潜回北京，在南锣鼓巷开一家小店，以英国贵族看中国的眼光，创意一种T恤“创可贴”。这个家伙心怀叵测，把北京的牛皮癣、小广告、地铁月票、标语口号、老毛头像之类，统统印到T恤上，让人们在大街上招摇过市，大有生生不息的气象，不晓得哪里来的知识产权，不晓得是贴他自己的创口，还是贴中国人的创口，一塌糊涂后现代的样子，搞得时尚青年无比喜欢，生意兴隆，财源滚滚。创可贴这种给创口敷贴的小玩意，医学上的功能大家都懂；贴到大众服装上去，居然就成为著名品牌，成为北京著名人物，最后竟野心勃勃，索性改名“创可贴”，像皮尔卡丹，像范思哲，企图百年老店，真是让人不得要领。“创可贴”创意非凡，终于在北京安家，又娶一个老婆——这回娶洋的了；又生两个洋女儿。发洋财，播洋种，可谓人财两旺。丁书商出过妖拾柒的书，包装过美女作家，结果血本无归。现在妖拾柒前老公，抛弃美女作家，用“创可贴”打天下，结果大获全胜，这就让丁书商很眼红，说那“创可贴”，个子比他高，酒量比他小，一个英国佬，没落旧贵族，凭什么啊，名利双收，还外加一个混血千金、两个纯种宝贝。老青皮对此哈哈一笑，以局长身份，以和谐眼光，教育属下金刚丁书商说，为什么远来的和尚好念经，因为中国本来就没经，不要说马列之类，连佛教都是进口货，你有没有文化啊，你还不满足啊，出美女作家书，不就是人财两得吗，美女眼前过，留下卖身钱，你们书商那一套，以为我们不知道啊？其实我们都知道，丁书商和“创可贴”是好朋友，经常一起在“孔已已”喝黄酒，有一回“创可贴”喝高了，看见苟子爬上酒桌独舞，就拿自己脑袋，去钻苟子裤裆，一下子就将他顶到肩膀上。一米九的个子上，苟子成为骑马郎，趁机手舞足蹈，在“孔已己”高高在上四处巡游，引得满堂起哄。后来苟子吹嘘，那天是他平生第一次酒后尽兴，英国贵族真是一个好同志，有让中国人开心的本事，老外就是会娱乐中国人哈。丁书商则且听下回分解般告诉我们，现在妖拾柒独身一个，依然坚守上海，念佛写书，写书念佛，每月必定去一次北京，看她的一个亲生的混血女儿，当一回老妈；看她的两个非亲生的洋种女儿，当一回干妈——又老妈又干妈，也可谓两全其美。说起来，英国贵族和美女作家，“创可贴”和妖拾柒，在各自喜欢的地方势不两立，把地方搞成儿戏，搞来搞去：一个搞得很像白求恩，一个搞得很像玛利亚；一个搞成伟大的国际主义战士，一个搞成伟大的人道主义母亲。如此这般的妖魔化，让我们都觉得自己很渺小。

其实那天，妖肆没有直接回答我们的问题，也没有说她喜欢江南，喜欢杭州，喜欢西湖，总之根本没有地方的什么事，好像只说了海龟和老土他们对酒的态度，好像决定一个小妖精命运的不是人，而是酒。

妖肆说：海龟永远管着我酒，从来阻止加酒。

妖肆说：老土从来不管我酒，永远为我加酒。

我们似乎明白了，文学一下，就是：

一个红袖添香不添酒。

一个红袖添香又添酒。

妖言八曰

海龟永远管着我酒。

老土从来不管我酒。

5

那天在老枪酒吧，小妖精说的都是实话。小妖精当然没有结婚，小妖精甚至没谈过恋爱，她的爱情在含苞欲放的花季，早早就被一场悲剧葬送了。她所谓的“早婚”，是一种永远的痛，痛到极端，无处可遁，往往就化作小妖精一句不管不顾的自贱。后来小妖精和老青皮生米煮成熟饭、正式谈婚论嫁的时候，小妖精把“早婚”的事情如实告诉了老青皮。小妖精的所谓“早婚”，是少女时代的一次强暴，强暴者正是她父亲的同事兼朋友 —— 一个人面兽心的教授，经常在她家出入的好叔叔。

据说好叔叔分四次完成了一个强暴，四合一的强暴，一拖四的强暴——天下真是无奇不有，说起来真是让老青皮感到不可思议。据说，好叔叔那双画画的手，第一次没有脱下小妖精的裤子——小妖精的牛仔裤紧绷绷的，皮带也是紧绷绷的，不是一下两下可以脱下来的——小妖精死死不肯，甚至大喊大叫。好叔叔好像隔着一层画布，像画画那样把小妖精尚未圆满的乳房，胡乱涂抹起来。第二次重复第一次，还是没有脱下小妖精的裤子，但是小妖精的衣服被脱下来了，小妖精的上半身失守了，好叔叔攻占了小妖精的小乳房，手忙脚乱开始半身人体绘画。第三次重复第二次，依然没有脱下小妖精的裤子——可见小妖精的抵抗是卓有成效的——但是好叔叔自作主张，把自己的裤子脱下来了，把小妖精紧紧压在身下，隔着小妖精全副武装的衣裳，在小妖精身上画起抽象地图来了。第四次的重复，在前三次基础上，大家都知道，好叔叔奋不顾身长驱直入了，小妖精彻底失去抵抗能力，任凭大好河山全面沦陷；好叔叔孜孜不倦的人体绘画，终于在浓墨重彩中完成了，手臂上留下小妖精的一排牙痕，虽然贴上了一块伤湿膏，依然难逃曾经的硝烟弥漫。问题是为什么小妖精在第一次之后，没有一点声张呢？告诉母亲，告诉父亲，告诉老师，哪怕告诉保姆，都可以的，悲剧就不可能进一步发展，好叔叔的兽性就半途而废了。那样子好叔叔最多被开除公职，也可能批评教育一番了事，至少不会被警察带走；小妖精就基本毫发无损，遭遇战或阻击战就以小妖精的不动声色告终，大家也不可能知道这件丑闻了。

这件丑闻，最后还是以证据不足没有被起诉。好叔叔打死不承认是强暴，小妖精也不大可能去法庭上指证，去指证恐怕也不大可能一次一次说清楚，所以就成为一个永远的悬案了。大家也都觉得很蹊跷，第一次好叔叔企图未遂，怎么可以让他有第二次第三次直至第四次下手的机会呢？那是小妖精十四岁发生的事，小妖精已经上初中了，初中生应该有点懂事了，应该懂得保护自己了——当然现在我们不可以这样去瞎说一个小姑娘。事实上小妖精完全被吓坏了，事后完全变一个人了，目光游离，忽然不爱说话，见到陌生人就远远躲开。事实上，强暴案中的小姑娘，很多不敢告诉大人的——告诉母亲，结局就是两个人抱头痛哭；告诉父亲，结局搞不好就是一阵暴打；告诉老师，告诉保姆，等于告诉大家，结局就是小道消息风行天下。

小妖精家算书香门第，结局不好预测，问题是那段时间，父亲正在北京开会，母亲正在上海讲学，他们的美术事业蒸蒸日上，经常顾不上眼皮下的女儿，他们的经常出差，让好叔叔有了可乘之机，保姆基本上不管这类事情的。校长的女儿无疑是小公主，小公主无疑是小妖精的前身，小公主小妖精是很容易被大家喜欢的。好叔叔分四次完成一个强暴之后，小妖精依然没有什么表现——天下的强暴案总是扑朔迷离，结局不晓得会朝什么地方发展。很多年后小妖精朝那个叫“沟通”的作品开枪，而且开了四枪，是不是与四合一或一拖四的强暴有关，这连美术史家大胡子都含糊其辞，无法考证了。

保姆在洗衣时发现小妖精的内裤有斑斑血迹，以为小妖精成大人了，等到小妖精母亲回来，才偶然提起。母亲盘问小妖精，想了很多办法：去好玩的地方，买好吃的东西……小妖精玩归玩，吃归吃，软也好，硬也好，一律守口如瓶，直到盘问者自己先哭起来，小妖精的泪水才姗姗来迟。在母女两个人的泪水之下，好叔叔才水落石出。母亲万万没有想到的是，小妖精即便已经流泪，即便已经泪流满面，说出来的第一句话，依旧让她大吃一惊，小妖精说：

“妈你说，那种事情有意思吗?”

这件事随着好叔叔的抓进去又放出来，学校里很多人都知道的，虽然已经过去了很多年，物是人非，但毕竟抽刀断水，一个校园，一个圈子，不太可能瞒住老青皮的，小妖精隐约感觉老青皮已经风闻，所以好像在说一个遥远的校园故事。小妖精对老青皮说得很平静，也很坦诚，这也是她平生第一次对一个男人敞开心扉。

小妖精说：“那时我被强暴了。”

老青皮说：“我们都被强暴了。”

小妖精说：“我那时还是小孩。”

老青皮说：“我们全都是小孩。”

小妖精说：“那时，我还没有成人”

老青皮说：“我们现在也没有成人。”

小妖精说：“你的眼睛就像一个小孩。”

老青皮说：“我的眼里人类都是小孩。”

小妖精说：“我在跟你说事呢。”

老青皮说：“我去跟你爸说事。”

老青皮站起身，掉头就走，把一个小妖精眼泪汪汪地扔在身后。那时候老青皮已经毕业，觉得不应该再怕什么小妖精的父亲——他从前的师长、他未来的岳父大人了，他知道现在可以和那个老家伙摊牌了。小妖精父亲一直不同意他们的婚事，不是说他看不上老青皮——老青皮家庭不错，是门当户对；才气也不错，是比翼齐飞——只是觉得老青皮一年四季光头，看上去有点横肉，好像有点痞子相，怕自己女儿以后会吃什么亏。那天老青皮一头撞进院长办公室，秘书挡都挡不住。小妖精父亲看见老青皮，站了起来，笑了一下，说你来了，请坐请坐。老青皮没有坐，说了一句话，那句话把小妖精的父亲——老青皮的院长大人兼岳父大人，噎得半天说不出话来。就是这一句话，小妖精违背父意跟了老青皮十五年，这一句话后来被浙江美院的好事者冠名为著名的“操×论”，誉为自建校以来，一个最牛×的学生，对一个最牛×的校长——据说这个牛×不是指校长是一个全国著名画家，是居然不肯把自已经不是姑娘的姑娘，许配给一个省军区首长的公子——说的最牛×的一句话。老青皮说：

“今天，你听着，你的女儿，不就一个×吗？别人操也是操，我操也是操，为什么别人可以操，我就不可以操？”

妖言九日

妈你说，那种事情有意思吗？

伍

都说后现代城是北京最大的二奶城，小三如云，妖精成群，一眼望去，妖风阵阵，妖气弥漫，果然是一妖界圣地。据说这个楼盘的成功，就在于开发商把天下的小妖精琢磨得里外通透——经济实力、文化素质、时尚品味、生活规律、居住形态，小妖精的几大基本要素，被精明的房地产商悉数拿下，几乎一丝不挂了。主打产品就是49平方米小户型，住着合适，买者合适，既适合小妖精自己掏钱，也适合男人们为之慷慨解囊，男女都合适，上下都和谐，所以房子供不应求，房价一路攀升，现在连二手房都炙手可热，朝向好的根本没有房源了。我怎么会住在这里呢，说起来我自己都不知道，我对水泥森林中的水泥棺材一向没有兴趣，我相信以后也不会知道自己住在哪里，鬼使神差，现在住后现代，风景这边独好，只能算三生有幸，冥冥中似有妖精在召唤，一年四季，一天到晚，看妖精来去，昼伏夜出，潮起潮落，充满诗情画意。不幸的是，妖伍也住在这里。

妖伍的出身有点可疑，歌厅一位小姐，据说湖南人，艺名小绵羊，真实性无从查考。丁书商给妖贰出书之后，决心继续在妖精身上做文章，天天四处烧香，无处不是饭局，每天饭局之后，自然一条龙，歌厅就是第二站。说起来，歌厅也是一个妖怪地方，和饭局就像孪生兄弟，就像绿色通道——走出饭局，就是歌厅；走进歌厅，继续饭局；没有饭局就没有歌厅，没有歌厅就没有饭局。比如说，丁书商要请出版社长吃饭，社长向家里的老婆请假，总是说晚上有饭局，不会说晚上去歌厅——没有饭局的酒足饭饱，就没有歌厅的寻欢作乐；没有饭局的铺垫，就没有歌厅的狂欢——饭局是中国男人目前为止晚上外出的最安全的借口，也是最能体现中国男人在外有所作为的理由。一个大男人，一年三百六十五天，天天在家或基本在家，大眼瞪小眼，相看两不厌，何等窝囊，何等凄凉，恐怕时间一长，老婆都会把你赶出去。所以丁书商算老歌厅，我们一起鬼混多年，完全可以写一部《泛歌厅时代》，在《小妖精时代》、《大饭局时代》之后，组成一个时代三部曲，按下不表。

话说那天丁书商和出版社长一干人，吃完饭跑到北京著名歌厅 8 号公馆，庆祝妖拾柒《北京妖精》的胜利出版。丁书商拿出一摞书，分发给几位媒体朋友。小绵羊一看，身体腻歪上来，娇滴滴说我也要我也要。丁书商冷眼一笑，说你又不看书，你看什么书啊。小绵羊说我最喜欢看书了，我也高中毕业的耶，我们这里很多小姐妹都喜欢看书的啊。丁书商一听——可能那天酒到位了——思维敏捷，忽然冒出灵感，心想北京的歌厅，少说成千上万，作用不可估量，现在图书销售，传统管道萎缩，何不利用歌厅，作为一种新的发行管道？就像那本奶酪书，就是以中关村的 IT 公司为枢纽，辐射四面八方，后来红遍全中国，是中国图书发行的一个奇迹。丁书商进一步激动，这本书天生歌厅书，内容很适合小姐，简直是歌厅里的主旋律，小姐也需要精神食粮的，一方面为小姐的灵魂净化做点小贡献，一方面开创图书销售新局面。小姐们都有帮派体系的，东北帮四川帮贵州帮，什么地方的都有，一个帮派就是一个管道，四通八达就是全中国，老乡见老乡，口口相传，有口皆碑。还有，这帮小姐，每个人背后都有男人，不止三五个老板，三百六十行都有，撒一个娇，一本书就出手了，一天撒十个娇，应该没问题的。相貌好，嘴巴甜，心眼活，想赚钱，小姐简直天生一帮发行员，一帮超级销售员啊。丁书商这么一想，激动非常了，当场给所有小姐人手一册《北京妖精》，让她们重新站好队列，指指点点说，好书啊好书，爱死恨死的好书，看了不许掉眼泪，看了好就多多宣传，宣传好就多多销售。小姐们一个个都把书捧在胸前，颇有当年红卫兵捧红宝书的风范，一排看过去，英姿飒爽里，妖冶无比中，果然平添几分书香，多了几分文化姿色。丁书商满心欢喜，从书包里拿出一沓人民币，向每位小姐发了三百块，自作主张把小费加了一百，说这就算你们看书的阅读费，也算你们发书的进场费，今后好好干，发书都有提成，这是赚钱的好门路，银子大大的啊。丁书商用心良苦，各路财神都要烧香的，既给了小姐们甜头，又顺便把在座朋友们的小费发掉了。接下来的垃圾时间，丁书商偶尔和社长碰碰杯，基本没心思唱歌了，专门和小绵羊窃窃私语，好像小绵羊已然是个经理人，需要正式讨论发行事宜了，好像连折扣提成都一一搞定了。

奇迹果然在歌厅发生。歌厅真是藏龙卧虎，处处商机，一个商品无限流通之地，据说以小绵羊为首的《北京妖精》小姐发行团队，发行量远远超过老牌新华书店，甚至超过新贵当当网卓越网，又一次创造了中国图书发行业的奇迹。丁书商的那本新书，因为大胆革新管道，随着小姐发行队伍的日益壮大，变成一本畅销书，这家伙赚大钱了。小绵羊从丁书商那里赚了多少钱，没有人知道；小绵羊摇身变成小妖精，变成妖伍，大家都知道。小绵羊的人生之路，可以预见从此将彻底改变了。

丁书商不但青楼救美、青楼扶贫，简直是青楼掘金、青楼挖宝、青楼锤炼 MBA 了。就在我们以为丁书商会继续扩大战果、完全可以在公司设立一个中国独门秘籍的歌厅发行部、完全可以把小姐销售这个创新事业搞大的时候，妖伍消失了。关键人才流失，创新队伍夭折，丁书商无可奈何花落去，消失与出现，就像死人一样，就像活鬼一样，天天在我们面前发生的——从一个人面前消失，在另一个人面前出现；从一个阶层消失，在另一个阶层出现；从一种现实中消失，在另一种现实中出现；从一种历史中消失，在另一种历史中出现。眼下就是这样，妖伍从丁书商面前消失了，在李广告面前出现了。

李广告开一家广告公司，好像生意很忙，平常并不多见，而且在饭局上表现也很怪异，每到饭局一半，必然抽身而退。开始大家没注意，时间一长发现了；大家一对时间，发现每次走，都是晚上八点，这就非常可疑，好像在饭局就是虚晃一枪。倒不是他企图溜单——该买单时肯定买，买完单他照样走；也不是家中妻管严——他早把妻儿送去美国，一个人逍遥自在了。那天李广告在后现代城出现，让丁书商有点惊讶：李广告身边的小鸟依人，居然是消失多日的妖伍。李广告请两位前合作者，在后现代的老北京涮羊肉，聪明人就是聪明人，大家都是朋友，平常都有来往，金屋藏娇有一定难度的。大家坐定，还没点菜，李广告就开诚布公地对丁书商说，妖伍在我们公司上班了，负责广告营销工作。李广告一点不阴谋，丁书商也不笨，不说也猜到大概，丁书商就曾经对我们追问妖伍的下落时说过这样的话，我和她又没什么关系，她爱谁谁啊，居然和当年二传手妖贰一个口气。丁书商听完李广告的坦诚相告，也对妖伍坦诚相告说，李广告不像小书商，李广告公司做大生意的，项目全是政府投资的，你们省的国庆大典，就是你们公司策划的，你们公司汽车就有五六部，宝马悍马奔驰，一年到头跑得欢，迎来送往的，都是你们那边的省长市长啊，到时候叫李总打个招呼，说不定能帮上什么忙，你们家有指望啦。说到这里，丁书商这个前老板，向妖伍这个前部下，敬上一杯二锅头说，这一杯你一定要喝，水往低处流，人往高处走，恭喜李总看上你，也恭喜你看上李总，你要好好干啊，不要辜负李总的慧眼啊。李广告笑起来，很关爱地把新部下的酒倒出一半，倒进自己酒杯，说你这个臭书商，说什么呢，你们公司你们公司的，什么意思，不要毒害小姑娘，她喝二锅头要醉的。丁书商也笑起来，李总啊李总，人都被你挖走了，水都往你这里流了，我还不能告别一句啊？当下三人碰杯，一场迟到的人事移交，就在李广告先下手为强中完成。妖伍嘴巴本来就甜，天生一个机灵鬼，李总长丁总短，丁老师长李老师短，一场残酷的人才之争，就这样在甜蜜的叫声中结束。那天饭局散场时分，妖伍或小绵羊说的最后一句话是：李总，丁总，我们都是不容易的啊；丁总，李总，我们真的不容易的。

妖伍就这样不容易地往高处走了，据说妖伍一直在往高处走。妖伍坚定认为，高处代表成功，成功就在前方。妖伍走得义无反顾，妖伍走得天天向上，先是离开李广告的广告公司，去了一家机票代理公司，最后又辗转去了新加坡，终于从新加坡的跳板，看见了天堂。据说在一个凌晨，在一条高速公路上，妖伍遭遇车祸死了，据说同车的两男两女，无一幸免。一切都是谜，比如，妖伍怎么离开的李广告，离开李广告是否李广告的安排，妖伍去新加坡又干什么，去新加坡是否李广告的掌控之内，两男两女夜半三更高速公路又干什么，这个恐怕李广告自己都说不清楚了。

那天又在后现代城，李广告大概心情不好，组局请老朋友叙旧。饭堂里火锅热气腾空，场面上妖精人影闪动，只有我们几个老男人面面相觑，觉得这个饭局，有点来者不善。可怜的李广告，好像没地方倾诉，强悍的李广告，好像流了鳄鱼眼泪，说妖伍是他一生中遇见的最好女人，说他这辈子再也遇不见妖伍这样好的女孩子了，说他已经将妖伍的墓地做好了，已经将年事已高的的妖伍母亲接来后现代城住了。后一件事我们毫不怀疑：既然妖伍超度后现代了，丈母娘也没有先后之分，更没有真假之分，一个女儿的母亲，永远是一个女儿的母亲——李广告确实一个负责男人，一个孝顺后辈，这方面至少朋友圈里有口碑的。丁书商望了望窗外，后现代城妖雾缭绕，灯火依旧，就有疑问：妖伍的骨灰谁拿回来的呢，墓地里有妖伍的骨灰吗？第二个追问的是毛装修，半开玩笑半当真：听说干过这一行的，就不想干别的了，妖伍会不会去新加坡重操旧业啊？第三位就是老青皮，联想更丰富，富有逻辑性，从小绵羊说到妖伍，从妖伍说到后现代，从后现代说到新加坡，从新加坡说到天堂，从天堂说到骨灰，从骨灰说到墓地，从墓地说到墓志铭，从墓志铭说到普希金，于是就念普希金的墓志铭：这里埋葬着普希金，爱情和懒惰，共同消磨了他的一生，他没做过什么善事，可在心灵上却实实在在是个好人。

李广告瞪我们一眼，又一次抽身走了。他走出大门的瞬间，我们看见，一股黑色的很像妖风的东西，盖头盖脑裹住了李广告。

妖言十日

李总，丁总，我们都是不容易的啊。

丁总，李总，我们真的不容易的。

6

老青皮出身军区大院，从小对枪就有崇拜，酒吧一夜，与其说邂逅了小妖精，不如说邂逅了一把枪。一把枪好像一把开瓢的西瓜刀，一下子就把老青皮脑瓜里的纠结打开了，童年的梦想，军人的荣耀，男性的阳刚，艺术的沧桑，统统可以归结到一把枪上。

事实上，酒吧一夜，一把枪就像幽灵一样缠住老青皮了，在他的骨子里左冲右突，他的身体好像被一颗子弹引爆了。最后他就用这把枪，把自己那个“老巢”打了一个稀巴烂，自己把自己枪毙了。对自己认定的东西，老青皮是下得了狠心的，不就是一个展览么，没什么了不起的，眼看不如别人，真的不如不去。后来美术史家大胡子就是在这一点上，对老青皮十分欣赏。大胡子从一个大艺术家的气度，谈到一个大艺术家的气象，大胡子说，要搞艺术，天赋另说，首先就要好大喜功，要有野心，否则就成不了什么大气候，趁早去种田，趁早去做工，去过自己的小日子。老青皮觉得自己这个作品，与小妖精的用枪去“沟通”相比，简直小巫见大巫，一个天生基因里就有枪杆子的大男人，怎么就没想到用枪作为元素去搞它一个作品呢，怎么就被一个小妖精捷足先登了呢？说起来，作为一个科班出身，老青皮在自以为了解的世界艺术史上，一向看不起女性的作为，一向认为女人没有真正的大艺术家。这个小妖精，怎么一下子就把他的根深蒂固铲除一空了呢，说起来真是无地自容，无颜见军界父老。老青皮把自己的作品废掉之后，自动放弃展览，空着一双手到了北京。

老青皮跑到鲁迅文学院，我正在那里进修，那时我对书法的大字已经没有兴趣，对文学的小字充满期待，我说，你不去找妖拾捌，跑到这里来干嘛？他说，妖拾捌早跟别人跑了，我去见鬼啊？妖拾捌是老青皮在北京的第一任女朋友，也算一个美女作家，和妖拾柒一起出道，是一个正宗小妖精。老青皮和美女作家的瓜葛，说起来和丁书商有关，这个家伙大概尝到了美女作家的甜头，好像以出美女书为己任，每每和美女作家谈书稿，总要叫上老青皮，不知道什么心理。说来老青皮同文学同出版一点关系都没有，就凭一个局长身份，好像也解释不通——和美女谈书稿，一来算商业机密，二来也算私人幽会。现在看来，只有两种可能，一种属于拉皮条，一种老青皮很能侃，经常能把美女侃得云里雾里不知所云，丁书商趁机占得便宜，版权一举廉价拿下。妖拾捌和画家老公离婚后，从扬州一带跑到北京，貌似写作的同时，寻寻觅觅第二任老公，就成为她的第一理想，写作反倒成了幌子。妖拾捌怎么和老青皮好上的，具体就不清楚了，无非狗苟蝇营，地下工作一般，只知道他们平常若即若离，聚少离多，远水近火，一旦干柴烈火，就烧进别人怀抱里去了。问题是妖拾捌又时不时跑回老青皮的怀抱，每次都把老青皮搞得欲罢不能，在幸福与痛苦之间摇摆，至少有五六个来回了，不知道他们是一种什么状态的男女关系。后来老青皮好像开通了，反而将计就计，采取召之即来、来之即战、战之即跑的战术。妖拾捌则采取游击战对付老青皮，一忽听说跟张三画家了，一忽听说跟李四摇滚了，一忽又听说跟王二导演了，一忽又听说跟那个著名的 IT 人士了，一忽又听说跟那个大名鼎鼎的房地产商了——妖拾捌的爱情，已经成为一个北京传说。最后的传说，为了寻找爱情，妖拾捌得抑郁症了，自杀了好几回，最近的一次，眼看上吊就要成功了，却被一个与妖拾捌打游击的游击战士，拿打火机烧断了丝绸的吊绳。游击战士情急之中，是考虑不到丝绸之火的，是想不到丝绸之火会点燃一头茂密长发的，火从丝绸一直烧到头发，从头发一直烧到下巴，把整个脸烧成黑糊糊了，彻底毁容了，妖拾捌没有成为吊死鬼，成了一个火烧鬼，所以老青皮说见鬼，不是没有道理的，至少有葡萄酸味道。据说，妖拾捌目前正在大规模整容，手术类似全聚德烤鸭大师傅，把妖拾捌屁股上的肉皮片下来，一片一片贴到脸上去，情况到底怎么样，谁都没见过，想来妖拾捌的屁股还是雪白的。老青皮说起妖拾捌，好像完全在说一个陌生人，跟他毫无关系似的。我对老青皮说，妖拾捌抑郁也好，自杀也好，毁容也好，完全是你一手造成的，你不是一传手，至少是二传手，是关键人物，你把她彻底拿下，就没有三传四传五传了，就没张三李四王二麻子什么事了，就没有这么悲惨的故事了。老青皮说，那厮小妖精，四大天王中国首富都拿不下她，天生一个红颜薄命，只能做情人，不能做老婆，这个你不知道啊。其实，老青皮也是和尚对尼姑，半斤对八两，一向喜新厌旧的，这和他的艺术追求异曲同工，借口艺术家天性，寻花问柳，天涯何处，随时眼睛一亮，三步之内，必有芳草。不过，老青皮基本喜欢一个类型，就是小妖精类型。男人的口味千奇百怪——有人恋母，有人恋姐，有人恋妹妹，有人恋女儿，有人喜欢大美女，有人喜欢大长腿，有人喜欢审美型，有人喜欢审丑型……老青皮为什么喜欢妖精型，只喜欢小妖精，为什么弄丢一个文学小妖精，后来又遭遇一个艺术小妖精，小妖精到底有什么妙处呢，小妖精到底什么地方妙不可言呢，我们真是搞不清楚。后来，老青皮仅仅向我透露过一点，这一点就让我琢磨了半天——老青皮说，大长腿是局部覆盖，小妖精是全部覆盖。

老青皮一身轻松地在我这里住下，打了半天牌，喝了一夜酒，第二天又一身轻松地去了美术馆。走进布展现场，里面一派忙乱，老青皮东一眼西一眼，一眼就看见小妖精正在那里忙碌。

小妖精说："你来了啊。你东西弄好了？在几层啊？"

老青皮说："我没有东西。"

小妖精说："你的作品呢？"

老青皮说："我没有作品。"

小妖精说："嘿，怎么没有了，作品去哪儿了？"

老青皮说："去西天了。"

小妖精说："什么叫去西天啊？"

老青皮说："去西天不知道啊，死掉了。"

小妖精对老青皮的自杀性行为很是惊讶，觉得这个光头有点不可理喻。老青皮本来想显出一副无所谓的样子，结果说着说着，就和小妖精开起了玩笑。

老青皮说："你的东西气场太大，把我的东西搞得一点意思都没有，好像缩头乌龟一样了。"

小妖精说："我把你搞成缩头乌龟？不会吧，你没病吧，你不要吓我啊！"

老青皮说："我在想是否该找辆救护车，在外面的广场上接受献血，让开幕那天，人人都放血，算我的新作品，冲冲你的气场。"

老青皮的潜台词，好像很邪乎——里面在打枪，外面在放血，是一种怎样的恐怖景象？老青皮关于展览作品的思维，实际上已经被小妖精那一支枪搞得乱七八糟了。

小妖精一脸迷惑。老青皮眯眼看了看小妖精行将布完的作品，光头一歪，提出两个建议：第一，地面一定要铺设水泥地砖，显示城市街道一个真实的公用电话亭，一个私人空间与公共空间的沟通之地；第二，可以考虑两个电话亭后面放置一块大的红布，就是整个作品的背景是红色的。

老青皮指手画脚的态度很认真，好像这是他的作品而不是她的作品。小妖精心想这个穿军大衣的光头好可爱哦，好像对我的作品很在意呢，心里不由冒出一点小感动。小妖精就说，水泥地砖我也想过，毕业展览时本来就有，可是现在是北京，去哪儿搞材料啊？红布倒是简单，可红布算什么意思呢？

老青皮笑起来——老青皮不笑的时候一脸鬼气，老青皮笑起来就一脸狡黠——老青皮笑起来说，这还不简单啊，现在北京像个大工地，什么材料没有啊，水泥地砖满大街都是，找几个农民工，给他们一点钱，让他们拉回来就是。说完又收起笑脸加了一句，北京是首都，首都属于全中国，全国人民都有份的。

小妖精笑起来——小妖精不笑的时候一脸怨妇，小妖精笑起来就一脸少女——小妖精笑起来说，哇塞，你教我去偷啊，你教我去抢啊，我从小就是一个乖乖女哎，男人就是男人，做法就是不一样，男人都不是好东西，光头好像更加坏哎。

小妖精故作肉麻的当面吹捧，当下就把老青皮搞得很阳刚，身体力行跑到外面找地砖去了。教唆归教唆，撒娇归撒娇，第一个建议果然不费吹灰之力，农民工进进出出，一数钞票，很快就实现了，加了地砖的电话亭，果然给人身临其境的感觉。第二个建议其实也实现了，只是布置完后，小妖精左看右看，怎么看都不对劲——红布不伦不类，红色背景完全把人的视觉搞得恍恍惚惚，与整个作品很不协调，与自己的感觉一点都不对路，红与黑，完全两回事。小妖精感觉一不对，目中就无人，就没心没肺，三下两下就把红布扯下，扔到一边去了。

小妖精好像当众把老青皮的脸皮撕下了，小妖精没想到老青皮会在一旁大叫：撕得好，撕得好！布展现场人来人往，老青皮莫名其妙一叫，就有人停下来看热闹。老青皮一脸的不在乎，倒是把小妖精搞得有点脸红。

小妖精搞不清楚老青皮的反常行为，突然爆发，歇斯底里地大叫，就像很多年过去了，小妖精依然对老青皮形同陌路一样。

大胡子出现在布展现场的时候，小妖精已大功告成，老青皮已不见踪影——老青皮无疑是玩人间蒸发的高手，经常突然消失，和经常突然出现一样。作为大展筹委会负责人，大胡子似乎对小妖精的作品情有独钟，眼睛一眯，长须髯髯说，这个东西啊，一定要放在显眼的位置，一定要让参观的人一眼就看到，这个很重要，这个很重要。在大胡子"两个'一定要'、两个'很重要'"的指示下，大家就七手八脚抬起"沟通"，好像摇摇晃晃抬着一顶大花轿，更像齐心合力抬着一口大棺材，从一个不起眼的阴暗角落，转移到一个光明正大的地方去了。

一切搞定，小妖精对大胡子的照顾十分感激，气喘吁吁之后，就把自己想象成一个刚刚分娩的产妇，充满爱意地打量着自己孕育大半年的鬼胎：电话亭亭亭玉立，通话人黑影幢幢。

"沟通"俨然横空出世，万事俱备，只欠一枪了。

妖言十一日

男人都不是好东西。

陆

妖陆的父亲搞哲学，母亲搞文学。父亲号称哲学疯子，搞出一点疯狂后，作为人才引进北京。进了社科院，母亲嫁鸡随鸡到北京。搞哲学的和搞文学的搞在一起，很容易搞出一个小妖精。

妖陆祖籍江西，生于北京，大学在四川，工作在北京，很难说是什么地方人——中国人在查验自己出身的时候，总是说不清楚，填表的时候总是很可疑，不知道自己哪里人，从哪里来，到哪里去。就像丁书商，祖籍萧山，出生杭州，户口金华，居住北京，你说他是哪里人，其实哪里都不是，压根就是一个流浪汉。

时代多伟大，人就多渺小，搞不清楚也没什么关系，妖陆就从来不说自己北京人，也不说自己江西人。北京朋友都以为她是外省人，讲话没有儿化音；外省人都以为她有北京户口，当然正规北京人。这就很自由：在需要说北京人的时候，就北京人；需要说外省人的时候，就外省人，在两种身份之间转换自如。身份越自由，思想越自由，在什么圈都自由自在，有很多北京朋友，也有很多外省朋友。妖陆四川大学毕业后，文才不错，加上社科院子女，很容易就进了《北京时报》。妖陆自己工作也出色，尤其在那次著名的长江抗洪抢险斗争中，小女子有点父亲搞哲学的狠劲，单枪匹马，策马前线，血拼水疆，一天二十四小时泡在水里，水里来水里去，像浪里白条那样折腾，每天发回的报导，篇篇都是独家，条条都上头版，一战成名；据说在前线亲自和总书记合了影，妖陆把合影扩成窗户大，披红挂彩捧回报社，从此成为京城名记。

就像火线可以入党、战后可以封官一样，妖陆的抗洪专题报导让老板大喜过望，一个庆功大会，立马提拔副刊部主任，从此成为报社中层干部、媒体资深人士，频频出现在各种饭局上。说起来，妖陆单传父亲的哲学精神，又单传母亲的文学素养，基因分配十分理想，不但能在大江东去浪滔天时刻，把握时代大潮，也能在小桥流水月明夜时分，抒发小资情调，写出一部妖精文学《人人都说不爱我》，顺风顺水进入文学圈，从此频频出现在各种各样的文学饭局上、出版饭局上，而且一律很吃香，掌握主流媒体话语权，人人都要靠她做宣传。妖陆的经济条件已然中产，工资不说，写稿不说，每天去各种饭局，还有红包车马费，虽然台面上不好统计，银行卡里是一一明细。而且，妖陆的钱只进不出，每一笔都有含金量，和公务员一样的：不用请客，只要吃请就行了；不用买单，只要张嘴就行了。家里的开门七件事，本单位及友情单位，早早有人为她安排了。出门旅游，当然公费，飞来飞去，卧来卧去，四星以下酒店是不进的，不是本单位报销，就是外单位友情。连化妆品都不用掏钱的，各种会议各种名目的礼品化妆品，已经足够妖陆臭美一辈子了。所以妖陆这个小妖精，活得还是很滋润，也没有什么贪欲，不物质，不逛街，不购物，该上班时上班，该下班时下班，该饭局时饭局。饭局表现也不错，激愤时骂几句娘，开心时喝几口酒，从来没有出格的事。

妖陆在三十岁时，已然算成功人士，唯一革命尚未成功、同志仍需努力的，就是嫁人。嫁人没问题，问题是嫁给谁，好像谈了也不少，就是没见她穿婚纱。我们掌握妖陆嫁没嫁，或者谈没谈，很简单的一个判据：她如果在我们饭局上消失一个月以上，那就是有情况了，肯定又一个男朋友了；两三个月后，忽然又出现，那就是又一次的没成功，自然不能说失败，又转回饭局来消磨时光了。其实大家也不可能去统计，饭局上都睁一眼闭一眼的事，多长时间，谈多少个，谁管谁啊？有时她自己忍不住，也许需要找地方倾诉，酒后吐出一点真言，向大家坦白出来。过去的不算数，统统枪毙，就说最近一年半，至少有五个。其中，跑婚的两个，未有跑婚现象的三个。跑婚是指即将去领证的前夕，左思右想，瞻前顾后，终于迈不过这道坎，没有出现在该出现的地方，忽然消失了——妖陆在准新郎官面前消失了。

没有进入跑婚程序的有三个，一个是教授，两个是医生。教授在上海，所以有一段她在饭局消失，就是每个周末飞上海。后来老青皮故意问她，你们每次都去上海外滩放风筝啊，北京天安门天大地大不好放啊，飞机票他出钱吗，凭什么每次你飞上海啊，不让那位教授来北京啊，也让我们参观参观，帮你看看相，替你把把脉，有时男人看男人，比女人看男人，要看得准哦。其实问这话时已经迟了，他们已经分手了，妖陆说，上海人不喜欢北京，不愿来北京，我也不喜欢上海啊，为什么我就要迁就他，每次都是我自己买机票，上海人男人太精明，没办法一起生活的。老青皮笑了，好像妖陆的分手就是拆迁办的成功一样，老青皮笑笑说，交友不慎啊。老青皮尽管自己经常交友不慎，并不妨碍他经常教育别人交友不慎，老青皮说，你怎么可以和上海人谈，要谈也不能和上海的教授谈啊，教授就是“叫兽”，你还缺乏这种基本常识啊？妖陆一脸无辜，反问老青皮：爱情还有常识啊，我还真不知道哎，都说天下不存在爱情，没有爱情哪来的常识，没有爱情才是常识吧？

接下来就是医生，而且是北京的医生，一个协和的，一个同济的，一个眼科主治医生，一个牙科主治医生，听起来让人眼睛一亮的医院，让人笑必露齿的职业，成功的可能性很大。那位牙科怎么没成不清楚，那位眼科就让妖陆愤愤不平了。眼科其实和妖陆已经差不多了，甚至应我们的强烈要求，妖陆已经把他带到饭局来了，看去娃娃脸，甚至有点腼腆，不过名院名医应有的风范，好像都历历在目。眼科应对我们这帮妖陆亲友团一样的老男人，也相当得体，说敬酒就敬酒，说干杯就干杯，说通关就通关，有点八面玲珑的模样，甚至眼观六路，谈笑风生——眼科确实厉害，天下病人见多了，见什么人都潇洒了。娃娃脸其实结过一次婚，小孩都六岁了，妖陆说，这个我也认了，拖油瓶就拖油瓶，那个小孩也可爱，气人的是在我们相处的日子里，这个臭男人，竟然还与两个女人在鬼混。即便被我发现，开始我也没怎样，开玩笑问他是不是单位的护士，他居然不要脸说，护士谁要啊，护士就是医生的公交车。这个话真吓我一跳，天下还有这样的男人，我真是瞎了眼睛。

遇上眼科瞎眼之后，恍然自己已经眼瞎，我们后来分析：妖陆后来做出那么出格的事情，同眼科不会没有关系的——原本眼睛一亮，最后搞得有眼无珠，这种反差实在太大。我们后来又分析：知病亦知音，中国医界之传统，医生自古浪漫风流，外遇条件得天独厚，妖陆钟情医生，不能说有眼无珠，至少雾里看花。眼科之后，妖陆似乎看透爱情，对恋爱暂时休战，最直接的表现，就是与饭局不离不弃，天天在饭局出现，而且经常主动组局，招呼各路人马，买大单更是不在话下。是不是一个失恋的小妖精，就会变成一个出手阔绰的小妖精呢，这真是一个让男人们喜出望外的情况。也有人说，小妖精原本精力旺盛，不用在谈恋爱上，一定会发泄在其它地方，折腾就是小妖精的天性。当然有的折腾，是被折腾之后的折腾，换句话说，就是以折腾反折腾，以折腾制折腾——不想被折腾，就要去折腾；不是被折腾死，就是折腾死。当然也有人认为，基因啊基因，哲学与文学，一个是疯狂的虚无，一个是浪漫的现实，哲学家与文学家的联姻，两种怪胎的后代，注定要出大事的。妖陆的事情确实闹得很大，成为那段日子北京的一道风景，全中国甚至全世界都知道了，CNN 和 BBC 都在跟踪报导。

北京西局的饭局，通常在木樨地一带，离张弛老家不远的这处或那处——局长这点特权，还是蛮不错的。我们东局日常的饭局，就离老青皮北京的住处不远，大都在长虹桥，农展馆隔壁，一个随地址随便命名的 16 号餐厅，大家都叫食堂。食堂房子由阴险的大胡子设计改造，后现代风格，简约不简单，素面不朝天，而且故意来一点恶搞：大门狭窄，大堂阴暗，中国人吃饭喜欢的暖色调，或者说喜庆色彩，此处一概不“尿”，甚至没有餐厅灯红酒绿的招牌，所以经常被老外摄像拍照，被各种时尚杂志誉为北京饭局宝典。不过，外面看去卖相不错，里面经营外强中干。本来就是一帮搞艺术的海归或老土心血来潮，手中有点小钱，就好像腰缠万贯，常常讨论，这年头什么最升值呢？讨论结果，当然是嘴巴生意。嘴巴张口就来，嘴巴就是金钱，要么搞政治，要么开饭馆，每天哗哗现金流。有人一提议，大家就凑钱，股东十几个，董事会开得七嘴八舌十五月亮十六圆。没想到，主意不错不代表生意不错，小看饭馆等于小看政治，但饭馆离赚钱，十万八千里，于是最后一场便成了散伙饭。股东们退出食堂之时，正是妖陆对恋爱无心恋战之日，休养生息精力旺盛之际，所以众所周知，食堂由妖陆与妖拾玖接手，一人二十五万，荣登女老板。

妖陆日子滋润，吃穿不愁，但一个公职人员一下子拿出二十五万，也不是一个小数目，据她自己说，连哲学父亲的家底都掏空了，社科院的，又是搞哲学的，基本纸上谈兵，谈不出什么纸币来的，情场失意赌场得意，小娘子这回豁出去了。妖拾玖倒无所谓，毕竟家境不错，自己本身就开公司，医疗器械买卖，不是大富也算小富，不是女强人也算女企业家，这点钱权当投资股票，升也罢跌也罢，扔进去就不管了。妖陆和妖拾玖，两个单身贵族，一对欢喜冤家，好起来好得不得了，巴不得把自己的男朋友都贡献出来，共同分享，事实上她们确实互相“拉皮条”——这个词可能不好听——就是行为上互相帮忙介绍对象，这个你适合，这个我适合，这个转让你，这个转让我。只是到目前为止，没有最适合的，没有转让成功。吵起来的情况当然也有，小吵问题不大，中吵隔个三五天，也会烟消云散。大吵或者恶吵呢，这种情况以前没有出现过，合伙做生意了，情况就出现了。说来也奇怪，原来董事会的烫手山芋，到两个小妖精手里，腐朽化神奇，居然变成一个金饽饽了，不知道她们施的什么魔法。场地还是那个场地，大厨还是那个大厨，菜系还是那个菜系，甚至连服务员都是原班人马，只是换了一个经理，从此生意一路红火，火得不得了，最爆满的时候，门口要发号，不知道那帮食客，是来吃饭的呢，还是来看小妖精。那些日子，妖陆和妖拾玖，天天春风拂面。春风要拂面，赶都赶不走；银子滚滚来，门都关不住。说起来，那些日子是我们东局历史上最辉煌的一段，天天高朋满座，天天不见不散，天天人满为患，搞出许多后患来，经常搞得那些散客以为一帮神经病在变态。在自己的食堂饭局，最大的好处就是尽兴。那天饭局大家都无聊，没什么激动人心的事情，接近尾声的垃圾时间，老青皮就冒出一个猜猜猜节目：猜猜在座男同志内裤的颜色，理论依据是从内裤颜色可以判断一个人的情色观；猜错的罚酒。大家一致拥护，于是一个一个轮流站到椅子上，宽衣解带：有的动作一闪而过，好像不穿短裤一样；有的动作拖拖拉拉，长裤一直不肯穿上；有的扭扭捏捏不肯公开亮相，理由是你们看见会吓死的。总之搞得满桌小妖精眉飞色舞，终于把无聊推向高潮。

真是天下没有不散的宴席；另一种说法，高潮就是结束，和妖肆的婚礼结局殊途同归。三个月装修，三个月暖场，三个月持平，赚钱还不到三个月，一年不到，两个小妖精就无缘老板娘了。餐厅的房产属于农展馆，他们要扩建了，房子要收回了，餐厅要关门了。关门没办法，国家的地盘，国家说了算，一个通知，一张布告，一个大大的“拆”字往墙上一涂，我们的山寨拆迁办终于撞上主流拆迁办了。大胡子的后现代就要立地成佛了，小妖精的发财梦就要放下屠刀了，我们的倒霉东局，继局长一度逃逸之后，又一次遭到重创，从此死无葬身之地了。而且，主流的拆迁办，一脸政策水平，本来还有一脸的严肃，最终见到两个小妖精之后竟忽然有所变化，和蔼可亲地对两位老板娘说，你们属于二手租赁，这个租赁合同本身就不具备法律依据，属于无效合同，所以，补偿啊赔偿啊，我们不可能无中生有的。问题一下子就变得复杂起来，妖陆和妖拾玖就为这个复杂的前景吵起来，吵得南辕北辙大相径庭。妖拾玖甚至对妖陆发起毒誓：你死定了。妖陆则坚定“反毒”：死定就死定，人都一个死，不死白不死，本来就不想活了。说到底，两个人都是不认账：妖陆是不认国家的账，二十五万零头都没收回来，决心抗争到底；妖拾玖是不认自己的账，二十五万权当股票亏掉了，国家谁敢抗争？妖拾玖的父母亲都是国家公务员，父亲甚至是某省黄金局长——不是说黄金局长就有黄金，可以随便不要钱，而是妖拾玖从小都接受黄金教育，不像妖陆，哲学的文学的乱七八糟，基本属于垃圾教育。教育的后果，在人生的某些阴险时刻，是要原形毕露的，躲都躲不掉。妖陆的抗争，妖拾玖的放弃，果然泾渭分明。

妖拾玖不是那种只可同甘苦不能共患难的人，只是觉得螳臂挡车，鸡蛋怎么可以碰石头；既然结局已经显现，东方不亮西方亮，天下有的是发财路。妖拾玖本来神通就广大，砸钱的北大 EMBA 也不是白上的，有多少同学就有多少项目。妖拾玖走之前，写一张纸给妖陆，本人自动放弃云云，如有赔偿，无论多少，一律归妖陆云云，字据白纸黑字，友情铁证如山。书毕，和妖陆贴着脸，依依不舍地拥抱，说如果有什么危险，一定要第一时间通知我，我立刻飞回来，生死与共，你一定要小心啊。说毕，一脸悲壮，落红不是无情物，青山处处埋忠骨，飞往新疆干一个大项目去了。可以这么去看，妖陆最后的抗争，真正的动力，不会同妖拾玖那拱手相让的二十五万没有一点联系的——重赏之下，妖精和勇夫，是无法拿性别来区分的，至少妇女能顶半片天。内讧圆满结束，妖陆隐隐约约听见，推土机已经坦克般轰隆轰隆地朝食堂开过来了。

没有男朋友，就有眼前亏，朋友们只能做道义上的声援，说到底都是口头革命派：平常饭局上，饭友如云阵容庞大；关键时刻，饭友四散踪迹难觅。人一走，茶就凉，饭局的大旗虎皮性、饭局的乌合之众性、饭局的酒肉朋友性、饭局的残酷无情性，最终还是要显露出来的，抵抗的主力只能是小妖精自己了。妖陆说，她还要上班，基本没有时间，也不想惊动父母亲，他们身体都不好，知道了肯定马上要见马克思的。妖陆和妖拾玖分手后的第一件事，就是上网搜索全国“钉子户”的经典案例，经过一番分析、比对、借鉴、总结，妖陆当晚就在伟大的互联网上，面向全国人民——也可认为向全世界人民——刊登了一则招聘启事：

招聘拆迁"钉子户"

招聘人：妖陆（媒体从业者）

人数：2—4人。户籍不限。

底薪：1500元/月。

提成：补偿款2%（如补偿50万，提成1万，以此类推）。

待遇：包吃包住。外地的火车票飞机票报销。

保险：自工作日始，每人投保一份意外险，险期一年。

承诺：雇员在任职期间的法律责任，一概由招聘方承担。

任职要求：

1. 能文能武，文武兼备，文武各半。"武"负责驻守，兼防守总指挥，统帅三个厨师、五个服务员；"文"负责信访，兼新闻发言人。注：不排除驻守的临时接受各路媒体采访，信访的临时赶往现场增援。

2. 有相关拆迁经验，有"钉子户"经历，具备"钉子户"素质，最好能借助全中国"钉子户"的成功经验，集中国拆迁户之大成，反拆迁恶势力之猖獗，抗衡到底，抗战到底，不达目标，誓不收兵。

3. 大学以上学历。具有和拆迁方沟通与辩论的能力，语言表达要一张利嘴，三寸不烂，五毒俱全，七嘴八舌，十分专横，百般狡辩，万无一失，以黑白颠倒对付黑白颠倒，以真理化身对付真理化身。

4. 身体健壮（复员军人、会武功的优先考虑），责任感强（共产党员优先考虑），坚韧，勇敢，临危不惧，原则"要文斗不要武斗"，关键时刻能"坐铲车"、"抱煤气罐"、"扔燃烧弹"……必要时能熟练运用"高屋建瓴跳楼状"、"刀子架脖自杀状"、"汽油浇身自焚状"……

5. 吃苦耐劳，心理过硬，面对停水停电停气甚至放火杀人等种种卑鄙手段时沉着冷静，面临黑社会势力四面包围貌似强大时不折不挠，坚忍不拔，钉子深深在户，旗帜高高飘扬。

联系方式：

电话、手机、QQ、MSN、邮箱、博客、微博、传真（略）。

妖陆往各种网站发帖忙了一夜，一夜的热血情怀，一夜的悲凉情怀，第二天一早，妖陆满怀两种情怀的交集，去搞了两面旗子。国旗有现成的卖，妖陆觉得国旗并不能代表自己，只能拉大旗作虎皮，所以就需要一面店旗，像古代酒家的幡旗，最好是三岔口十字坡卖人肉包子的著名野店那种，一起插到屋顶去，国旗与店旗并列，国权与店权并重，让她们高高去飘扬，显示一种气势，一种示威，一种老百姓的神圣不可侵犯。店旗没有地方买，需要亲自去定制，想来想去，想到曾经为自己做过旗袍的小裁缝。小裁缝上过妖陆的报纸，生意一直兴隆，一听妖陆要做店旗，觉得好像很好玩，胸脯一拍说，钉子户大旗，我们支持你，一律免费。小裁缝说干就干，亲自选料设计画图纸，说一定要做得有模有样，长钉子户志气，长钉子户面子，说不定还能上电视，歪打正着做广告呢。离开聪明的小裁缝，妖陆马不停蹄地打电话，三五个艺术家朋友打下来，经过与想象力丰富的艺术家讨论，两座雕塑就已经搞定：一座模仿董存瑞，单手高举炸药包；一座模仿那位著名的女性自焚钉子户，高举汽油桶往自己身上浇汽油。一男一女，一位战斗英雄，一位维权英雄，妖陆要把这两位英雄放到屋顶上，放在国旗店旗的两边，这样她的防御阵地就充满英雄气概了：既有象征意义，又有现实意义；既能震慑敌方，又能激励我方。一座北京乃至中国独一无二的钉子户堡垒，将在一个小妖精手上诞生。后来国内外媒体之所以蜂拥而至，把图片发得满世界都是，是因为记者们私底下都认为，这个钉子户的美学意义，或者说哲学意义，大过现实意义。他们把妖陆无可奈何的反抗，看做一次当代行为艺术了。

三天以后，两位艺术家星夜赶制的雕塑运到，不知道用什么材料制作的，看上去栩栩如生。指挥十几个民工房上房下一阵忙乱，不到半天，妖陆的屋顶工事基本构筑完成。长虹桥辅路一带，引来熙熙攘攘、成千上万的围观者指手画脚，搞得交警们手忙脚乱，110不请自到。妖陆一直没有现身现场，正在家中筛选钉子户人才。没想到报名者空前踊跃，竟然有好几千人，妖陆在她的QQ、MSN、座机、手机、邮箱、博客、微博等全套通讯工具面前转来转去，忙得一塌糊涂，中国冒出这么多钉子户人才，这大大出乎妖陆意料。最后经过精心挑选，经过几轮电话面试、视频面试，决定暂时先录用两个，以后视战事发展需要，再考虑增加人手。

妖陆千里挑一的武将专职钉子户：

姓名：朱海风（人称朱拆迁）

年龄：45岁

籍贯：北京

学历：中文硕士

先前职业：拆迁队长、某专业拆迁公司总经理

工作方式：驻守

个人优势：

身体健壮，小学中学就参加业余体校武术班，曾获北京少年武术比赛全能亚军（那一届的冠军是李连杰）。硕士毕业后任职某事业单位，后经营一家保镖公司，应香港开发商朋友邀请下海拆迁。中国拆迁领域资深人士，曾担任六年拆迁公司经理兼六年拆迁队长，将妻儿送往澳洲后金盆洗手。在北京顺义、怀柔、昌平一带，李各庄、索家坟、亚运村一线，转战多年，说一人拆了半个北京，不能算夸张。后辗转山西大同、河北邯郸、陕西咸阳一带。拆迁经验极为丰富，了解相关拆迁法律、拆迁方和钉子户双方的心理，几乎全方位全天候掌握，可以全面应对，一并拿下。

职业阐述：

房权者或开发商对付钉子户，通常经历这样几个阶段：压倒性造势、不平等谈判、单方面裁定、不理睬申诉、强制性执行。遭遇反抗后，切断水电气，纵火外围地，完全一副像对付美帝国主义的战争手段，也像对付阶级敌人的残酷迫害，更像蒋介石那个老独裁，外战外行，内战内行，中国人自己对付自己，总是有办法，经过文革实战，花样更加翻新，简直百花齐放，很容易逼钉子户放弃抵抗，束手就擒。最后一招，专业的黑社会，每天找来几十几百甚至上千社会闲杂人员，以各种下流卑鄙恶劣的招术，把钉子户搞得惶惶不可终日，轻者恐惧症，中度神经病，断胳膊断腿家常便饭，有无杀生之祸，你们自己看着办。

开发商与钉子户、房权者与钉子户，基本是心理战，少数是肉搏战，也不乏歼灭战。要做好打大仗、打恶仗、打遭遇战、打疲劳战、打游击战、打地道战、打麻雀战、打运动战、打持久战的充分思想准备。只要擦亮眼睛，意志坚韧，武器精良，死守到

底，绝不投降，头可断，血可流，以鲜血生命捍卫自己的权益，拆迁补偿，一定如愿以偿。

妖陆千里挑一的文将专职钉子户：

姓名：乔放（人称乔信访）

年龄：63 岁

籍贯：上海

学历：法律本科

先前职业：上海某郊县信访局局长五年，县检察院工作九年，县司法局七年副局长。信访局长任上退休。

工作方式：信访

个人优势：

1. 资格：信访专家，法律专家，国家干部，优秀党员。

2. 信条：生为体制人，死为体制鬼。生当作人杰，死亦为鬼雄。

3. 履历：信访局在县里年年先进单位，本人在局里年年先进工作者，分管信访的县委副书记曾亲自敬酒赞扬：你就是我们的标杆。

4. 亲历：上海浦东新区的房子三年前被强拆，赔偿过低，拒绝签字，至今未拿到补偿款，为此维权三年，聘请律师两个，并申诉至上海市高级人民法院，目前进入诉讼阶段。

5. 经验：从信访局长到信访群众，只有一步之遥，两个极端之间，只有一纸之隔，一捅即破，成功蜕变。信访局长亲自走了漫漫三年上访路，有中国大多数上访者体验不到的独特感受，有大多数上访者不具备的上访经验。

6. 应对一：面对政府方面，熟悉中国政府结构，可以信访从中央到地方任何部门。

7. 应对二：面对媒体方面，从政多年，擅长公关，尤其最近三年大量实践，具有同记者打交道的丰富经验，善于和记者交朋友。上海的所有报纸都有本人的报导，北京也有四家，根据雇主的记者身份媒体背景，北京的主流报刊杂志，全部拿下，不在话下。

8. 应对三：面对大众方面，本人在新浪、搜狐开有两个博客、一个微博，三年点击量已经过亿。根据形势发展需要，已在筹备一个“钉子户”网站，DZH.COM，团结全国钉子户，打倒恶势力，保卫物权法。

职业阐述：

1. 应该充分认识到，全国钉子户，就是一家人，帮助别人就是帮助自己。所以帮助妖陆同志，就是帮助我自己；妖陆同志的胜利，就是我的胜利，就是全国钉子户的胜利。

2. 必须要用毛泽东思想来武装全国的钉子户，统一思想，统一行动，人多力量大，众人拾柴火焰高。凡是反动的东西，你不打，它就不倒；这也和扫地一样，扫帚不到，灰尘照例不会自己跑掉。

3. 信访工作、博客工作，说到底是一种讲道理的工作，道理讲得好，别人就爱听；道理讲不好，没人会听你。所以，讲道理是一门很大的学问，要敢于讲道理，要善于讲道理，既要头头是道，又要旁门左道，还要道可道非常道，所有道道一并娓娓道来，万万不可胡说八道。首先要精通宪法，精通法律，精通五花八门的法规，精通眼花缭乱的政策。首先要通古而博今，下笔方有神。两个都是“首先”，两个同样重要的，没有第二位。

看来，妖陆挑选的钉子户人才，走的是高精尖路子，神州大地人才辈出，文有文才，武有武相，尤为关键的是，以拆迁队长反拆迁，以信访局长攻信访，堪称妖陆的独门秘籍，小妖精一绝。现在，无论从哪方面去看——从中国前无古人的拆迁史，从中国蓬勃发展的钉子户运动史，从妖陆钉子户堡垒的艺术化构造，从妖陆钉子户人才的高素质构成，都是在中国独一无二，在世界堪称领先，入选钉子户吉尼斯世界纪录，也不是没有可能。一场拆迁与反拆迁的大戏即将拉开帷幕。

一切部署完毕，武将朱拆迁已进驻食堂，并且发生了上任后的第一次冲突。凌晨时分，几名黑衣人晃来晃去，企图偷偷摸摸地拆门口地砖，被他发现后连轰带赶地打跑了。随后，他用石块在门口圈出界线，正告对方五米之内请勿靠近，同时在食堂墙上用墨汁刷出两条大大的标语，一条是毛主席语录，另一条还是毛主席语录。

毛主席关于拆迁的语录：

> 早几年，在河南省一个地方要修飞机场，事先不给农民安排好，没有说清道理，就强迫人家搬家。那个庄的农民说，你拿根长棍子去拔鸟儿的巢，把它搞下来，雀儿也要叫几声。

毛主席关于三大纪律八项注意的语录：

> 第二，买卖价钱要公平，公买公卖不许逞霸道。

看来朱拆迁对中国拆迁史还真有点研究，不知是对自己过去乱拆迁的忏悔，还是对他人现在乱拆迁的警示，让前来采访的小报记者兴趣大增。朱拆迁很自信地对记者说，现在这帮搞拆迁的家伙，都属于三代后，他们肯定知道毛主席语录这五个字，但肯定不知道老毛有这么一段警告他们的语录，吓都要把他们吓死。朱拆迁接着在门上做了一块活动标牌“已被停水停电×天”，每天更新，警告拆迁方给商户造成的损失，每一笔账都记录在案的。朱拆迁现在靠附近居民家借水，靠炉子烧蜂窝煤取暖，二十四小时都待在店里，实在冷得不行就喝二锅头暖身。最新动态是蜂窝煤炉也被相关部门收走，形势已经很严峻了。朱拆迁穿着厚厚的军大衣，摇晃一面“钉子户”小旗，对前来采访的香港记者说，这里就是我的紫禁城，谁也别想赶走我，直到拿到赔偿金，因为我对他们有承诺。朱拆迁可谓尽职尽守，一场恶战势在必行。文将乔信访专门赶来北京，一番详细的地形考察之后，觉得一切都在他的预料之中，并表示要减轻妖陆的经济负担，自己找北京朋友去住宿，一个秘密据点，去遥控北京的市长信箱，第一封信已经顺利发出。为了表示声援，当然也为了写作的需要，我跑去长虹桥观察，那天北京雪后初晴，长虹桥一带人山人海，远远望去：太阳之下，屋顶之上，国旗飘飘，店旗飘飘；董存瑞手擎炸药，舍生忘死；自焚妇头顶汽油，孤注一掷；妖陆的小妖精堡垒，金光四射；墙壁上斗大的毛主席语录，黑光闪烁。我目光迷离，好像有一种时空颠倒的错觉，远处的警车在轰鸣。

后来在一个很偶然的饭局碰见妖陆，大家似乎很关切地问起这个话题。妖陆妖姿犹存，头发蓬乱，一副战地黄花分外香的样子，口无遮拦地说，我知道有很多人在看我的笑话，我才不管呢，螳臂挡车怎么啦，蚍蜉撼树怎么啦，人活着，就要做一点傻×的事，不去挡，不去撼，让历史的车轮白白轧死你，你不还是一个死。没想到，士别三日，妖陆竟然说出这么富有哲学基因的话，好像把我们大家都骂进去了。

截至本书完稿之际，目前的态势是：迁方——妖陆不见钱不撤退，准备以死抗争；援方——朱拆迁乔信访一伙依然在坚守阵地；拆方——大队人马正在抓紧时机，准备发起总攻；官方——貌似中立，据说正在讨论什么条例；观方——各地媒体，全国人民，都在拭目以待。

局面暂时僵持，胜负一时难料，我们只能暗暗祝愿妖陆：加油啊，一定要稳住！

妖言十二曰

死定就死定，人都一个死。

不死白不死，本来就不想活了。

7

大展放在大年三十开幕，不知道谁的鬼主意，好像给过年添彩，实际是给过年添乱。大年三十一大早，全国人民一觉醒来，万众一心过大年，今天是个好日子，谁都不可能想到，在年关这个要紧关头，居然会有一小撮人，心怀鬼胎，蠢蠢欲动，准备开枪了。很多年之后，美术史家大胡子似乎才把开枪事件的鬼胎解剖清楚，大胡子在博客里长须髯髯，一声叹息：枪真是一个好东西啊，打天下管用，坐天下管用，没想到搞艺术也管用，更没想到谈恋爱都管用，真是中国出了一个小妖精啊，枪来枪去，恋来恋去，把好端端一部中国当代美术史，“枪恋”成一笔胡涂账了。

事实上，小妖精大年三十一早站在美术馆门口东张西望，望着五四大街东西两个方向的人群群起群落向自己涌来、湍急的人流汇聚在美术馆大门形成一个巨大漏斗状的时候，压根想不到自己已经处在一个历史的漩涡——不可能想到什么国家美术史，也没有什么艺术细胞在冲动，更不可能有什么恋爱的感觉，甚至连一些日子来时隐时现的开枪欲望，也好像一点都没有。她只是觉得寒意逼人，满头满脑像阿拉伯女人全副武装，一袭黑衣，一脸黑巾，只露出一双黑洞洞的眼睛，依然挡不住北京冬天凛冽的寒风。小妖精全身打战，满怀空虚，眼巴巴在等一个小朋友，小朋友会带来一支枪。

展览马上要开幕了，高音喇叭在喊着什么，美术馆大门里面的广场已经乌压压一片人头。小妖精看见冬日的阳光照在美术馆主楼，白得晃眼，“中国现代美术大展”的条幅横空出世，红得有点荒诞，忽然就觉得这场面怪怪的，大年三十了，不知道这么多人跑来凑什么热闹，好像中国忽然就变成一个文化大国似的。在美术馆金黄琉璃顶的强烈反差下，五条印满“不许掉头”交通标志的巨大白色条幅，不知道要表达什么意思，沿着美术馆的大台阶拖下来，穿过整个广场，一直铺向大门口的铁栅栏。这种所谓的装置艺术，一眼望去就很不吉利，怎么看都像一个奔丧的场所，无数脚丫子在白布上踩来踩去，践踏着“不许掉头”的黑红标志，一片黑森森的脑袋在风中晃动，好像在等待一场追悼会的开始。小妖精终于被自己的感觉弄得兴奋起来，这个大展没有一点往日展览的那种喜庆，比较符合自己对过往人生的一种哀悼。

小妖精情绪上来，开始向里面走去，心想小朋友毕竟小朋友，有点不靠谱，昨天晚上还振振有辞，现在连一个鬼影都没有。昨天他们通话时大概快零点了，小妖精翻来覆去睡不着，神经质好像又跑来捣乱，就起来给小朋友打电话。

小妖精说：“打枪这事，我吃不准，还打不打。”

小朋友说：“哎呀，姐啊姐，都定下的事，怎么又变啦?”

小妖精说：“听说现在风声很紧。”

小朋友说：“什么风声啊，怕什么啊，打啊，当然打，打打打。”

小朋友好像很有主见，甚至是斩钉截铁，他认为在美术馆打上几枪，为了艺术打上几枪，有什么了不起啊，艺术不过好玩而已，既然好玩，怕什么啊。小朋友的家门口是有人站岗的，中国没有多少人家门口是有人站岗的。有人站岗还怕什么风声啊，所谓风声，都是老百姓的感觉。当然打，打打打。

小朋友听到电话那头没有声音，就说：“不管怎么样，枪在我手上，明天交给你，打不打由你。”

小妖精的声音显得没有一点底气：“好吧，你把枪带来，到时候再说。”

小朋友说：“没问题，到时候，你要请我吃午饭哦。”

小妖精的小朋友乒乒在家里睡懒觉，懒到最后一刻，不得不起来，想到今天就要过年，有点莫名其妙地没劲，套上羽绒衣就要出门。奶奶望着这个十五岁的孙子，羽绒衣空空荡荡，好像又长高了不少，心中充满一片爱意，笑眯眯问：中午回来吃饭吗？乒乒脑子有点走神，好像忽然想起什么，走回二楼自己的房间，从靠墙一幅巨大油画的背后，拿出一把手枪，撕开报纸外皮，手擦了几下，嘴吹了两下，塞进衣服内兜，下来笑嘻嘻地和奶奶说：不回来吃了，小妖精姐姐说中午请我吃饭，已经约好啦。奶奶说：小妖精又来北京了？兵兵说：她今天有作品参展，大作品啊，奶奶再见。兵兵骑上自行车，向大门口的卫兵吹了一声口哨，扬长而去。

兵兵怀揣奶奶的手枪，完全没有当年奶奶在战场上缴获这把手枪的胜利喜悦，一把沉甸甸的手枪，在孙子怀里变成轻飘飘的玩具，甚至连玩具都不是，只是提供给小妖精一件说来就来的道具。奶奶是司令夫人，也是德高望重的老革命，这把枪柄上刻有五星的德制勃朗宁手枪，已经在奶奶的心里珍藏了几十年。奶奶浑然不知，自己秘不示人的手枪，早就成为孙子的囊中之物，外加一把抓起来恰好是五颗的子弹。兵兵打开那只奶奶从不轻易打开的樟木箱、从箱底挖出那把被历史尘封的手枪时，觉得帮助姐姐是天经地义。姐姐的外公是兵兵爷爷当年的老战友，一起提着脑袋出生入死的，只是小妖精的外公死得早，没有等到革命胜利的那天。老战友临死前只有一个嘱托，托付战友照顾好自己的女儿；兵兵爷爷一直把老战友的后人当成自己的亲人。一段前辈的革命友谊，孕育了一段后代的姐弟情谊。兵兵当然不知道，在姐姐和他差不多一般大的时候，已经被一个好叔叔搞得生不如死。姐姐父母果断采取措施，其中最重要一项就是彻底在杭州消失，把小妖精从杭州浙江美院附中转移到北京中央美院附中，换一个生活环境，让梦魇随风而去。他们甚至没有告诉司令和司令夫人，他们都是搞教育的，虽然教的是美术，但在他们心目中，美术的最大功能就是美化，美化的最大功能就是遮丑。小妖精在北京读书期间，一礼拜去兵兵家好几次，有这么一个可以任性玩耍的地方，她很自然就成了兵兵画画的启蒙老师，那时候兵兵才七八岁。现在兵兵也成为美院附中的学生了，终于能报答姐姐当年的老师之恩了。奶奶的枪对外不示人，对兵兵是要示范的，让革命的后代继承一下老一辈的革命辉煌，很要紧的。奶奶心底的辉煌，不是什么大院，不是什么大官，不是红旗牌轿车，不是北戴河避暑，不是这座司令的官邸，不是门口站岗的哨兵，就是这把弥漫历史硝烟、充满历史传奇的老枪。奶奶不止一次手把手让兵兵握着枪：这样打，这样打，这可是我亲手缴获的，我可是立过大功的——奶奶教育兵兵的时候，好像满眼都是枪林弹雨。所以兵兵第一次自己偷偷拿出手枪的时候，眼睛有点放光，心脏有点跳动：这真是一把好枪，几十年过去依然乌黑发亮。兵兵拿着这把比自己还年长的手枪，兴冲冲地跑到附近的公园，准备好好打两枪，不辜负奶奶的教育。他躲进一处树木丛中，左顾右盼打了一枪，好像没有什么大动静，惊飞了几只麻雀而已，就觉得一点也不好玩。一个人偷偷打枪，没人喝彩，没有炫耀，没有惊心动魄的场面，没有舍生忘死的刺激，实在没什么好玩的。他好像只是做了一次实验，证明这把老枪还是非常管用的，剩下的几颗子弹，够小妖精姐姐去玩艺术了。

妖言十三曰

什么风声啊，怕什么啊。

打啊，当然打，打打打。

柒

我们的北京饭局，除东局西局外，还有两个著名的饭局：一个男局，一个女局。男局没有固定区域，东南西北，飘忽不定；女局也没有特定方位，春夏秋冬，来去无踪。有时候，前者会将整个饭局，端到蒙古首都乌兰巴托，同蒙古小妖精混得滚瓜烂熟；后者会将个别饭局，端到德国小城卡塞尔，同德国老妖怪混得熟能生巧。空间跨度之大，四海之内，皆为兄妹。

女局也叫大仙局，当然以女生为主，或者说以小妖精为主，不过领导是一个叫大仙的老男人，一个京城资深男记。据说大仙从60后领导到70后，从70后领导到80后，从80后领导到90后——能领导四代小妖精的老男人，除导演那一行近水楼台，北京似乎也凤毛麟角——最后经常是四世同堂，四代小妖精济济一堂——想想是什么场面，想想有多么养眼。大仙就是贾宝玉，大仙就是洪常青，大仙就是西门庆，这三个中国男人心目中的模范人物，前两个大家都公认，第三位会经商、会赚钱、女人都喜欢、桃花运不断，这些长处放到今天，绝对是中国男人的楷模，只是名声被不分青红皂白的中国文化搞坏了；当然也可能不及当代的优秀，有小巫见大巫的可能。但不管怎么说，这些大多数中国男人一辈子难以企及的家伙，大仙怎么就轻而易举搞定了呢，搞得我们大家都很眼红。当然，大仙也不可能卖油郎独占花魁，大包大揽这么多小妖精，所以常常会根据小妖精的类别，分门别类叫一些老男人。比如某天的主题是超女，就是说有著名的超女到场，大仙就会叫上他的歌手朋友：何勇啊，老狼啊，左小诅咒啊，彝人制造啊……都是名字叫得响的，都会引出小妖精一阵尖叫的。大仙自己也经常嗷嗷地叫，那是他酒喝大了，背一些唐诗宋词元曲，炫耀名记的文学功底，成为小妖精们经典的下酒菜，仰望的仰望，投地的投地。只是不晓得他怎么处理买单问题——大仙看去也不是一个腰缠万贯的主——留下一个可疑。西局的账目不甚清楚，就我们东局来说，别人买单不算，意外饭局不算，局长本人肯定是买单大户，光局长老青皮一人，一年的饭局费用至少三五万七八万，兴旺的几年估计十万都打不住，这还是我们毛估估的糊涂账——老青皮自己的收入大家不得而知，但家底雄厚是大家都清楚的。小妖精花团锦簇，大仙万绿丛中一点红，到今天还是一个单身老男人，又是一个可疑。经济问题与女人问题，不就是当下的主要问题么：一个思想腐败，一个肉体腐败。

男局是一帮《手稿》的老男人，家庭背景讳莫如深，就像中南海，就像紫禁城，就像当年流行的出身论：龙生龙，凤生凤，老鼠生儿打地洞。手稿人出身，估计龙也有，凤也有，老鼠也有。龙凤和老鼠，原本一家人，同住地球村，不过龙凤已经消失，老鼠倒是活得满世界都是，至今仍是人类的强大对手。手稿人的个人职业则一目了然，五花八门，除了没有当官的，没有种田的，三教九流七十二行都有。有的说来世上稀有，比如个体哲学研究户，或者说自由哲学人、自由哲人；比如个体玉器研究户，或者说自由玉器人、自由玉人，也不晓得他们研究经费的来源。当然也有外企高管，也有物理学家，也有普通工人，一群散兵游勇，以《手稿》为核心，组成一个手稿局。《手稿》是一本同人刊物，编辑大家轮值，出刊没有定数，作品不论体裁，自己写自己看，免费供大家交流；经费也是大家凑，稿费就不可能有了，自娱自乐，敝帚自珍。《手稿》成员基本上是北京土著，而且都是一些当年的发小，或学区同学，或街坊邻居，或大院死党，偶尔也会吸收几位所谓的外地精英；条件是思想要混乱，文章要乱上加乱，在《人民文学》或《读书》可以发表的东西，是进不了《手稿》法眼的。当年我们老家，也有许多文青办民间刊物，全国各地能坚持到今天的，除少数边老穷少地区，个别顽固以文学改变命运者，恐怕寥寥无几了。《手稿》已经几十年了，居然一直在办，办在有鸟巢有巨蛋有大裤衩的伟大北京城，真是匪夷所思，好像是他们一处神圣不可侵犯的私人财产。拿妖陆的拆迁钉子户去比较，手稿就像灵魂的钉子户，就像雨果书中的修道院，领导核心都换了好几代了，社会面貌完全更新换代了，手机计算机起码十几代了，可什么方向的浪潮都无法把他们淹没，商品大潮就更不在话下了。一帮老男人抱成一团，而且抱的是《手稿》这种纸团，抱得纸醉金迷，烧不掉，冲不垮，好像中流砥柱，说起来真是中国文学史或哲学史或杂志史上的一个奇迹，用北京话说牛×大了，用上海话说老甲鱼了。和这样的老甲鱼饭局，自然要十分小心，弄不好一两句话不对路，就会争论得面红耳赤，辩论到天亮也有可能。民主气氛似乎很浓烈，专制氛围也赫然在目，所以动手的例子也不是没有——文人们一旦动起粗来，比城管一点都不逊色。好在买单方面一律民主，一律 AA 制，结账时大家分摊，没有经济压力，也没有东局西局的领导们为买单的平衡操心。男局的民主还在于没有局长，成员们任何一位心血来潮，召集人，大家一点头，晚上就饭局。当然《手稿》出刊的前前后后，约稿写稿评稿定稿，没有一连串的饭局，也是拿不下来的。名义上是男局的手稿局，却不排斥女性或手稿外人。饭局从无一定之规，从无闭关自守的道理，饭局从来都是不严肃的，小妖精男人一向都是喜欢的，所以男局之上，常见妖精亮相，哪里冒出来的并不要紧，秀色可餐才是硬道理。

长期饱餐秀色的男局核心成员如下（排名不分先后）：张诵、骆头、艾单、严永、石韬、王仆、宁钟、冯堂、郭歪、缪者、马辕、野浮、赵枫、胡子、荀子……荀子是难得的一位跨局人物。不写不知道，一写吓一跳，竟然全是单名人氏，真是物以类聚，不知浸染了什么时代的鬼气，这帮家伙的来龙去脉太可疑了。据说这帮老男人每人手上都有一两部鸿篇巨制，或小说，或随笔，或论著，或天书，秘不示人，对当下当前当后的出版从来不屑一顾，最多在《手稿》上节选两章，偶尔露一下峥嵘，估计要一直潜伏下去，直至成为梵高的遗画、卡夫卡的遗作，可谓抱负远大，大隐隐于市，大隐隐于饭局，不像小妖精，大显显于市，大显显于饭局。可以这样去观察：小妖精经过不清不白的家庭调教、不伦不类的学校调教，自有基因怪异、天地神通，自己会去破茧化蝶、狼奔豕突、修炼成精；对妖精有直接点化作用的，就是社会的深山老林中，那些两岸猿声啼不住的老妖怪了。

不是说把手稿人比喻老妖怪，而是小妖精把饭局当成舞台，和《手稿》那群高智商、高学历、高心机的“三高”男人去鬼混，去和江湖高人瞎混，会混出什么正果来呢？要么如虎添翼，展翅高飞，不知更加妖精到什么地方去；要么海市蜃楼，折戟沉沙，不知残渣余孽到什么地方去——都看小妖精自己的造化了。小妖精不但是老男人惯出来的、吃出来的，更多是与老男人博弈出来的，是有一定风险的，后事是无法预测的。

北京人喜欢饭局，年轻人也喜欢酒吧，偏偏全体人民都不喜欢茶楼。北京的茶楼不普及，那不是平民百姓去的地方，进去一次没有一千几千你出不来，上万也不算最高档的，恐怕连头都会把你给宰下来的。北京人几乎没有喝茶的概念；但是，没有概念就是最大概念，北京人才敢把一个普普通通喝茶的地方，搞成一个顶级会所，搞成一个奢华之地，枉有一个老舍茶馆。不像我们老家，一个人二三十块钱，可以混一天，连饭局都包括了，酒水当然另算，起码四五十种菜，自助得你酒足饭饱。喝茶属于南方人的生活，完全是老百姓的天堂，所以北京茶楼里基本看不见小妖精，小妖精很少在茶楼抛头露面的，当然这都是我们孤陋寡闻。那一个周末也蹊跷，平常很少联系的一个老家朋友，在京城混出一点名堂来的成局，忽然一个电话，问我干吗呢。我说没干吗，正在发呆呢，其实是看《百年孤独》看得我发呆。成局就说，呵呵，晚上有空去喝茶。

成局年纪轻轻，已然“成局”，说明是有点厉害的。成局曾经带我去过老家同乡会饭局，在江浙大厦一个能容纳五六十人的豪华包房，超大圆桌上互相介绍一次就要花二十五分钟时间。我虚怀若谷听完，脑子就有点不够用，两眼四处迷惘。这种局太大，像圆桌会议，像表彰大会，全是老家出道北京的精英分子，在北京混出人模人样的绿林好汉。从中央机关到北京市府，从高层官员到商界大佬，从国企高管到学术权威，从经济学家到IT掌门，经常在电视上报纸上晃来晃去的，说起来都是人物。说是老乡，其实我一个都不熟。真是人以群分，什么阶级组什么饭局，什么阶层在什么饭局，让我很是惶恐，觉得这么多年算是在北京白混了。自卑之余，偶又发现，大家正襟危坐，完全是一副主席台上的表情，老乡会好像没有一点自由，甚至没有一口乡音——这一点真不如上海人，从来就不让普通话统治。最关键的是，全局一色老男人，没有一个小妖精，让我觉得这种饭局非常可疑，用一句不好听的北京话来形容，就是射×局，就是表面风光、暗里龌龊的意思。鲍鱼龙虾茅台香槟之后，我讨教成局，成局暧昧一笑，说这么大场面，带女朋友去，那不是找死吗？成局无疑深谙饭局。这话我理解有两个意思，一个是自我暴露，一个是送货上门；也可能具有双重意义，混成精英了，不是老妖精就是老妖怪，饭局之道，人生之道。后来成局带我去一个小范围的饭局。小范围也是关于饭局的一种说法，多通行于官场，类似死党饭局，带有哥们色彩，意思都是自己人，什么都不用顾忌，可以随心所欲。那天的场景果然就不一样，有好几个老家美女，受过高等教育或没受过高等教育，一概在北京被幕后高人打造成二流或三流明星、歌手演员之类；大小也星光照人，好歹也妖艳无比，喝起酒来，无疑老手，献起歌来，更是拿手；节目花样繁多，显然久经沙场，让我这个老饭局大开眼界，不由得感叹：妖界无止境，山外青山楼外楼，楼外青楼妖外妖。

按照成局的电话指示，我到了红灯笼茶楼，里面静悄悄的，显然没什么人，不过看去曲径通幽，不知道场子有多深，空气中弥漫着一股怪怪的气味。帷幕缓缓飘动间，忽然冒出一宫女，向我鞠躬，道晚上好，吓我一跳。定魂看去，满面脂粉，发髻高盘，大红绣花旗袍盖住三寸金莲，活脱一个日本小妖精。我满腹狐疑：什么气味啊，这么难闻。宫女莞尔一笑：印度奇南香，好好闻的啊。我有点汗颜，请她带我去翡翠阁。宫女款款移步，绕过九溪十八涧，门帘一掀，弯腰一请：但见雕梁画栋包间，整体灯光暧昧，一束白光打在八仙桌上，三个人面目不清。成局一开口，我才知道他们是铁杆牌友，玩一种纸牌叫双扣，有雄扣雌、雌扣雄的意思，经常十天半月固定打，今天大概三缺一，我是一个补缺的。成局介绍说：这位是阿导，也是制片人，咱们老乡，嘉兴的，电影学院毕业就在北京，什么电影什么电影，都是他出品——听起来好像有点耳熟；这位是简诗人，我们叫他简诗，偶尔捡一捡诗，现在主要写剧本了，你们应该认识吧。简诗确实有点面熟，海政或空政的创作员，哪里见过忘了，我赶紧点头握手。成局说，还有一女的，小朋友，马上就到，她不会打牌，过来看看的。这介绍是什么意思？成局是钻石王老五，不会是女朋友吧？成局可不是轻易会带女朋友的人。阿导打岔说，他们网上认识的。阿导不像开玩笑，成局不置可否，我是肯定不信——成局相貌堂堂，前途不可限量，从来不缺女人，没结婚是条件高，条件高是有的挑，有的挑就会挑花眼。我的理解：一个北京局级干部，敢在网上找女朋友，那就充分暴露这个干部的能力有问题了。当然难保有人反其道而行之，网上找女朋友，有神不知鬼不觉之妙，好像天上掉下个林妹妹，而且不会葬花那种，一夜就无情。阿导显然在胡说，可能在掩饰什么，一场牌局还没开打，已经弥漫着一种诡秘的气氛，我预感今晚应该有小妖精出现。成局不大会含糊其辞，阿导没必要当面圆场，他们制造小妖精的出场氛围，有点欲盖弥彰。茶楼看去光亮，其实透露阴森，很适合小妖精的时隐时现。

小朋友驾到，小身段小脸蛋，小鼻子小眼睛，服装朴素大方，全身没有饰物，看去很干净，唯一刺眼的：红唇烈焰，魅惑性感。小朋友问过各位叔叔好后，乖乖坐在成局旁边，与阿导一个拐角，一副小鸟依人的样子。我不会面相，私下判断：该妖脸型偏瘦，这一类妖精尽管很上镜，但颧骨突出，有丝丝阴气，一眼看去就和成局那些前任女友差不多——有的人一辈子就喜欢某类型，没办法的事，但门当户对有问题啊，难道又是一个临时工？成局对小朋友说，先好好看几盘，学习学习，待会儿你来打。好像准备把她培养成双扣牌友，以补不时之需——我是牌桌临时工，我也不喜欢打牌，以后不大可能再来的。小朋友默默点头，好像很乖巧。成局在抓牌的同时就正式向大家介绍说，她叫妖柒，去年川音刚毕业，今年想到北京来发展，来了不到一星期，家里很困难的，父母都是下岗工人，还有一个弟弟在读书。阿导和简诗，一边不时出牌，一边不时拿余光观察妖柒，大概在考虑成局这么介绍的含义，这样介绍显然需要表态的。我的理解是，妖柒来路不明，来意还是很清楚的，就像千千万万的中国文艺女青年，满怀明星梦，扎堆到北京，病急乱投医，月下乱敲门，像有幸碰到张艺谋，会提携章子怡，有幸碰到金铁林，会提携宋祖英一样。这样的经典案例，这样的美丽神话，这样被天外陨石不幸砸中的极小概率事件，全中国的媒体上，一贯大肆宣扬，终年地毯式轰炸。全中国想当明星的孩子们，想当明星父母的家长们，就是这样被灌输的，一个文化大国也就是这样子被锻造出来了。成局经常会有朋友找他帮忙，或者朋友的朋友，朋友的朋友的朋友，通过计算机芯片那样不可理喻的线路，一路曲线救国，下面的人都以为在京城当官，朝中有人好办事。当然事情也不可能都白办，有时候是需要付出一定代价的，代价一般都不在话下，哪怕倾家荡产，哪怕舍身求全，都在所不惜。

阿导说：李宇春也是四川音乐学院的吧，你什么专业？

妖柒说：是的是的，我和李宇春是校友，我也学声乐的，和李宇春一样的，比她低两级。

简诗说：超女啊，都是一帮小妖精；超级女声，就是全国性的造妖运动，真正的中国制造。电视台煽风点火，推波助澜，居然主旋律了，把千千万万个小女孩搞得晕头转向，南方北方东部西部中部，全是妖精现身的大舞台了，都不读书了，都不上学了，都向父母亲伸手要钱，越穷越想去当歌星。天下哪有这么多歌星啊，就是当了明星又怎么样啊？按民国说法都是戏子，现在虽然不民国了，但本质不一样吗，都是权贵们的玩物，下场也好不到哪里去。

成局说：呵呵，简诗又激动了，诗人就容易激动。这确实是一个问题，不过妖柒学这个专业，不算不靠谱吧。

阿导说：啊哈，简诗在诗，成局在局，你们都是外人。我在这个圈里混，太清楚了。不要说什么江湖险恶，不要说什么潜规则，实在是中国人太多了，大家都想出人头地，那可能吗，你想到北京来干什么呢？去专业团体，好像不可能；去酒吧驻唱，竞争很激烈。你一个文文静静小姑娘，搞不过人家的。那么，有能力搞自己的乐队吗，可以去签约，可以出唱片？

妖陆好像在点头，又好像在摇头，不晓得听出了什么名堂，成局说：看来真是有点复杂了，就和阿导他们的电影圈一样，那要跟导演睡觉的。

阿导说：谁要你睡啊，睡觉都没用，睡了都白睡，要睡的人太多了，睡觉还要排队呢，睡都睡不过来。好一点的导演，睡了之后让你去做梦；坏一点的导演，睡了就睡了，一句话都没有，又不是他要睡。

简诗说：这么黑暗啊，人怎么活啊。

阿导说：你笑什么啊，明知故笑啊，你又不是不知道。

成局说：阿导就是这样的，这么多年睡过来了，也没有白活了。

阿导说：我是废人一个了，什么兴趣都没有。

简诗说：睡多了，就成废人了；不睡嘛，还是废人哈。

大家笑起来。我说到底也是北漂，好像插不上话，只是偷偷注意妖柒的表情，几个老男人在一个小姑娘面前，说得这么露骨，这么赤裸裸，这么肆无忌惮，把北京的遮羞布彻底撕开，不是吓唬人家刚刚来北京的小姑娘吗，这要吓死人的。奇怪的是，妖柒好像一点反应没有，面无表情，一声不吭，不知道是经过风雨见过世面，还是觉得无法表态，我看见她的眼神里什么东西都没有，貌似一直盯着成局手中的牌。

我就说：你别听他们的。在座的三位，算是成功人士，都是老妖怪，都是妖怪理论，你完全可以不听他们。北京机会还是很多的，在这里找一份普通工作，先生存下来，以后有缘分，找一个好老公，也可以啊。

阿导说：哈，这就是书呆子理论了，你不要害她。

简诗说：我听来听去，怎么听都是你阿导在害她哈，我支持，不进演艺圈，不往火炕跳，老实去打工，找个好老公。

阿导说：你八几的？

妖柒说：八零的。

阿导说：看起来不像啊，好像八五的。现在八五的都不玩了，都玩九零后了。

这话什么意思，我听不懂，是指八五的都没希望了，不出来混了，还是导演们连八五的都不玩了，玩九零后了，一个八零的，肯定没戏了，判妖柒死刑了？妖柒还是没有表情。

成局说：这天下太不公平了，凭什么导演有这么大的权力。

简诗说：天下不公平是常识啊，凭什么就该你们当官的有权力。

阿导说：天下还是公平的，供需平衡，呵呵。

这时宫女服务员进来添水，阿导笑眯眯地看了看她，说这个姑娘还不错，话不多，就会笑，去我们公司前台很合适，哪天把她挖走算了，这里工资一千，我们给一千五，这里一千五，我们给两千。

成局说：难怪很多地方服务员经常换，美女都被你们这帮老色鬼挖走了。

简诗说：成局今天有小朋友在旁边，讲话好像都在装糊涂哦，十三亿人啊，服务员源源不断，绝不会断货的，漂亮的不要说待上一个月，一星期就消失了。北京有钱的太多了，一进饭局，什么资源没有？连夜总会的探子，每天都在餐厅里转来转去。

阿导说：很多小姐就是先干餐饮的，妖柒啊，让你去我们公司做前台工作，你会去吗？

没有回答，妖柒果然有阴气，沉得住气，聪明人不会当面表态，真要去完全可以事后再说。这一桌三个男人的关系，妖柒肯定心里明白。看来阿导还是有心的，欲擒故纵，先一黑到底，断了后路再说，再留点光明小尾巴，刚才说服务员之类没准就是试探，这是今天晚上，唯一提到妖柒工作的一句实在话。三堂老男人，会审一个小妖精，在没有小妖精的表态中告一段落。按正常道理，既然人家声乐专业出身，怎么也该让妖柒亮亮嗓子，听听专业水平怎么样啊，说不定又一个宋祖英李宇春，怎么就断定人家毫无前途呢，怎么会搞得这么莫名其妙呢？阿导肯定知道成局的意思。可能成局本来还想让阿导参谋参谋，想想办法，让他当个二传手，在演艺界发展发展；或者阿导没法当面拒绝成局，又不好眼睁睁看成局的小朋友掉入深渊——做个前台，总比在后台瞎混，比做小姐出台，要干净多了；也有这样的可能，成局和阿导事先就串通好了，让阿导好好开导开导，选个高档茶楼，权当开学典礼。当然这都是我的猜测，北京茶楼夜气沉沉，群魔乱舞，深不可测。直到打完牌，深夜两点了，成局也没有说妖柒真正的来历、真正的目的是什么，他们之间是一种什么关系，我们甚至不知道妖柒什么地方人。走出红灯笼，大家才发现，今年北京的第一场雪，已经把大街铺成白茫茫一片了。我们站在马路上，看不见一辆出租车。成局的车开出来，摇下玻璃，说送妖柒回去，妖柒说不用了不用了，她自己回去，不知道是不是当着我们的面不好意思。看起来，他们好像也没有什么关系，或者没有到关系那一步，演戏不可能这么逼真的。只是我和阿导简诗都有点急了，好像今天晚上我们终于达成了一致，我们都说，这么大雪，又没有出租出，你赶紧上车吧。简诗骂娘好像在念诗：今夜我们又被长征，北京上海杭州，总是在宜居城市，关键时刻，打不到出租车。

雪下得周天寒彻，飞起玉龙三百万，人或为鱼鳖，风雪夜归去。妖柒跟成局走了，消失在北京深夜的大雪之中。

妖言十四曰

我和李宇春是校友。
我也学声乐的，
和李宇春一样的，
比她低两级。

8

小妖精走进美术馆的大厅，一大群人正在为开幕式忙来忙去，闹哄哄的像一个大超市，一片乌烟瘴气，没有一点艺术殿堂的样子。参展的，参观的，都像一群赶集的；握手的，寒暄的，都像一群交易的。人们兴奋无比：官方好像与时俱进了，卧底几十年的中国现代艺术，终于有了出头之日，到了收获季节，大家都可以发财了。小妖精不想再往里走了，心里还在惦记着小朋友。她个子不高，甚至有点矮，使劲踮起脚，从门厅里向广场望去，这时候她在黑压压的人头之上，看见了老青皮招摇的光头。老青皮心有灵犀一般，在一个正确的时间、一个正确的地点，朝着一个正确的事件走过来了——这是他事后永不抵赖的。

老青皮永远一个光头，永远一件军大衣，光头是一年四季，军大衣是一年三季，今天加了一条红围巾，走路晃荡晃荡，脑袋光光亮亮，在人群中很是耀眼。老青皮在人群簇拥中走到小妖精面前，笑得一脸狡黠，好像一点都没有昨天布展时的歇斯底里，一副大男人不与小女人计较的笑容。

老青皮说："喂，枪呢，枪到手了吗？"

小妖精说："没有呢，看来事情要黄了。"

老青皮说："你那个小朋友什么人啊？"

小妖精好像没有反应，一脸东张西望，貌似找人的样子，其实是不敢正眼看老青皮，可能还在为昨天布展时的任性不好意思。老青皮看小妖精这种表情，一眼就知道没戏了。老青皮晃晃脑袋说，呵呵，成事不足啊。老青皮本来还想说，女人啊，脸上无毛，办事不牢，话到嘴边，自觉没意思，况且此刻的小妖精，完全目中无人。昨天小妖精说变就变，艺术女流之辈，不是小妖精就是老妖精，有时候男人还真不是一个对手。老青皮一个晃荡，脑袋一亮，在小妖精眼前消失了。

按照约定，兵兵其实没有迟到，小妖精一个大早赶来，自己心里着急，就觉得等待的时间有点长。兵兵人小鬼大，不慌不忙，一路口哨吹到美术馆，栏栅里面的广场上已经没有多少人，人们都争先恐后挤进那个号称现代艺术的大展，去看富有中国特色的西洋镜了。兵兵走上台阶，一眼就看见大门右侧长廊里的小妖精，嘻嘻一笑，就把怀里的手枪掏出来，在小妖精的眼前晃了一下，大大方方，甚至有点慢慢吞吞，递给了小妖精。兵兵的老练，表现出一个老革命后代的成熟，好像递过去的不是一把枪，而是平平常常的一个什么东西，一个钱包或者一串钥匙，一样任何可以在大庭广众亮相的东西。兵兵压根不管有没有人看见，旁人的眼光怎么看——我们自家的枪，你们管得着吗？事实上，这把枪在美术馆出现，确实没有一点传奇色彩，持枪者也没有一点神秘的样子，好像这不是在一个枪支管制的国家，这里不是北京中国美术馆，好像是在人人都有枪人人会打枪的纽约大都会博物馆。事实上所有出现在美术馆的人，所有负责这次展览的人，包括公安或者便衣，什么情况都想到了，什么措施都到位了，就是没人会想到枪，就是没对枪有什么防范，恐怕连枪的影子都没有。说来也是，枪杆子里出政权，政权唯一枪杆子，中国除了国家机器有枪，民间、坊间、社会上、老百姓，你说谁有枪啊，谁也不可能有枪。

兵兵把枪递给小妖精后，笑眯眯的，算是任务完成。小妖精好像有点恍惚，兵兵好像有点明白，又拿回枪，做了一番演示，告诉她里面有四颗子弹，保险打开，枪栓这么一拉，子弹就上膛了，扳机这么一扣，子弹自己就飞出去了。

小妖精说：“就这样啊？”

兵兵说：“就这样啊。”

小妖精说：“这么简单啊，真是没想到。”

兵兵说：“太简单了哈，你要打几枪？”

小妖精说：“我就打一枪，主要有个意思，一枪意思就出来了。”

兵兵说：“就打一枪啊？”

小妖精说：“一枪就够了。”

兵兵说：“一枪算什么啊？”

小妖精说："一枪也是枪啊。"

兵兵说："姐姐你大胆地往前走哇。"

兵兵早上起来的郁闷好像一下子被枪打飞了，哼了一句《红高粱》，两个人就笑起来了，两个人笑起来的样子，完全一副姐弟俩无拘无束的玩笑。小妖精后来在回答警察的审讯，感到很奇怪：哪有这么复杂啊，哪有这么深奥啊；所以她的回答，和老青皮后来喋喋不休的策划论，完全两个态度。

小妖精说："没有啊，没有精心策划。"

小妖精说："没有啊，没有不可告人。"

小妖精说："没有啊，没有秘密转运。"

小妖精面对警察的提审，好像面对一个天方夜谭，有点听不懂，只能老老实实回答，只是一系列的"没有"，真的是什么都没有。只有一点，倒是和兵兵的证词比较吻合，对上了口供。他们都说，他们两个在大门口右侧长廊，一共待了不到五分钟，他给了她一把枪，给了她四颗子弹，她拿了他一把枪，拿了他四颗子弹，如此而已，很简单啊。枪交完之后，又三两句话交代了一下用法，他们准备往里面走的时候，看见老青皮像幽灵似的，忽然出现在门口。

妖言十五曰

我就打一枪。

主要有个意思。

一枪意思就出来了。

捌

后来我们在饭局上碰到超女始作俑者曹推手，一副成功者派头，谈起超女比超女还超女。这家伙在那场大规模的造妖运动中，扮演了一个关键角色，专门从短信流量中雁过拔毛，像国家高速公路收费站，专收买路钱。超女总决赛第二天，曹推手就秘密离开长沙，以超女教父身份在北京出现，和一家美国风投密谈，不动声色注册一个超女公司，搞什么手机短信增值服务之类，野心勃勃地打造娱乐至死的后超女时代。曹推手不到四十，上海人，留美博士，全身酷哥装扮，思维异常活跃，完全呈放射状，东拉西扯之后，从超女引出同性恋，说他搞超女的最大收获，就是掌握大量超女内幕，完全可以写一本书。

曹推手说，从超女现象看，现在同性恋已经势不可挡，那次六进五的淘汰赛，他就坐在第一排，六个人起码三个有那种倾向，从她们手握麦克风的姿势，就可以看出来。李宇春穿着男性化，发型男性化，嘴唇坚毅，酷酷微笑，手始终握在麦克风的最底端，以弗洛伊德的性心理分析，这姿势显然出于一种对男根潜意识的抗拒和排斥心理。何洁就不一样，拿麦克风的姿势是紧紧握住麦克风顶部，几乎把麦头塞进嘴里，小指随着节奏还不停地表达欢快，一看就是强烈的性渴求潜意识驱使，可见她的性取向是正常的。

曹推手继续侃侃而谈，李宇春获得最高的380万短信支持，证明了中国女同性恋以及女同性恋倾向者已经非同一般，投票不是什么民主的结果，而是趣味的选择。女同性恋者平时处于相对隐蔽和压抑的状态，突然在主流大众媒体发现符合自己趣味的集群，会表现得特别执着和狂热，就象喜欢吃辣的看见川菜馆，喜欢喝汤的看见粤菜馆，这跟民主没半点儿关系，是市场经济的一部分。

那次饭局，其实曹推手和丁书商谈项目，一本关于超女的书——曹推手聪明过人，绝不漏过一个赚钱机会，当大家还沉浸在超女的狂欢，曹推手的后续项目已经一个接一个推进了。曹推手说，超女的幕后故事，他知道得太多了，写出来一定好看，绝对是畅销书，只是自己太忙，没时间去完成，但可以找两个写手，他负责口述就OK了。丁书商却认为，超女虽然狂热，但快餐文化而已，一次性消费，选题可以做，发行量就难说。丁书商半拉子书卷气，半拉子书商气，低估超女及粉丝们的市场消费能力，有意压低出版成本，他那套小伎俩，明眼人都知道。上海人曹推手分析来分析去，一脸自信地说，从全国范围看，从时代发展看，怎么去看超女都不为过，超女就是一种文化，超女就是一个金矿，一辈子够我们挖的了。最后，曹推手的高估，丁书商的低估，终于在饭局上得到评估：由曹推手负责书稿，一周之内完成；由丁书商负责出版，一周之内上市；趁热打铁，事不宜迟，半个月绝对要搞定，抢先占领市场，大家都发一把财。协议当场在饭局签订，两位当下碰杯庆贺。

曹推手没想到的是，他最终还是低估了超女小妖精——精灵释放，放任自由，天地大而无当，会在冥冥中生发一系列连锁反应的。不是说迷信，在一个因果关系无处不在的社会里，在一个庞大的因果互联网世界中，每一个链接，都充满神秘，都会出现一个不可知的指向，不知道会把你引到什么地方去。如果曹推手不去搞什么超女，不去发现超女中的什么同性恋，不去财迷心窍搞什么超女畅销书，他的悲剧故事是绝不会发生的。当然，事情的起因，说起来同他老婆妖贰拾也有很大关系。他们两个在美国读博士时认识，曹推手研究计算机，妖贰拾攻读精神病学，两个70后学有所成，一起回国创业。曹推手跳槽去湖南卫视搞超女的时候，妖贰拾一时没找到合适工作，曹推手就对妖贰拾说，你这个专业，国内都是瞎搞，很难找到好工作，就在家里呆着吧，想干吗干吗，等我搞到一笔钱，咱们一起搞公司。

现在公司说来就来了。其实，妖贰拾在家也没闲着，正好可以实现心中理想。这个理想是什么，什么时候萌发的，谁也不知道。她在家里写小说，她在小说后记中透露，这本书写出来，作为一个女人，死也瞑目了——这是大家都看见的。妖贰拾写的《杭州往事》，讲了两个女同性恋的凄美故事，题材当时在中国有点犯忌，妖贰拾就把它挂在网上，没想到点击量高得一塌糊涂，终于被某大胆出版社看中。社长说，出版社不是派出所，出版社的要害就在心慈手软，不能让好作品在我们手上葬送，禁忌永远像傻×，总是被人操蛋的。妖贰拾的处女作，就此成为中国第一部公开出版的同性恋小说。书销量不错，网上留言的，读者来信的，让妖贰拾应接不暇，搞得比上班还要忙，她当然也很有成就感，每天乐在其中。其中最让妖贰拾感动的，就是妖捌的来信，藏在一封快递里，直接就到了妖贰拾手中，可见妖捌的脱颖而出。

妖捌的来信，完全像亲人相见，感谢妖贰拾写出同性恋的心声，又大胆推测，没有同性恋经历的人，是写不出这么感人至深的小说来的。妖捌说，她在浙江大学中文系念四年级，也是一个拉拉，浙大貌似开放，对同性恋却一直歧视。妖捌的来信，讲了很多故事，都是她自己的经历，整整写了八十页，更像一个纪实作品，情节感人，文笔优美，尤其是打印的版式，非常讲究，可见妖捌的认真，给妖拾贰留下了深刻印象。另一个好感是，她们都是杭州人，正宗老乡，两位一直保持联系，就自然而然了。妖贰拾看了妖捌来信，当天就在网上对妖捌说，你的亲身经历，从某种意义上说，补充了我的小说，丰富了我的小说，完整了我的小说，我要强调的是，我写的是小说，小说就是小说，不可牵强附会。什么叫小说？就是把丁一的断胳膊少腿、王二的腐烂身躯、张三的残缺人生、李四的智障思想，组合在一起，搞成自己的变形金刚，然后去满世界游荡，这方面鲁迅已经说过很多，我只是拾人牙慧而已。

一番话把妖捌说得更加心驰神往，当下表示要北上求教，当面聆听师父教诲。事实上，妖捌几次说要来北京，妖贰拾几次说要回杭州，结果总是被一些琐事耽搁。所以，当曹推手要搞超女书——说起来几乎就是天意，自己是推手，老婆是作家，标准的夫妻店，现成的图书公司——妖贰拾又马上想到妖捌，说时间太紧，需要助手，一周完成十几万字，不是开玩笑的，有个现成的写手叫妖捌，下手快，文笔好，她们两个一联手，超女书就天造地设了。

妖捌接到妖贰拾的邀请，第二天就到了北京。妖捌一看妖贰拾，身高将近一米七，浑身富态，果然一个师父的模样，怯生生叫了一声师父。妖贰拾一看妖捌，身高大概一米五，小巧玲珑，果然一个爱徒的模样，笑眯眯地说了一声呵呵。两人当下心生欢喜，手牵手走进后现代城曹推手新买的二手房。主卧夫妻房，次卧妖捌房，客厅就是书房，没有比这里更理想的制造超女书的地方了。

写书或者编书，流程有条不紊，符合现代作坊生产：曹推手白天忙他的短信公司，晚上回来口述超女；妖捌第二天把口述整理成文字，由妖贰拾负责进一步加工，章节与标题之类，随时调整。事情进行得很顺利，曹推手讲起超女，滔滔不绝如数家珍；妖捌写起超女，心领神会下笔有妖；妖贰拾润色超女，锦上添花一锤定音。一周到期，书稿如期完成，三位对超女书感觉一致良好，交给丁书商。交稿虽然是交一个小小的U盘，但里面可全是超女的风云变幻，所以一定要有仪式感，算是提前庆功，就像电影的开机，实际关系到风水问题。

自然又是饭局，老北京涮羊肉。席间，丁书商看看曹推手，看看妖捌妖贰拾，一个红光满面，两个春光荡漾，就举起杯说：男女搭配，干活不累，三位厉害啊，这么短时间就搞定超女，你们真是超女的再生父母，你们赋予超女新生命哈，新新超女可以继续横扫大江南北啦，来来来，干杯。

曹推手对丁书商说：下一步就看你的了，为了这本书，我连出差都推迟了。明天我就走了，半个月左右，到我回来，超女肯定圆满了吧。

丁书商说：当然，什么叫化腐朽为神奇，就是灰姑娘变成大公主，超女就是中国版的安徒生，前途无量，你就等着回来看好戏吧。

曹推手又对妖捌妖贰拾说：妖捌等书出来再走吧，书有什么问题，丁书商可以随时联系你们，好事就做到底。妖捌的报酬，在说好的按件计酬上再加个两千，就算勤工俭学，也算社会实践了。

妖捌点头。妖贰拾也点头。妖贰拾说：其实她还想在北京找工作呢，这种机会她能放过吗，呵呵。

书到了丁书商手上，就没妖捌妖贰拾什么事了。丁书商是制造快餐文化的高手，丁书商的快餐理念是：快餐文化就是快刀斩乱麻，在乱麻中杀出一条财路。所以丁书商一个电话没有，胜利显然已经在握。妖捌对找工作好像也没什么兴趣，胡乱在网上投出几份简历，就请求师父带她去《杭州往事》写到的地方去看看，说她梦中都去过多少遍了，说现在来北京，机会真是难得，一定要亲自去体验一下书中主人公的凄美。妖贰拾的书虽然主要写杭州，但很多场景都发生在北京，这同她在北京读了七年书有关，从本科到硕士。妖捌娇滴滴说，先去紫竹院，那个著名的紫竹院，听说那里好好玩耶。妖贰拾说，你又老土了吧，现在北京的拉拉，或者全国各地聚集北京的拉拉，早就不去紫竹院啦，那是地下时期，现在光明正大了，现在都在餐厅和酒吧啦。

妖贰拾带着妖捌，首先去了东城一个王府改造的餐馆。一进门，左右两排，一身清朝格格装扮的服务员，高髻插花，笑脸盈盈，一律弯腰，齐刷刷喊：欢迎光临！这里就是女儿国，男性禁止入内，所以拉拉们很放松，很放肆，甚至无法无天，完全自由化状态。大堂一片女声，叽叽喳喳，耳鬓厮磨。妖捌妖贰拾一路看过去，两个人的包间里，万般风情就让人眼热心跳了；酒足饭饱，在烟榻上亲热依靠，好像从前宫女们在没有男人的寂寞日子里，在同性身上得到满足。妖捌甚至看见某女腰间一个大大的假阳具，狐假虎威，耀武扬威。妖捌当下一阵颤栗，差一点就倒在妖贰拾身上。

接下来的几天里，妖贰拾带着妖捌，去了一家台湾的连锁餐馆，一家老外云集的酒吧，又去了后海，一条号称拉拉胡同里，酒吧兼餐馆的老板，一律文艺女青年出身，知根知底拉拉的来龙去脉。一台笔记本，几本什么书，两杯啤酒，三碟小菜，认识或不认识，只要意会就行，立刻就可攀谈，半个下午或半个晚上，甚至不用半个小时，不打自招之后，就勾肩搭背，妖妖然在门口消失。这里倒没有公开的性行为，起码表面上看去风平浪静。女同志相比男同志，一开始感情大于感官，到后来如胶似漆，就大大超越男同志了，集体裸舞，同爱“趴踢”，都是让男人望其项背的，需要反思一下的：为什么有些男人不能给有些女人带来快感，带来欢乐，带来幸福呢？这些都是妖贰拾带着妖捌，那些天在同性恋之都考察时，师父给爱徒上的课。

最后她们怎么上课上到床上去了，那是天知地知的事了。直到曹推手提前一天回来，发现妖捌和妖贰拾两个人在床上扭来扭去，像两个白妖在兴风作浪，整个夫妻房白花花一片，这才眼前一片白光，恍恍惚惚想起，什么叫引狼入室了。曹推手依稀记起他在口述超女时，激情飞扬，灵感爆发，给妖捌妖贰拾讲过好听的故事，甚至一口咬定是科学论断——国外有人做过试验，长期隔离三只母鸡，或者两只母鸡，最后总会有一只母鸡变成公鸡，来保证鸡的种群繁衍；人类的同性恋行为，就是这种社会的自我调节能力。现在口述变成实录，现象变成现场，鸡飞狗跳生龙活虎地展现在眼前，曹推手打死都不敢相信，自己会被两个同性恋搞得落花流水——两只母鸡不但一只变成了公鸡，而且把他这只正宗原装的公鸡扫地出门，扫出鸡窝了。

曹推手在后现代城消失了，在两个妖精面前选择主动退出，不吵不闹不骂不打，甚至没有一句话，压根不声张，男根如阉了一般，更没有提出什么离婚要求，也算明智之举，显示一个美国博士中国海归的良好素质。曹推手到底是聪明人，也可能到底是知识分子，脸面是第一位的，有的东西毕竟是老二，不能让老二坏了根本大事。后来事情的发展搞到不可理喻的地步，我们觉得与曹推手的不负责任，一走了之，不顾老二，或者反过来说，太看重老二，以老二为准则，有很大关系。妖贰拾充其量是双性恋，妖捌其实也是双性恋，两个双性恋一旦有温床，颠鸾倒凤一下，实在没什么大不了的，自己又没有什么损失，反而白看了妖捌的身体，进一步看下去弄不好还会有额外收获，完全可以心平气和，好好去理解，好好去处理的。从这一点去分析这一个上海男人的这一轮表现，实在不够大气，当然也不够精明。

说起来，妖贰拾对曹推手还是有感情的，海外的连袂奋斗，也不是一个妖捌就可以棒打鸳鸯的。曹推手的失踪，让妖贰拾很失望，让她失去最后解释或者改正的机会，否则后来也不会破罐子破摔，做出让我们大家都唏嘘不已的事情来了——当然，这些都是我们瞎猜。丁书商就说，妖贰拾那个小说写出来，大事肯定了结了，妖贰拾的死，她的后记里已经有言在先了。也有人很内行地说，研究精神病的人，到后来都会变成神经病，妖贰拾的疯狂举动，完全就是一个疯子。

其实，事情还是要归结到妖捌。在曹推手消失的最初几天，妖捌总觉得对不起妖贰拾师父和师父的老公，就说学校要举行毕业典礼，一脸羞愧地回杭州去了。一个月后，妖捌在网上，又是一脸羞愧地对妖贰拾说，她遇见了一个留学生，美国人比尔，她好像堕入情网了，师父我怎么办啊，我好像在犯罪一样，我怎么能这样啊，师父啊，你救救我啊。

对于妖捌的任性，妖贰拾开始并没有失控，而是开始遥控，通情达理，体贴入微，十分理智——自己也是双性恋，只不过做起那种事来，不像妖捌那样神魂颠倒。同性间的彻底沟通，异性们是想象不出什么离奇细节的，就像男人们不可能听到女人们扎堆时肆无忌惮的荤话，尤其在网络的魔兽世界。妖捌通过永不消逝的电波，几乎每天现场直播——汗，晕，又约了，又做了，姿势好怪，时间好乱，感觉好惨，味道好好，方方面面，点点滴滴，无一遗漏。妖贰拾每天遥控，现场指挥，该如何如何，该这样那样，连细节都一一设计，浑身解数，热血沸腾，充满想象，体现女性的细腻，传递师父的关爱。

这些都是计算机博士曹推手，后来去后现代城料理后事，在妖贰拾的电脑硬盘上挖掘出来的。曹推手说，恶心得不能再恶心了，惨不忍睹，不堪卒读啊。曹推手甚至不好意思再开口了，他说那一个多月的QQ记录，完全是一本黄书，天下第一黄书，比金瓶梅淫荡，比超女书精彩啊，看得自己眼前又是一片发白。警察就把整个电脑都搬走了。

根据QQ记录、案发现场、尸体解剖，警方的结论是，这是一起不可阻挡的共赴黄泉案，罕见的双杀，他杀兼自杀：妖贰拾把妖捌叫到北京，妖贰拾在酒中下毒，两人喝酒之后做爱，在做爱中同归于尽。警方说，毒药就是常见的乌头，一般人都可以搞到，但具体操作不好把握，妖贰拾显然对毒药有相当的研究，多少分量，多少浓度，多少时间，包括做爱的时间，都有精确计算，从头晕、迷幻、癫狂、痉挛、昏迷直到死亡，大概两到三小时，妖贰拾真不愧是留洋博士精神病学专家啊。警方说，这样的死法还算不错，在极度快乐中死去，是一种相当高的境界了。有的女同志，为了不让心爱的人离开，什么手段都有，甚至把男的生殖器都割下来，扔下一把修理树枝的大剪刀，血汪汪一摊，然后去自首。

那天曹推手接到警方根据物业提供的电话。残局还是要法定丈夫来收拾的，曹推手悄然现身后现代城，最后一眼看见妖贰拾和妖捌，两个躯体已经像死去的白海豚，仿佛狂风暴雨消停，安安静静地躺在一片沙滩上。后现代刚开城没多久，就有一个俄罗斯年轻女老外从十五层跳下来，一时间就出现七八个故事版本；这一回两个国产女性神秘死去，传说自然沸沸扬扬天花乱坠。

有一种说法：事情的结局，曹推手通过警方，征得妖捌父母同意，在十三陵附近买了一块墓地，将妖捌与妖贰拾葬在一起，没有鲜花，没有供品，在她们的墓前放了一本已经出版的超女书，一个人默默撕开，一页一页烧掉。这一种传说的版本，大致按着这样的顺序叙述：

一仙推超女，超女化二妖，二妖废一仙，一仙葬二妖。

这类故事，一旦在后现代城发生，就会生生不息。有个爱琢磨的红头发爆炸式小妖精，在后现代B所会馆做美容，满脸白惨惨地听完这一段，当即就提出一个比警方还凶残的疑问：

那妖捌在喝毒酒之前，知道里面有毒药吗？

妖言十六日

师父我怎么办啊，我好像在犯罪一样。

我怎么能这样啊，师父啊，你救救我啊。

9

那天展览，我们都去了，我们在大厅里遇见老青皮，又碰到一个家伙聊了一会儿，然后就一起瞎逛了。他后来怎么又跑回大厅门口，遇见小妖精，遇见倒霉的枪，只能说他见鬼了。后来我们经常讨论这个问题，事实上美术界也一直在传说——我们最后一致认为，那个鬼缠住老青皮十五年，难怪后来小妖精就竖立十五个鬼靶，枪毙了十五枪。说起来，老青皮差不多就是一个枪毙鬼，所有鬼中下场最惨的一种鬼，和火烧鬼有一拼。

不过我们也一致认为，鬼也不一定就是坏东西。大家都知道，中国的鬼传统，鬼蜮宽广，源远流长：吸血鬼、僵尸鬼、活鬼死鬼、男鬼女鬼、大鬼小鬼、善鬼恶鬼、美鬼丑鬼、无威德鬼、有威德鬼……最后这位就是那个遍布城乡无处不在、我们大家都顶礼膜拜的城隍老爷。再细细考究，眼下画家们精心塑造的那些光头、那些白痴、那些傻笑，不都是现代人的鬼魅形象吗？不是鬼作品，那些老外买家还会砸重金来购买吗？想都不要想。老青皮那个火柴头铺造的、一点火就会熊熊燃烧的、那个很不吉利命名为《老巢》的作品，也是鬼火暗藏的鬼东西。他自己先见了鬼，又自己枪毙自己，跑到北京这个鬼气森森的什么现代艺术大展，企图参与小妖精的什么鬼“沟通”，企图拿枪去闹鬼，本身就是一种鬼魂缠身的行为，看来老青皮是逃不掉青天白日活见鬼了。当然，我们都是无鬼论者，我们根本不相信世界上有什么鬼，但我们不得不承认，如果没有鬼，就没有老青皮那天的鬼使神差，更不会有老青皮日后的鬼话连篇——那时候老青皮已经摇身一变，成为现代艺术大名鼎鼎的形象代言人了。

所以，那天我们一个失眼，老青皮就去见鬼了。我们记得见到老青皮时，他就没头没脑地说，小妖精没有枪，作品就完蛋了，什么都不是了——分明一种见鬼的胡话。那天老青皮好像一直都在见鬼，走进美术馆大厅开幕现场，就看见有一块叫做“前言”的东西竖在正中，高高在上，供人瞻仰。其实我们都不看这类东西，这类不打自招的东西，往往鬼影憧憧，只有老青皮这样唯恐不见鬼的家伙，喜欢过去看一眼，好像需要研究一下，好像就他一个人有鬼思想。老青皮背着手，看见了这样一段话：中国现代艺术的发展，从本世纪二三十年代算起，已有半个多世纪，其历程极为坎坷……这一段含糊不清的表白，被大胡子在博客中诠释为：这是中国前卫艺术前所未有的一次集体亮相，前卫艺术首次占领官方最权威的中国美术馆，是前卫艺术可以公开存在的重大象征。前后连起来，还真是有鬼：“坎坷”与“占领”，这两个词就很可疑——不坎坷，不会去占领；不开枪，怎么去占领？

老青皮看完前言，嘴角浮起冷笑，鼻子哼了两声，骂了一句狗屁。我们从一片人头看过去，大胡子好像正在代表大展组委会，一本正经在宣布：中国、历史上、由中国人自己参与、和举办的、现代艺术展、现在、开幕了。没有掌声，没有剪彩，大家叽叽喳喳，黑压压暗香浮动，直冲鼻子，让人待不住。我们就听到大胡子这么一句话，老青皮就说，什么意思啊，好像中国人在艺术上已经翻身解放一样，大胡子在糊弄大家呢，走走走，看一眼就走，老子明天回杭州了。

那时候，老青皮对见鬼显然没有充分的思想准备，一旦被鬼缠住，人都是脱不了身的，这是今天小孩子都知道的科学常识。我们顺着人群走去，看见有一个人在卖虾，一大群人在围观，好像一个农贸市场。卖虾的面前两个大木盆，身后两个木板箱，箱上一块小黑板，上面涂满了粉笔字：

大生意

亲爱的顾客们，在全国上下欢度新年的时候，为了丰富首都人民的精神生活和物质生活，从我的家乡舟山带来了特级出口对虾（转内销）。

展销地点：中国美术馆

价格：每斤9.5元

数量有限，欲购从速。

大家都在围观，没人上去购买，可能都觉得奇怪，这里怎么会有卖虾的？有一个画家朋友扛着摄像机走过来，一看场面冷清，朝卖虾的一笑，好像他们很熟。画家朋友说，怎么不吆喝啊，做生意就像个做生意，要招呼顾客的啊，上帝都在你面前，怎么不打招呼啊？说着，那画家一边摄像，一边帮朋友吆喝起来，声音有腔有调：

"哥们，姐们，爷们，娘们，父老乡亲们，上等的对虾啊，来自东海之滨、舟山群岛、佛教圣地普陀山的土特产啊，北京绝对买不到的。便宜嘞，便宜嘞，机会难得，快来买啊，买去回家好过年啊，过大年，吃大虾，喝大酒，咱们中国人的最高享受啊。来啊来啊，有钱的帮个钱场，没钱的捧个人场……"

吆喝好像起了作用，有人立刻买了五十块钱，老青皮认识他，对他喊了一句：你这个托，也太不要脸了吧？卖虾者这时好像活跃起来，拿出一张美术报（上面有他的参展消息），一边用这张报纸包虾，一边向围观者解释说，这叫携带艺术，携带的艺术，呵呵。好像也没人听得懂，生意却忽然好了起来，卖虾者手忙脚乱，在画家朋友摄像机的镜头之下，连连大叫：排队，排队。

艺术就是买卖，美术馆就是生意场，这种所谓颠覆，被人看穿就没意思了。我们正准备走开，忽然走来几个挂着胸牌的工作人员，盘问起卖虾者来。挂牌的说，无证摊贩，没收没收。

挂牌的说着就要动手，卖虾的赶紧掏出一个塑料袋，拿出一张单位介绍信，证明自己这个卖虾的摊位，是用于展览的一件艺术品，自己这个卖虾的身份，也是这件艺术品的组成部分。挂牌的很不经意地看了一眼证明——这类地方文艺单位的公章，在首都北京显然不具备权威性，而且，文艺归文艺，生意归生意，文艺的公章用作生意的证明，显然荒诞不经。挂牌的又很不经意地看了一眼卖虾的，笑起来了。

挂牌的说："你说你是艺术，你艺术在什么地方，你能向我们解释清楚吗？你说你是公开展览，我说你是私牟暴利。"

卖虾的说："什么是艺术，你们不懂啊，卖虾就是一种艺术，你们懂不懂啊？"

挂牌的说："卖虾就是艺术，那我问你，卖毒品、卖肉体、卖枪支弹药，算不算艺术？"

卖虾的说："你们这叫强词夺理，咱们一起到展览组委会去。"

挂牌的说："什么组委会，这里是北京，我们就是管你这个卖虾的！"

卖虾者还想理论，挂牌的摆摆手说："好了，好了，念你初犯，罚款一百，马上收摊。"

卖虾的口中喃喃：一千多块钱成本啊，只开了一个头，亏大了亏大了。还是摄像的朋友反应快，在一旁对他递眼色，说好啊好啊，收摊了，关张了，你的作品已经完成了。卖虾的好像一下子聪明了，赶紧把罚款单和介绍信往黑板上一贴，用粉笔写上：

今日盘点，暂停营业。

画家朋友把眼前发生的一切，不失时机用摄像机一一记录在案，后来又弄出许多巨幅彩照，参加了国内外许多大展。大胡子就在博客里幸灾乐祸地说，中国的当代艺术，就这么简单哈。卖虾的亏本，摄像的赚钱，这盘不劳而获的影印资料，前后卖了好几十万，一千块的成本不知翻了多少倍，不晓得他们怎么去分赃——这个作品已经流芳百世了。

妖言十七曰

小妖精没有枪，
作品就完了，
什么都不是了。

玖

我们的北京饭局，东局、西局、手稿局、大仙局，那都是历久弥新，永远不散的，至少到今天没有一丝衰微的迹象。也有一些饭局，是临时性的，或者说短命型的，是为了某种需要，某件事情完了，或者某阶段囊中羞涩了，饭局就不了了之了，或者说局长就消失了。当然，能在北京饭局史上留下一笔的，也不是那种今天请一场客，或者请几次客，就能大言不惭自己就是饭局局长，唯有饮者留其名；没有一年半载，几十局，上百局，是无法成为饭局领导的。比如丁书商，因为出版发行《北京妖精》之类，就曾经在东四的“孔乙己”开了整整一年饭局，每天呼朋引类，出版界的新闻界的文学界的，出门靠朋友，来的都是客。后来“孔乙己”成为北京文化分子的集聚地，像一个文化沙龙，文人言必称饭局，饭局必称“孔乙己”，“孔乙己”从此生意兴隆，丁书商是贡献不少银两的，尽管丁书商没什么文化，纯属歪打正着。有些事情就这样，所谓有文化，都是没文化的搞出来的。换句话说，要想成为文化大国，必先成就餐饮大国，或者说饭局大国。

“孔乙己”的傅老板，北大中文系毕业，也算我们老家的一个小状元，一个文学大青年。在北京苦心经营十年，在东四北大街顽强屹立，“孔乙己”始终门庭冷落，尽管他抬出大先生鲁迅：门口鲁迅雕塑，橱里鲁迅书籍，墙上鲁迅语录，一只绍兴乌篷船吊在屋梁上，很文化的样子；可食客们是来饭局的，是来吃饭吃酒的，不是来吃文化的，更不是来吃鲁迅的。丁书商看中“孔乙己”，是因为那里的绍兴菜，算是一种老家风味；看中

"孔乙己"的第二个理由，是那里的服务员。说起来，饭局的穷讲究里，硬件软件都要考虑，软件中服务员是最重要的一环，这一点丁书商是从老青皮张弛老局长们那里学来的。走进美女如云，怎么说比看见一群丑八怪舒服——一个美女在身边伺候，和一个八怪在眼前晃动，一个美女朝你嫣然一笑，和一个八怪对你横扫一眼，感觉完全是天上地下：一个是骨头酥软，一个是毛骨悚然，骨头的感觉不同，直接影响饭局环境、饭局心境。而且天下就是这样妖怪，女人的相貌与性格，往往成正比：相貌越好，良心越好；相貌越差，良心越坏。有的男同胞自身条件不够好，总会把条件放低，总以为找一个相貌次一点的，比较容易，也比较安全，这就大错特错了。黄蜂尾上刺，最毒妇人心，说的都是那些长相一脸歹毒的女人，你这辈子就葬送在她那张脸上了。据丁书商考据，丁书商经常胡乱考证，女性长相不好，从小必然自卑，一个从小伴随自卑长大的，她的性格会好到哪里去呢？丁书商甚至搬出胡说八道的弗洛伊德，来炫耀自己的书袋——自卑的感觉是对傲慢和蔑视的一种补偿，良心不好，就是对自卑的报复。当然，我们都知道，丁书商的泛泛而论，大都不足为信。相貌相貌，相与貌，一个是面相，一个是面貌，是一个人脸上的两个组成部分，是两个概念，天下不可能都美女，貌不好不要紧，相不好就麻烦了。所以，不是说天下所有面貌不够好的，人品都不行，那样绝对的话，有人就没法活了；况且我老婆面貌就不太好，但一脸慈母相，良心还是过得去的，否则的话，我也没法活了。

丁书商就讲究这一点，傅老板更是深谙其道，所以"孔乙己"里的"孔妹妹"基本都是小美女，一身江南蓝花布褂，一群江南小妖精模样，一看到丁书商驾到，一概甜甜叫道：丁哥好，您来啦——差一点要扑上来的样子。丁书商当然明白，"孔妹妹"看中的是消费，但看见美女们笑盈盈的样子，总是一种愉悦。走进某些饭店，一脸苦相的服务员大有人在，好像和老板有深仇大恨似的，业务也不熟，一张菜单扔在桌子上，最好顾客马上就买单。有时一个新来的服务员，对丁书商叫一声叔叔好，丁书商正色：叫丁哥！那位新人就会被老手培训好半天。"孔妹妹"对老青皮的称呼，则一律叫三爷，估计是当年妖叁的叫法。妖叁和老青皮一向亲近，后来无果而终，很让我们失望。只有"孔妹妹"还记得妖叁的三爷，让我们时时想起三爷的妖叁，可见"孔妹妹"的情深意长，又见"孔妹妹"的聪明伶俐。"孔妹妹"三爷长三爷短，叫得老青皮弥勒佛似的，一夜合不拢嘴，菜乱点不说，无端扩大消费，有时趁着酒兴，兴之所至，一张百元大钞，就小费到某个“孔妹妹”软软的手心里去了。他摸人小手是小事；培养小费文化，破坏饭局风气，把“孔妹妹”们搞得眼高手低，傅老板就要当心了，这样子挖墙脚对傅老板是很不利的。

说起来，傅老板对“孔妹妹”也防不胜防，就像丁书商的发行主力妖伍被李广告挖走后，有一阵子发行就很不景气，幸亏我们老家的蒋金矿撞上门来，才算有了妖伍的接班人，在发行上搞出了一点新名堂。那发行老兄在我们老家生意做得有点名气，后来不知中了什么邪，跑到河南去开金矿，结果政府一个政策，金矿灰飞湮灭。蒋金矿有眼无珠，押宝押输，吃了政府亏，欠了一屁股债，被人告上法庭，老婆当然弃他而去，另一种说法是蒋金矿将老婆抵押了。说起来，这个故事也很妖精，蒋金矿和老婆妖贰壹，两位和蒋的债主都是朋友，三人好成一个人似的，否则哪有借钱的事——天下没有无缘无故的爱，就和天下没有无缘无故的钱一样。蒋借钱去河南之后，蒋债主和妖贰壹留在老家，就有点目中无人了。后来蒋金矿破产，几百万打了水漂，妖贰壹彻底倒戈，投进债主怀抱。蒋债主追债蒋金矿，也不能说无情无义，毕竟开金矿不是一个小数目，一个妖精价值再大，也大不过一座金矿的，我们的生活圈里，暂时也没有中国首富。蒋金矿也是明白人，心里很清楚：没有妖贰壹，就没有金矿钱；有了妖贰壹，权当是借据，权当是人质。但是蒋金矿失算在于，金矿失败，老婆失守。什么叫赔了夫人又折兵，说的就是蒋金矿这种倒霉蛋。

蒋债主追债蒋金矿，蒋金矿避难于丁书商，丁书商重任蒋发行。说起来丁书商也是不景气，北京什么人才没有，先用了一个妖伍，三陪女，又用了一个蒋发行，逃窜犯，不知道他生意还想不想做了。丁书商用人理论一向妖怪，丁书商说，蒋发行好歹混过生意场，有一定的营销能力，老家朋友也知根知底，跑得了和尚跑不了庙，不大可能携款潜逃，尽管他现在也是欠款潜逃。丁书商笑嘻嘻地说，发行的第一素质，就是欠款的能力。当然，有一点丁书商没有明说，我们都看出来了：蒋发行是个小白脸，用丁书商的话说，就是长得太西门庆了，天生演西门庆的——言外之意就是，图书批发商就是一个美女堆，就是一个妖精圈，用西门庆去搞图书销售，去搞帅哥外交，无疑大灰狼去会小绵羊，灰太郎去扑喜羊羊，前景肯定美妙无比。所以，那些天在丁书商的“孔乙己”饭局上，丁书商隆重推出蒋发行。

大家都认识蒋发行了。蒋发行的身世，大家都同情，用老青皮的话说，千万不要小看他，他也是一个见过钱的主，现在混得这么惨，虎落平阳了，身无分文了，老婆都跟人跑了，这样的倒霉蛋，该帮还是要帮一帮的。所以，我们的北京饭局，有时候很操蛋，有时候还是挺仗义的，大家好像都热情高涨要帮蒋发行似的，故意当着“孔妹妹”的面，一个劲叫蒋总蒋总，叫得蒋总嘿嘿傻笑，叫得“孔妹妹”好像都朝蒋发行偷偷窃笑，偷偷笑一眼，又偷偷笑一眼。蒋发行的西门庆风格，终于在众人拾柴的集体温暖中，开始渐渐显露出来，以致后来原形毕露，一发而不可收拾。

蒋发行下海前，是我们老家一个国企的团委书记，年轻有为，风流倜傥，仕途原本可以预见的——团派就是第三梯队，现在很多党政领导，都是这一路上去的，这是大家都知道的。现在混成一个逃犯，只能说他自己财迷心窍，鼠目寸光。这一点和丁书商也差不多，说起来他们其实是臭味相投，一对难兄难弟。丁书商原来是我们老家的一个政协委员——用他的阿Q之言，拿到美国去，大小也是一个地方参议员——现在混成一个破书商，不入主流，死路一条，终于和蒋发行殊途同归。不过蒋发行有自己的强项，做女孩的思想工作，和女孩打成一片，本来就是团干的基本素质，拿手好戏拿来泡点小妞，不过吹点小泡泡，不费吹灰之力，所以蒋发行在人生的低潮时期，依然生命不息，泡妞不止，显示一个团派的深厚功底，一个男人的顽强生命力。后来大家在饭局上的统计表明，在丁书商主掌“孔乙己”饭局的整整一年时期，蒋金矿摇身变作蒋发行的一年期间，蒋发行利用工作之便，直接地间接地，在“孔乙己”泡得小妞两个半——以上床为标准。后来大家聊起来，无不感慨万端：这家伙太厉害了，不好说国难当头——经济危机，能源告急，气候变暖，房价飞涨，人心浮动，精神家园飘泊无定；至少家难当头的——资产负数，官司缠身，老婆离婚，房子抵押，小孩失学，前途渺茫；居然商人不知亡家恨，一身潇洒去泡妞，说起来心理素质真是天下一流。两个半小妞里，一个间接的，仅仅与“孔乙己”饭局有关，与“孔乙己”本身没什么关系；半个是在上床之后，宽衣解带之前，那女的说大姨妈来了，可能真的，可能假的，总之不让蒋发行近身，聒噪一夜，以后就消失无影，算是逃过一劫，算是泡妞未遂。与“孔乙己”有直接关系的那个“孔妹妹”，说来有点复杂，先是搞成宫外孕，后来搞成老光棍。

被蒋发行搞成宫外孕的“孔妹妹”妖玖，后来从“孔乙己”消失了，不晓得傅老板知道不，估计不可能知晓其中细节。傅老板由于丁书商之类的无私饭局，后来把“孔乙己”搞大了：北京五个分店，最著名的是后海；上海三个分店，最著名的是虹桥。傅老板原先每天坐堂的优良作风——总是坐在门里一张小桌子，长发飘飘，一边自斟自饮，一边招呼客人，遇到一两个他认为的大作家，还会赠送家藏的炝蟹一类——现在也徒然消失了。老板做大了，据说现在每天飞来飞去，某个小小孔妹的出现与消失，应该是没精力去管了。妖玖我们都认识，看去就骚里骚气，一派春光四溢，怎么和蒋发行好上的，没人说得清。也许蒋发行属于饿汉，也许妖玖属于饿女，北漂北京，性事当头，这个软实力很重要，这个软实力说到底就是硬实力，软是不行的，硬是真家伙，大家都可以理解。比较靠谱的说法，他们的相好，媒人是耶稣。

妖玖是个热心的基督教徒，无时不在物色发展对象；蒋发行半生苦难，显然是合适人选。蒋发行是潜在的好色之徒，无时不在物色泡妞对象；妖玖一脸妖精，显然是意中人选。两人说不好谁主动，好像一拍即合，如我们老家老戏《僧尼会》里所唱：男有心来女有意，不怕那个山高水又深，尼姑和尚结成亲，从此不念观世音。他们的相好原本具有一定的宗教色彩，蒋发行事后向领导丁书商汇报过这一点，说想不到想不到，信耶稣的性欲那么厉害，一个晚上要好几次，耶稣魔力了不得，一般人吃不消的，言语里明显有炫耀的意思。最重要的那个情况，蒋发行当然不会向丁书商汇报，后来也是他自己多嘴，说闷在心里像骨鲠在喉，吞不下，吐不出，说差一点要出大事了，听起来比金矿与老婆的事情还要大。

那天蒋发行接到妖玖电话，说她好像有问题了。蒋问什么事，电话里哼哼唧唧，听起来有气无力。蒋说病了吗，需要我去吗，电话里已经没有声音了。蒋马上打车赶过去，看见妖玖一脸灰白，走路都风雨飘摇了。两人赶到医院，一通紧急检查后，医生说，你们什么人啊，再晚到十分钟，小命就没有啦。蒋发行满脸疑惑看妖玖，妖玖满脸惨白看医生，医生说，下面流血半个月，以为姨妈不干净，实际上宫外孕大出血，这点常识都不懂啊，你们只知道快活啊？

妖玖被护士送进手术室待命，蒋发行被医生请进办公室审讯。

医生说：手术是必须的，方案有两种，一种开刀，一种激光。开刀肚皮上切口起码一尺，激光肚子上就打四个小洞。开刀便宜，激光贵点。开刀流血多，激光流血少。开刀肚子上会留刀疤，激光手术后不留痕迹，是美国引进的高科技。你们要哪一种？

蒋发行刚想问价钱，一看到医生鄙视的眼光，脱口而出：激光，激光。

医生说：麻药有两种，一种日本进口，贵一点，一种国产，便宜点。你们要哪一种？

蒋发行说：有什么区别吗？

医生说，哪还用问吗，当然进口的好，时间快，效果好，病人少吃苦，没有副作用，到底要哪种？

蒋发行赶紧说：日本，日本。

医生说：要先去付款，你是病人的什么人？

蒋发行没有回答，不知道怎么回答，确实没想过这种问题。蒋发行也算见多识广，可人生的许多问题，平常都不是问题，关键时刻冒出来，统统都是问题。

医生眼光咄咄逼人：你不知道你什么人？

老公、恋人、情人、亲人、朋友、同事、老乡，这些最简单的词汇一闪而过，都不对路，都对不上号。情急之中，蒋发行差一点供出泡妞来。这倒是事实，可泡妞之妞，说不出口，也上不了台面。蒋发行冷汗直冒，低头去拉手提包，好像要掏身份证的样子。

医生大度一笑：我一看就知道，又是一对乱搞。我要和你说清楚，你要知道，宫外孕大出血手术，目前在医学界有一定风险的，需要签字的。

蒋发行说：我签，我签。

医生说：签字就要负责任的。

蒋发行说：晓得，晓得。

医生说：你要做好思想准备的。

蒋发行又吓一跳：什么？

医生说：女人做了宫外孕手术，以后就不能生小孩了。

难道为了以后，现在可以不手术么？医生的话自然没有什么逻辑性，医生就是一个判官，在人的生与死之临界点，将最严酷的事实，以最简单的语言，以最直白的方式，面无表情地告诉你。蒋发行现在也完全顾不了以后，以后还不知怎么一笔糊涂账呢，蒋发行糊里糊涂点起头来。蒋发行后来说，医生比法官还可怕，当时他恨不得钻到桌子底下去。医生尽完告知的责任，把一纸文书推到蒋发行面前，拿手指着纸上一处空白，下令道：就这里，签字吧。

蒋发行脑子一片空白，不知道在上面画了什么鬼符，到厕所撒完一泡尿，抽完一支烟后，才慢慢清醒回来：应该签一个假名的，假名鬼晓得啊，搞不好白纸黑字，铁证如山，跳进黄河洗不清的，刚才医生的口气就很可疑，万一三长两短，妖玖家里兴师问罪，这可不是一般的官司，老家官司未了，这边官司又起，这辈子完蛋了，这辈子就葬送在卵蛋上了。蒋发行浑身冰凉，目光黯淡，手术室门口上方的红灯亮得惊心动魄——妖玖这个婚外恋的宫外孕，中国特色的基督小妞，已经浑身日本麻药、遍体美国激光了。

走廊里有不少等候手术的人，三五一伙，七八一群，蒋发行发现只有自己孤单一人，心里不免空虚起来，想起老家一句老话，专门嘲讽那些花心男人的：为节快活为节苦，为节打屁股。“节”是我们老家的方言，指男人生殖器，和芝麻开花节节高的意思联系起来，就比较好理解了。现在他就在为节受苦，在为节打着屁股，这种滋味真是男人的地狱，男人的刀山火海。蒋发行接着想下去，妖玖流血半个月，半个月之前的一个月，甚至两个月，他们好像没在一起啊。此刻能回忆起来的最后一次，已经模糊一团。我们老家农民说——操×操到老，不知啥味道。农民太有智慧了，销魂之后永远难言销魂真谛，这种真谛都没有，天下还有什么真谛吗？蒋发行脑子一摊浆糊，用手指头扳来扳去，算过来算过去，最后那一次，好像也快三个月了。那一次确实有点过火，是他即将出差的前夜，丁书商指示他全国各地去跑一下，熟悉客户，联络客户，按时间去推算，妖玖今天的鬼胎，不太可能是他的，看来这里有问题啊。这么一想，蒋发行竟产生了一走了之的念头：把我当什么人了，傻×冤大头啊？

主刀的医生走出来，正在摘口罩，蒋发行以为手术完成，便想问问妖玖的宫外孕，到底在肚子里宫外了多长时间。医生不容分说，很严肃告诉他，由于出血太多，激光已不起作用，需要开刀了，现在通知你，问题很严重，我们会尽力，病人很坚强，你无论如何，一定要稳住。医生宣布完毕，好像法官宣判后的退庭，背影消失在手术室。形势愈来愈严峻，妖玖命悬一刀，人命已经关天，走廊墙角的蒋发行，已经无法动弹，逃跑的退路显然已被封堵，如果一意孤行，无疑杀人潜逃，真该被全国通缉了。刚才还企图算妖玖的账，现在已然一本花账，一本假账，无法再算下去了，谁算谁啊，最后极有可能，妖玖跟他算账——一个无法生育的少女，一个女人生命中的无价之宝，被一个男人风流殆尽，釜底抽薪一般毁掉，有多少深仇大恨都不为过，怎么算都是一辈子的账，把蒋发行算成永远的罪人，算成倾家荡产，分分钟的事，而且绝对让你哑口无言。蒋发行不愧团派出身，面对个人极为不利的处境，面对泡妞这种风流韵事，居然还能风物长宜，宏观微观，眼量一番，最后的结果，除了哑巴黄连，就是直面医院的一沓账单。账单是货真价实的，账单是很明细的，一分都不能少的，B 超检查多少钱，日本麻药多少钱，美国激光多少钱，开刀手术多少钱，输血多少钱，药物多少钱，住院多少钱，一笔一笔算下来，先付一万八，不算妖玖日后营养费、休养生息费，诸如此类。蒋发行辛苦一年的发行积蓄，统统成为泡妞费。

耶稣神明，保佑妖玖，挽救了泡妞挽救了妞。妖玖手术顺利，鬼胎一举拿下，肚皮圆满，刀疤耀眼，妖玖在医院待了九天，在蒋发行的方庄租住地休养了一个月。那一天，下班时分，蒋发行在方庄的丁书商公司，又接到妖玖电话，说你暂时不要回家，什么时候可以回来，要等她下一个电话——真是一个妖精电话。蒋发行对妖玖的电话，已经有条件反射，有同事揭发，蒋发行手都抖了，讲话结结巴巴，一再问为什么，那边电话已挂，再打过去，没有人接。一小时过去，妖精电话又响起，妖玖通知蒋发行，现在可以回来了。蒋发行后来酒后吹嘘，回去路上，他一直有一种不详的预感。推门进去，屋中一片漆黑，蒋发行喊妖玖，无人应答，再喊一声，还是无声。蒋发行在门口犹豫，不敢进去。这时音乐声起，屋里好像藏了一个唱诗班，烛光忽然亮起来，屋里眼花缭乱，蒋发行仿佛置身一个精心布置的灵堂。妖玖鬼斧神工，一天时间就把蒋发行的脏乱差小屋，改造得金碧辉煌：屋顶四个对角，牵连两条彩色纸龙，好像一个巨大的十字，居高临下，鸟瞰屋中央的一张妖冶花床；床前的餐桌上，烛光摇曳，七八碟菜，四五瓶酒，两只高脚酒杯，一个脸盆大蛋糕；暗藏的唱诗班鬼哭狼嚎一般，发出一阵一阵“祝你生日快乐”。妖玖打扮妖丽，不知从什么角落，一个箭步冲上来，双手紧紧箍住蒋发行脖子，一头乱发在蒋发行胸前飘来飘去，嘴里咿咿呀呀，祝你生日快乐，祝你生日快乐。蒋发行被妖玖这种出其不意的压倒性攻击搞得浑身疲软，无还手之力，这才想起什么生日。流浪汉还什么生日啊，蒋发行叹出一口大气，一屁股瘫坐在椅子上。

第二天一早，蒋发行醒来，妖玖已经离去，留下屋顶的巨大十字，留下一张纸条，说她为了最后的晚餐，一直在等待蒋发行的生日，现在她如愿以偿，她要嫁人去了，说她在每一年的生日，还会想起蒋发行的。关于这一段，以小人之心去揣摩：妖玖的和平撤离，事实上消除了蒋发行的心腹大患，就像摘除宫外孕一样。有的女人，和男人上过一次床，就好像有了话语权；和男人上了几次床，就好像有了指挥权；和男人上成宫外孕，无疑拥有了统治权。眼看蒋发行被统治的大局已定，妖玖的超然离去，好像梁祝化蝶之历尽磨难真情在，好像三大纪律之不拿群众一针一线，完全妖精中的神仙羽化，让蒋发行的小人之心唏嘘不已。蒋发行知道妖玖有一个网友，网恋的最大好处，就是海市蜃楼，就是可以隐瞒历史问题，没有过去，只有未来。网恋成了蒋发行的大救星，这真是：

世上都说妖精好，唯有网恋忘不了；
网上日日说恩情，网下一片虚无了。
世上都说妖精好，唯有泡妞忘不了；
眼看小妞变老婆，老婆忽然不见了。

蒋发行彻底告别“孔乙己”的那一天，正是丁书商结束“孔乙己”饭局之日，大家按照习惯，都坐在老位置。中堂那一桌，丁书商坐在巨大的孔乙己画像之下，蒋发行坐在“孔乙己”对面；丁书商喝扁瓶小二，蒋发行喝锡壶泰雕。丁书商喝得恍惚，放眼望去，食客爆满，一大屋江南蓝花布褂来来往往，穿梭如云，少了几张熟面孔，多了几张生面孔，不由得感叹：美丽如过眼烟云，饭局貌似铁打，其实流水，流水的跑堂流水的客。蒋发行喝得凶猛，不时絮絮叨叨妖玖，说生日那天，他半夜醒来，看见一个侧影，对着一对蜡烛，拿着一本圣经，画着十字，满口上帝，好像在做祷告，那个时刻，蒋发行说，他忽然一身鸡皮疙瘩，好像看见天堂了，好像看见地狱了，满屋的东西都黑乎乎在晃动，一直迷迷糊糊到天亮。蒋发行最后喝不动了，醉醺醺望着孔乙己，一字一顿念起中堂上傅老板的高香：上大人，孔乙己，高朋满座；化三千，七十二，锡壶生香。

从那以后，蒋发行彻底“泡房”洗手了，经过女基督与宫外孕、宗教与医学的连手整治，据说蒋发行对泡妞问题有了深刻认识。据接近蒋发行的人士说，蒋发行的深刻认识，就是嘴巴上经常挂着三个字：报应啊。蒋发行心有余悸说，那个漫长的下午，怎么在医院熬过来的，想想都后怕，万一妖玖出一点什么问题，一系列的后事，真不知道该怎么去料理，妖玖的父母肯定饶不了他的，不是什么青春损失费的问题，是杀人灭口费的大单子了。蒋发行的心理好像出什么问题了，所以现在，无论什么场合，无论朋友怎么煽动，蒋发行一听到泡妞，脸色就变，双目无神，虚汗淋漓，最后语无伦次劝告泡妞者：泡妞有风险，上床须谨慎，切肤之痛啊。有人不懂，问他：你说的切肤之痛，是宫外孕手术吗？

据说，蒋发行俨然当年蒋光头，坚持新生活，坚持不近女色，守身如玉，刀枪不入，不但光棍，而且和尚，而且太监，几乎一个阉人了。

朋友说，这家伙已经废掉了。

妖言十八曰

每一年的生日，

我还会想起你。

10

走出卖虾的那个角落，老青皮说去撒尿，那时候至少我们还没有认为，老青皮有见鬼的迹象。他走近一楼卫生间，发现门上挂着一张奖状，装在一个镜框里，镜框用一块大红绸布包装，上面写着：今天停水，请勿使用。又是一个告示，居然和那位卖虾的如出一辙，不同的是这个好像有言在先。

奖状是大家再熟悉不过的东西，代表中国人特有的精神层面，不说家家户户，千家万户都挂过奖状是毫无疑问的——先进工作者、劳动模范、三好学生、四好社员、五好战士、六好工人，八好干部、十好儿童，甚至计划生育能手、劳动改造标兵、放下屠刀的和尚、金盆洗手的乞丐，都会有大红奖状。三百六十行，行行有奖状，成就了世界第一奖状大国。奖状的要义，不在于奖励什么人，在于颁奖是什么人、什么单位，以显示高高在上的权力与权威，无疑是威权文化的象征。现在连厕所都挂奖状，停水都挂奖状，又无疑中国奖状文化的发扬光大。老青皮尿意一急，不管三七二十一，以恶搞对付恶搞，一脚就把门踢开，里面果然没人；打开龙头，水流不止，流水哗哗，撒尿哗哗，这泡尿顿时就很有成就感。

二楼展厅一角，一个老青皮认识的外省艺术家，戴着一顶黑色毛线帽，好像打禅的样子，半睡不醒的样子，闭目盘腿坐在一个稻草铺成的鸡窝里，身前身后散落着一大堆鸡蛋，鸡蛋间插着许多写着“等待”的小纸片，胸前的纸牌上写道：

孵蛋期间，拒绝理论，以免打扰下一代。

几个围观的群众以为是雕塑的蜡像，悄无声息去摸摸鸡蛋，看看是不是真的。老青皮撒尿的快意似乎还在，故意用手去摸摸那家伙的脑袋，脑袋不动，突然大叫：别动！一个北京大妈被叫声吓了一跳：啊哟妈呀，是大活人！老青皮对脑袋说，你这怂人，你他妈还真当一回事啊。脑袋继续不动，眼睛继续不开，一副虔诚到底的姿态。老青皮觉得无趣，拿起两个鸡蛋，塞到北京大妈手上说，别理他，拿回去，炒西红柿。

老青皮企图搅乱孵蛋大局，显然没有得手。北京大妈慌里慌张把鸡蛋放回鸡窝。孵蛋者大义凛然，始终纹丝不动，对朋友的捣乱视而不见，老青皮骂了一句傻×，笑眯眯地走了。他在二楼大厅看来看去，看见一个叫张山的家伙，一身大红袍，一顶大红帽，坐在一把椅子上，一双脚丫子泡在一个热气腾腾的木盆里，一脸舒服的样子。旁边排着一溜热水瓶，看样子随时都在加水，保持良好水温。老青皮走近去，看见木盆底部，画着一个里根的头像，里根的脸随着水的浮动晃来晃去，表情扭曲，十分变态，堂堂美国总统一副痛苦的样子。一个小记者在采访张山，不断在问，在里根的头上洗脚，算一种什么意思，是否说明中国人现在已经扬眉吐气，或者想说对西方世界的不足挂齿。张山眼睛一斜，回答说，记者同志，你想象力太丰富了，你太庸俗了，作品就是作品，艺术就是艺术，没什么意思，人人都有一双脚，皇帝老子的脚也会生脚气，我现在只愿意把我的脚，放在热水里舒服舒服，如此而已。大胡子后来东拉西扯总结说，张山作品的深远意义，就在于张山是西方生活方式的拿来主义者，考证起来，是中国今天桑拿业的鼻祖、按摩业的祖宗、洗脚业的祖师爷，中国今天兴旺发达的洗脚房之类，老板们每天早上都应该点上一柱香，朝拜一下张山大师，饮水思源，洗脚不忘挖井人。老青皮当时看了一眼就走，走时忍不住向小记者扔下一句话，采访什么啊，艺术就是蹚浑水，谁都可以蹚，浑水就是洗脚水。老青皮说得越不靠谱，小记者越觉得深奥，一看老青皮胸前也挂着参展证，越发觉得这是个人物，就紧紧追着老青皮走，一边走一边喊：同志，同志，你的作品在哪里？

二楼展厅里，人越来越多了，有几处地方甚至寸步难行了。一个长发飘飘的家伙从三楼跑下来，在楼梯的拐角处停住，向楼梯抛下一大把避孕套，又抛下一大把硬币，完全是天女散花的阵势。避孕套满眼飘舞，硬币满楼梯滚动。人们大概没想到看展览还会天上掉馅饼，短暂惊讶之后，有人开始哄抢，场面一时陷入混乱。长发飘飘看见大家中套，一个巨型避孕套飞舞而下，把哄抢者统统套住，果然一套打尽了。这个特制的避孕套起码七八米长，看去为楼梯面积量身定做，显然用心险恶，这时就像一条长龙在楼梯上扭来扭去，人们在“天下第一套”里哇哇大叫。老青皮这回好像开心了，不怀好意地嗷嗷起哄：天涯何处无芳草，芳草处处避孕套！

艺术展似乎开始向魔术化甚至妖魔化发展，展览厅好像一个迷魂阵，不知道会从什么地方，突然冒出一个怪物，或者一群怪物，引起一阵怪叫，激发哄堂大笑，局面好像有点失控了。行为艺术者好像完全掌握了主动，在美术大展的各个空间大放异彩；工作人员好像成了救火队，一组一组四面出击；游动的公安便衣神情更为紧张，步话机呼叫四起，好像随时遭遇埋伏。一个裸奔者刚刚被一群人制服，一个自称 WR 的三人小组，又不失时机出现在公众视野，从头到脚套着白布长袍，露出两个黑色眼洞，在展厅里缓缓游动，好像一伙来历不明的吊丧客，看去更像一群恐怖分子，结果被几个便衣请进办公室。三个白色怪物体积臃肿，公安不知他们衣服里藏着什么，命令他们三位把衣服扒掉。

公安问：“你们是谁，哪里来的？”

白衣答：“高家庄，平原游击队！”

公安笑起来：“什么平原游击队，统统缴枪不杀！”

白衣大吼道：“八格牙路，死啦死啦！”

老青皮和平原游击队擦肩而过，在二楼的楼梯口掏出香烟，被一个戴红袖套的阻止，上去三楼，下去一楼，虽然一样乌烟瘴气，也都是禁烟之地。后来老青皮说，他就是被突然到来的烟瘾，带到一楼大厅门外的，那时候确实想抽烟。他没有说记挂那把枪，他说在大厅门外看见了小妖精。

小妖精和一个看去很阳光的男孩在说话，男孩高，妖精矮，一个俯视，一个仰望，两人好像还在笑。

老青皮走过去，小妖精看着点烟的老青皮，指指男孩，介绍说，这是我的小朋友，兵兵，上次说过的。

老青皮一笑，朝兵兵一点头。兵兵也一笑，朝老青皮一点头。两人算是招呼了，认识了。小妖精说，咱们快走吧。

小妖精黑衣飘飘在前，两个男的雄赳赳在后，一个羽绒小伙子，一个光头军大衣，看去就很像小妖精的保镖了。

妖言十九日：

你们是谁，哪里来的？

高家庄，平原游击队！

八格牙路，死啦死啦！

拾

按小妖精的活动规律，这一章应该出现干女儿小妖精与她的老妖怪干爹了。干女儿的称谓，我们以为是天下最暧昧的字眼，这种挂羊头卖狗肉的男女关系，如同高官包二奶、贪官养小三、昏官打野鸡，最富民间传说色彩。眼看那厮干女儿小妖精款款走进我的妖精列传，一个失眼，忽然不见，有时明明看见已现身电脑屏幕，好像在那里四顾流盼，忽然就一片黑屏，遁身而去。我好像被魔法击中，头也晕眼也花，只能干坐着犯傻。看来干女儿小妖精藏得很深，擅长障眼法，让我的写作无以为继，失魂落魄地随着春节的全民大迁徙，从北京回到老家。江南淫雨，连绵不断，老宅阴冷，险象环生。我大病三天，清醒回来，那厮干女儿小妖精早已无影无踪。我暗暗吃惊，也许我惊动妖国，才有如此惩罚。看来有些小妖精是不能近身的，就像基督徒妖玖的宫外孕，绝对是怪胎。

老家过年，和全国一样，别无新意，就是饭局，但我没想到会遇见老青皮。最近一个时期，这家伙被小妖精搞得心烦意乱，据说一直潜伏在杭州，原来却是虚晃一枪，频频在我们老家出现。在一个能摆几百饭局的阳光绿洲大餐厅，在几千人共同一个饭局的宏大场面里，老青皮端坐主宾，众星拱月一般，都是我们老家一些有头有脸的人物：军界公子，政府官员，文化明星……一位县长大人也赫然在目，看来这位北京打枪英雄名声犹在，依然可以冒充嘉宾，到处混饭局。这个巨大的餐厅，是我们老家饭局的地标性建筑，圆顶拱形，气势宏伟，玻璃钢结构；置身其中的饭局，绿树成荫，小桥流水，四季如春；远远看去，却很像大地上一个巨大坟墓，设计者显然用心险恶，昭示人类在吃吃喝喝中的最终归宿。现在搞建筑的都玩阴的，世博会的中国馆，那顶汉朝大帽子，自吹自擂“东方之冠，鼎盛中华”，体现中国文化的深厚积淀，表达中国文化的精神气质。其实，这个造型和美国加州大学圣地亚哥分校的教学楼，几乎一模一样，说好听是模仿，不好听是抄袭，最难听是剽窃，估计接下来会有一场官司。大家可以去谷歌百度，如果能去美国圣地亚哥实地考察，一目就了然。央视大裤衩的老外建筑师最近不无得意地泄露天机：大裤衩的整个造型，就是扭曲的嘴巴；灵感的来源，就是被人控制的喉舌，暗喻中国媒体的无能；被火烧焦的配楼，根本不是什么大裤衩里的小鸡鸡，而是扭曲嘴巴里的一条舌头，一个嘲讽中国的巨大象征。央视那帮家伙，智商之低下，堪比卖国主义，真该拉出去毙了。老外玩央视，央视玩百姓，百姓玩饭局，大家各玩各的。我们老家这个饭局大怪胎，放到北京去，绝对和天安门广场的国家大剧院有一拼；放到纽约去，绝对不逊色时代广场的百老汇。国家大剧院天天上演中国主旋律，百老汇天天上演美国主旋律，我们老家天天在这里上演的主旋律，就是饭局。

我们老家经济发达，GDP 多半是吃出来的；我们老家的公务员，饭局就是第二办公室，或干脆第一办公地。公务员在家里混饭吃，在我们老家简直就是一种耻辱，不但同事看不起，而且邻居背后指戳，家里人当面都要笑话的，所以老家饭局总是座无虚席人满为患。饭局的缺席，意味着时代的落伍，意味着信息的闭塞，意味着你已无关大局，很可能就是出局的信号：你的政治前途、经济前途，甚至爱情前途、泡妞前途，已经充满危险征兆，一句话，你以后做人要当心了，你还想不想在这个世界上混了。我们老家不愧是众所周知的饭局之乡。

有朋友透露，老青皮在我们老家接待规格之高，最显露的标志——县长大人每天按时坐在宾馆大堂，亲自打电话上去，恭候老青皮下来吃早餐。既然县长大人都这么重视，我们小民当然应该去敬一杯酒。我在巨大坟墓里曲里拐弯绕行过去，老青皮酒看上去喝得差不多了；我似乎看见堆彻如山的大鱼大肉之间，有妖精在暗中游动。

我问老青皮，这么长时间不见你，怎么跑到这里来了。老青皮一杯下肚，朝四下亮亮空杯，居然当着县长面，很江湖地说，江南好啊，山青水秀，人间天堂，温饱思淫欲，那是老黄历，美景思美女，才是真时尚，他妈的北京那个鬼地方，不是黄沙，就是阴霾，气场不对，把人的性欲都搞没了。

满桌朋友纷纷附和，说什么乾隆一贯喜欢下江南，皇帝老爷最懂烟花地，不是没有道理的，呵呵。老青皮在饭局的机敏，就是善于捕捉话题。我们老家的饭局话题，一贯喜欢走荤路线，说着说着就往下三路去了，有县长大人出席的当然也不会例外，有时可能还更高级一点。老青皮作为北京客人，偏偏说北京的不是，足见这家伙的聪明，对症下药，吃什么饭说什么话。

老青皮继续发挥，一本正经说，性欲有没有，性欲强不强，和地理环境，和湖光山色，和气候条件，和风土人情，和饮食结构，总之和风水有很大关系。江南的菜好，江南的景好，那是不用说的。最要害的问题是：城市越大，越现代化，性生活越是萎缩；城市越小，越原始化，性生活越是强大。这已经不是什么科学不科学的问题了，这已经是当下社会一个很严峻的问题了。男人不去说，大家自己心里有数。女人就值得讨论了，现在北京的小娘们，不要以为满大街花枝招展，其实一派虚假繁荣，很多无性生活的，北京娘们很痛苦的啊。

老青皮的耸人听闻，让我们老家人眼界大开，当下博得满桌喝彩。看来老青皮经过一段时间的隐居，雄风经过修炼，又开始蠢蠢欲动，丝毫没有离婚的郁闷了。接下来的推杯换盏中，老青皮竟然信口开河，大谈无性故事，都是妖精故事，好像存心要铁证如山，让老家人自我感觉良好，好像这里绝无什么现代病一样。

老青皮说的那几个小妖精，其实我们都认识，后来老家朋友信以为真，纷纷向我求证。我说老青皮的酒后胡言你们真信啊，没有和一个女人亲密接触，谈那个女人的什么无性故事，都是瞎掰的，凭空想象哈。现在想来，几个人中，最可疑的就是妖拾了，怎么分析都和老青皮有瓜葛。

老青皮说的第一位，是妖贰贰，妖贰贰名气很大，是个著名小提琴家。如果说小妖精里，有谁永远是小妖，青春永葆，长生不老，那非妖贰贰莫属。妖贰贰算来60后，可看上去就是一个70后，如果在台上表演，各种化妆手段，各种灯光照耀，那完全80后了。一个女人，能从60后变成80后，这本身就是妖精——就看看杨丽萍吧，是那个年纪的人吗？那天我在老家碰到一个初中同学，当年班长，也算校花，明明60后，看上去就像老太婆，一脸皱纹，满脸沧桑。这种情况在农村尤其多见，岁月绝不会放过你的生活经历，一概细细描绘在你的脸上。这种雕刻脸，明眼人一看，倒是说明问题：肯定无性。

说起来，妖贰贰的父亲很厉害，比现在的琴童父母们厉害多了，懂得功夫在诗外，为了把妖贰贰培养成提琴家，从小就让她学游泳——这真是一个不同凡响的怪招——而且常常去海边学，据说在深圳珠海一带海域，实战演习了大半年。最后在一个月黑风高夜，父女两个，携手并进，黑浪滔天，奋不顾身，胜利到达香港，完全可以和林毅夫一比高下。台湾国军连长林毅夫从台湾偷渡大陆，未来小提琴家妖贰贰从大陆偷渡香港，终极目标都是美国。林毅夫成功了，最后成为北京大学教授、世界银行高管，偷渡男英雄横空出世了；妖贰贰也成功了，最后成为音乐学院教授、著名小提琴家，不过偷渡女英雄默默无闻了。同样是时代偷渡者，或者说时代穿越者，一个扬名天下，一个湮没地下，估计偷渡或穿越的方向有问题，东游西荡，南辕北辙，不能闭着眼睛毫无方向瞎游一气的。不过，男偷渡与女偷渡，殊途同归，共同缔造妖精时代的神话，想想都让人心旌摇荡。

妖贰贰辗转去美国后，留学茱莉亚音乐学院，后来嫁了一个音乐狂人，作曲家兼指挥家兼社会活动家，人称音乐巫师，喜欢从自然界汲取灵感，神乐、鬼乐、风乐、水乐、陶瓷乐、石头乐……总之把人间的美妙音乐，都搞成原始神秘的宗教仪式，阴森而鬼魅，有时甚至把好端端的红歌都搞得很恐怖。妖贰贰在国外待了很多年，满世界演出，功成名就，和巫师老公一起衣锦还乡。妖贰贰成了音乐学院教授，巫师成了国家乐团指挥，一个女儿寄宿在贵族学校，住豪宅，开奥迪，一个体面的上流社会家庭，让我们大家十分羡慕。奇怪的是这位音乐学院女教授，好像一点不上流，经常和老青皮混饭局，搞不好还讲几句下流话，除周末接送女儿，一周至少五天在局，和身份有点不符，和正常家庭生活也好像不符。有时酒喝高了，慷慨激昂，完全一派艺术家气质；有时酩酊大醉，伏倒在酒桌上，艺术家气质就荡然无存了。老青皮斜眼看着妖贰贰倒下，长发飘拂饭桌，一身名牌皱皱巴巴，甚至有好几处污垢，完全村姑模样，就很恶毒地引用妖贰贰自己经常挂在嘴边的话说，没货，没货啊。老公鬼才，浑身鬼气，常年鬼魂一般，满世界飞来飞去，嫁给这样的老公，没货，没货啊。妖贰贰的闺中密友，则压低声音，悄悄证实，那位老公就是一个工作狂，忙得像鬼一样，从来不见人影，即便在北京，也是天天深夜回家，一回家倒头便睡，在外人模人样真像巫师一样，在家鬼模鬼样伪装老公一样，他们早就没货啦。

妖贰贰的闺中密友，回答我们的疑问说，他们没问题啊，举案齐眉，相敬如宾，怎么可能离婚呢，两个著名人物，一个体面家庭，声名要维护，和谐要维护，中国人不就是这样吗，这样的家庭多了去了，常言道不幸家庭各有不幸嘛。那位闺密的话，让我们很小人：饭局这么长时间，真没有听说他们两位有什么绯闻。也许维护到位，滴水不漏；也许有不相干涉的默契，这年头很多家庭玩这种妖精障眼法，也算和谐一种；也许就是没有，没有就是没有，万万不可小人之心。

其实，没有就更不对劲了。

相比60后妖贰贰，妖贰叁的无性更精灵古怪。妖贰叁是70后，基本80前，应该算年轻了吧，要不是妖贰叁老公张大肌一脸真诚，亲口告诉我们他们也无性，打死都不信。妖贰叁和妖贰贰确有相似之处，妖贰贰拉提琴，妖贰叁弹古筝，都是南方人，都是艺术家，都在国家级艺术单位，说起来都是国手。妖贰叁出身平民阶层，从小父亲望女成凤，像国家造原子弹那样吃糠咽菜，把钱都堆到学艺上去了。妖贰叁也确实争气，一个美女胚，一个小妖精，一举跻身“小红花”——一个著名少儿艺术团，一个千万父母心中的艺术殿堂。上一辈的理想就是下一辈的理想，全国不计其数的少儿艺术团，有幸进去，就是小公主，就是小王子，为外宾弹几下，为领导弹几下，几下一弹，就高人一头，就出人头地。妖贰叁的古筝，从小一路劈里啪啦弹上去，弹到音乐学院，弹到国家乐团，一直弹到全世界，最后弹出一个白马王子，有事业有爱情，小妖精终于把千年古筝演变成今天的致胜法宝。

王子张大肌，美国海龟，健美先生，英俊潇洒，多才多艺，谋生靠曼哈顿的街头素描、靠纽约的满城送报、靠电视台的NBA解说，也是另一路的拼搏奋斗。两路奋斗战士，一路杀将过来，像井冈山会师，像万里长征到达陕北，最后聚首北京后现代，有房有车，符合中产标准，中国式成功的象征。男才女貌，女才男貌，不说绝配，至少天仙配。完婚也非一般地方——北京某某街道办事处，一块随处可见的白底黑字或白底红字的木牌子，死气沉沉挂在那里，毫无诗意可言——他们的结婚领证，双双飞越大西洋，在万里迢迢的、看得见自由女神的、铜牌闪耀的纽约市政厅。结果太自由了，太闪耀了，回来的当天晚上，就莫名其妙闹鬼，一把火结婚证书就烧起来了。据说那份结婚证书很妖怪的，会逆风飞扬，会满屋闪耀，忽闪忽闪企图破墙而出，最后在落地窗帘那里狂舞不止，一窗的火焰像激光四射。对面的楼群大呼小叫，一长串消防车呼啸而至。

这一对宝贝，一个号称女魔头，一个荣膺张大肌，听起来就很会打，不打不成交，一天一小打，三天一大打，半月一恶打，一月一死打，打得成就打，打不成就跑，不是男的跑，就是女的跑。男的跑法，一般跑去饭局或酒吧，喝酒喝天亮，天亮再回家；有时天未大亮，就去车库，汽车里睡一觉。等到后现代阳光灿烂，女的已经去团里排练，越是国手越琴不离手，国手竞争很惨烈的；女的练到天黑下班，男的早已去新一轮饭局了。女的跑法，路线比较多，可能去朋友家，可能去外地或国外演出，也可能团里有任务饭局——妖贰叁是团里台柱，自然就是饭局台柱，有领导亲自要点名的。演艺界陪酒家常便饭，演艺界就是公费的三陪——各级领导要陪，各种会议要陪，各种赞助要陪；有时是政治任务，有时是经济任务，有时是文化任务。总之，妖贰叁经常去向不明，甚至一跑几个月，直至某一日回来，要么继续开战，要么继续冷战。所以，一男一女，夫妻两个，跑不出四面围墙，不是东风压倒西风，就是西风压倒东风。不知道东风西风，吹来吹去都是风，为什么要去压倒，没有一点科学依据，最后把性欲性事，压得一干二净。

当然，这都是张大肌的一面之词，事实到底怎么样，谁也不知道，朋友是不可能去向妖贰叁求证的，我们从来没见过他们身体的累累伤痕，也没见过他们家中的天翻地覆，更没见过他们内心的你死我活。天下一对夫妻，打架打到叫110，打到去医院抢救，甚至打到八宝山去，也不是一件太出格的事情。他们偶尔一起出现在饭局，女魔头还是女魔头，张大肌还是张大肌，美女还是美女，帅哥还是帅哥，依旧笑脸盈盈，依旧风度翩翩。张大肌说的无性——从表面是看不出来的，估计脱光了衣服，也是看不出来的。相信张大肌也完全没有必要说什么无性——难道现在无性已经时尚，已经值得炫耀，或者一种可以心安理得去外遇的理由？我们老家一个文联老师，因为是领导，因为是作家，女弟子众多，经常单独辅导，让人很可疑，风言风语不绝，于是他逢人便说，那方面的事啊，他早就不行了，老婆分居两地多少年了，你们又不是不晓得。这种不打自招式的主动坦白，就让有的同志恨铁不成钢，就语重心长，您老口口声声说不行，有医院证明吗，这种事最好不要说，而且最好不要多说，说多了，就像谣言变成真理一样，就会变成一种心理暗示，到时候就会真的不行了，许多阳痿的家伙，不都是心理作用吗，这种事不能开玩笑的，要对自己的身体负一点责任的，身体是革命本钱，尤其像您这样肩负一个地方文艺大业的领导同志，拜托了，好不好？

我们当然不怀疑张大肌，况且还是哥们，东局的四大金刚，说起来已经成为饭局亲人；只是他们家的压倒性窝里斗，丝毫没有休战的意思，一如既往在继续，让我们朋友见面都觉得不好意思。抬头不见低头见，我们只能尽量去理解，也许理解了就可以熟视无睹了：第一，社会学有一个重要理论——家庭是除军队之外的第二大暴力群体。第二，艺术不是一个好东西，没人搞得清艺术是个什么鬼东西，好像人人都可以乱搞，从小就艺术，一辈子艺术，没有给人民大众带来什么好处，首先把自己的性格搞得很古怪，你只能跟艺术去结婚了。第三，艺术是需要激情的，做爱也是需要激情的；艺术需要一辈子的激情，做爱也需要一辈子的激情。一位专门研究激情学的教授就说过，人的激情，能量是守恒的，此起彼伏，此消彼长。比如一个女人生了小孩，激情就会从老公身上转移；比如有人激情在革命，抛头颅洒热血，什么都可以不要；比如有人激情在当官，灵魂都可以出卖——这边激情过头，那边就没有激情了。

关于他们离婚的传说，已经在饭局上流行好长时间了，结果一切预测或预言，一切判断或判定，一切有鼻子有眼，都在他们的继续折磨中化为乌有，都在他们隔三岔五出现在饭局中让我们刮目相看，好像看一个永远在演出的恐怖片连续剧。老青皮的一句话，从另外一个角度，断了大家的念想——老青皮说，关键他们是美国人，美国佬怎么离婚，美国佬怎么分割财产，你们搞得清楚吗，你们永远搞不清的，搞不清还搞个屁。

有些事情，确实很难搞清，比如，妖拾看来就是一辈子要和艺术结婚了。

非常不幸的是，妖拾又是杭州人——西湖真是艺术的摇篮，西湖真是妖精的圣地。老青皮的北京东局，妖拾是常客，这差不多成为一个饭局之谜了。饭局时间一长，饭局中人就像家人一样，把饭局说成家宴，完全有道理的，大家团团一桌，亲亲和和用餐，有时某个常客十天半月不见，大家都会记挂的，就像记挂一个家人。妖拾是不需要记挂的，每一两周总会出现一次或几次；或者说有人会记挂妖拾的，时不时就会电话过去，这就是饭局局长的特权了；有时候妖拾也会电话老青皮，通知他今天她要过来，好像她有随时来饭局的特权。大家都搞不清，老青皮和妖拾是什么关系，有人曾大胆设想，当年他们肯定有一腿，现在已经变成亲人了。老青皮固然有怜香惜玉毛病，可长期考察他们两位在饭局表现，一点眉来眼去都没有，交谈几乎不存在，狗男狗女坐在一个饭局上，蛛丝马迹，狐狸尾巴，不可能一点不暴露的。老青皮此地无银的解释是，他的朋友里，至少有三个家伙，和妖拾有一腿，好像结过婚，好像就同居，结果都离开了。那三个家伙，说起来都搞艺术，北京艺术圈都有一点名气的，一个还开着饭店，一个还当着 CEO，一个还做着生意，都算有钱人，妈的没一个好东西，都是提了裤子不认账的人，妖拾其实很可怜哦。老青皮说完，暧昧地笑笑，好像他是在替朋友善后，好像他是在帮朋友做好事，好像只有他在同情妖拾。每每饭局，妖拾至少都会迟到一小时，一到就会和服务员说，先来一碗面条，或先来一种什么主食，好像已经很饿，一天没吃过东西似的，需要先将肚子填饱。吃完之后，也不见她喝酒，我们几乎从来没见过妖拾喝酒，也根本不清楚，她一个晚上在饭局是怎么度过的。不喝酒，不开口，不插话，幽灵样坐在那里，不知道她来饭局干什么，饭局有她没她都一样——难道就为了一碗面条，面条在家里不可以吃吗，至少省去交通费。妖拾大概从来不打车，有一次饭局，地方有点偏，老青皮在电话里说，打个车很快的，结果两小时后妖拾才到，据说地铁公交倒来倒去。老青皮哭笑不得，说你怎么这么想不开啊，你不晓得打车啊，时间是钞票买不来的。妖拾从来不还嘴，开口就要面条，说中饭就没有吃，我饿煞了，天气真冷。妖拾好像很自我，让别人在饭局等人，至少不够礼貌吧，饿了，冷了，早点到啊，妖拾的行为让人匪夷所思。说起来，妖拾也不算一个贫困户，东方歌舞团的舞蹈演员，不算舞蹈艺术家，也算一个顶级舞者，现在好像提前退了，据说还在教一个什么班。想当年窈窕少女，从杭州考上北京舞蹈学院，多么风光的事情，后来去中国顶级歌舞团，多么牛 × 的事情，虽说舞蹈属于青春饭，舞成陈爱莲杨丽萍那样的老妖精，也不是不可能。看不出妖拾的年纪，不过一看就知道是跳舞的，歌舞团素质，不发胖，不憔悴，性格也不错，安安静静坐在饭局上的样子，谁见谁喜欢。也不会像有的小妖精，喜欢搔首弄姿，喜欢卖弄风情，喜欢暗送秋波，喜欢和人辩论，喜欢强词夺理，喜欢无理取闹，总之喜欢引起一饭局人的注意。遗憾的是，这么一个长相好身材好人品好的“三好”妖精，居然就单身，有时候男人真是瞎了眼。

有一次，我见妖拾神情落寞地在饭局坐着，忽然觉得她在北京无亲无戚无儿无女的，离孤寡老人的日子也不远了，就问她，你家在杭州，父母在杭州，为什么不回去啊，北京太大，大而无当，杭州什么不好啊？我意思其实是，既然在北京单身，就无牵无挂，来去自由，多么好的条件，杭州男人也不缺，回老家名正言顺，搞不好一扫北京的萎靡，第二春桃红柳绿。妖拾好像不想回答，好像不想交流，面无笑容，毫无谈兴，对我的好奇叽叽咕咕敷衍几句，好像在说什么天气，我完全没有印象了。妖拾的性格还是有点古怪，不然老青皮的那三个朋友，怎么都不翼而飞呢，不可能都男人问题吧？记忆中妖拾好像从来没有买过单，虽然有老青皮罩着，但假客气也没有，装模作样也不会，多少也算一个问题吧。除了那三位，还有其他呢，在北京不会只有老青皮一个生活圈子吧，妖拾的北京艺术生涯，真是一个巨大谜团。也许从小一个人在北京呆惯了，一个当年骄傲的杭州小公主，姿态优雅，激情荡漾，灵光四射，中国舞蹈界一颗冉冉升起的新星，就这样在北京艺术地老去，头脑麻木，四肢僵硬，死水一潭，说来艺术真是一个摧残人的东西。我曾经在妖拾的博客上，看见她说：舞者只有把内心的悲、凄、痛、恨、孤寂、伤感、期盼、失落，融入到举手投足之中，把每一个动作都幻化成生活的形态，才能获得打动人心的效果——难道她把生活也当成了舞蹈？

妖拾现在的性生活，是什么情况呢，总该有个解决方案吧？她倒是经常上网，MSN、QQ 上老是见她挂着，不时一闪一闪。有的小妖精只能在虚拟世界看见她们，像凡尔纳的海底两万里，像哈利波特的天马行空，然后偷偷摸摸冒出个一夜情半夜情什么的。不过，这种问题是没法去问了，问了也没好结果，肯定骂你神经病。

妖言二十日

先来一碗面条。

我中饭就没有吃。

我饿煞了。

天气真冷。

11

老青皮说："小妖精，你怕不怕坐牢啊？"

小妖精说："坐什么牢啊，有什么好怕的啊？"

老青皮说："那好，那好，那就打吧。"

这几句打枪之前的妖言，别人听没听见不知道，兵兵就在现场，后来被小妖精自己反复唠叨，被人们广泛传播，成为大家喋喋不休的话题，引起人们对作品署名权的讨论，其实也是莫名其妙。能够说明问题的，倒是老青皮的心明眼亮，老奸巨猾，这家伙常常疑神疑鬼，一语成谶。

那天第一展厅第一展位好像人气很旺，大胡子深谙展览之道，安排得十分到位，很多人在围观"沟通"，热闹是热闹，门道是门道，看得懂的在看，看不懂的也在看。不管看懂看不懂，摆在这个适合众目睽睽的地方，总有好看的道理，符合观众的猎奇心理。

谁也没有注意，黑衣小妖精，军衣老青皮，羽衣兵兵，一行三人已经潜行至第一展位，悄悄向"沟通"靠近，看上去完全是电影场景中的职业杀手，满脸杀气笼罩，完全是下手前的不动声色。老青皮进入角色最快，像江湖一个卖狗皮膏药的，双手一一作揖，对里三层外三层说，让一让，让一让，劳驾，劳驾，有节目，有节目，马上开始了。兵兵也横着双手，挡住人墙。没几分钟，两位保镖就在小妖精的"沟通"前面，大约五六米的样子，圈出来一块空地。

场子圈好了，他们发现小妖精不见了。小妖精在他们忙于圈地的时候，忽然看见大胡子在某个地方出现，好像在指挥什么。小妖精把大胡子看作领导，就挤过去对领导说，我跟你说一声，我有一个打枪的想法，一会儿我就要打了。

大胡子好像没听清楚小妖精说的话，也好像是听见了没什么反应，大胡子说，现在人太多，我正忙着呢，等会儿再说吧，说完大胡子好像很忙的样子，又跑到到另一个地方去了。这时小妖精看见了那个为“大生意”摄像的画家摄影师，大生意早已大圆满，摄影师扛着摄像机，好像没有什么方向，东南西北胡乱扫描。都是圈里人，大家都认识，小妖精就对摄影师说，去去去，到我那里去，帮我录一下。小妖精善于临时抓差，逮到谁就是谁，大胡子神神秘秘地消失，摄影师恰到好处地出现。

老青皮看见小妖精忽然又从地下冒出来，老青皮好像已经把小妖精看透似的，斜眼看着她，突然就说出那句话来——你怕不怕坐牢啊？后来的许多日子里，小妖精不止一次想起老青皮那句话，这个男人当时已经想到打枪的严重后果了，但他没有阻止她，反而阴阳怪气地提醒她。想起来，美院真没有什么好东西，老青皮就是美院的流氓，好叔叔就是美院的禽兽，那些评论家就是美院的地痞，今天这个主义，明天那个主义，不是苏联的列宾就是美国的沃霍尔，永远跟在别人屁股后面，说话就像放屁。

那时候小妖精拿着枪，浑身就有扬眉吐气的样子；看了看乒乒，乒乒正朝着她笑，笑得很灿烂，好像一种亲人的鼓励；看了看老青皮，老青皮也朝着她笑，笑得很怪诞，貌似一种战友的支持。小妖精后来说的欲死欲仙的感觉，大概就在这个瞬间突然爆发，觉得整个世界已经不存在了，恍恍惚惚只看见前方的镜子里，自己的影像在扭动。

四面八方的长枪短炮都对准了她，画家摄影师离她最近，等待着一段可以卖大钱的录像诞生。观众们大都看得稀里胡涂，甚至包括多数摄影者，都以为这个女孩子拿的不过一把玩具枪，摆出某种造型，准备给一件所谓的艺术品锦上添花，照个像，留个影，装模作样，女孩子的臭美罢了。

“混蛋！”小妖精终于看清了镜子中的自己，心里一骂，手指一扳，枪响了。

“再来一枪！”老青皮大叫，叫声混杂在第一枪的回声中，好像比枪声还响。

“混蛋，混蛋，混蛋！”小妖精骂出声来，一连骂了三声，一连打了三枪。

小妖精好像疯了，一眨眼打了四枪，前后不过几秒钟。画家摄影师将镜头转向前方的镜子，发现四枪都打在小妖精自己的身上：一枪打在脸上，一枪打在胸上，一枪打在肚皮上，一枪好像打在裤裆里。镜子里四个小洞洞，一个比一个低。老青皮的“再来一枪”，后来让大家众说纷纭，有人说指挥有方，有人说火上浇油，有人说唯恐天下不乱。有人说，如果只打一枪，可能就没事了，大家完全听不见，那样作品就圆满了。当然也有人一副知根知底样子，说小妖精要的就是四枪，老青皮的提醒，小妖精完全听不见，打枪者完全沉浸在自己的复仇之中了。也有人纯粹从技术角度去分析，说没有打过枪的人，一般就很难控制，手臂就会往下沉，一连打下去，就是一枪比一枪低，子弹就不长眼睛，直抵要害部位了。后来那画家摄影师不只和一个人说起，那块镜子太牛×了，四枪四个洞，很圆的四个洞，整块镜子几乎没有破坏，一点点裂缝都没有，不知道小妖精从哪里买来的，以后大家装修新房，就该用这种镜子哈，枪怎么打都打不碎的。

实际上，那天的第一枪，好像是对观众一种预告，大家还搞不清怎么一回事，以为哪里响起一个鞭炮。后面几枪就不一样了，很明显是枪声，在大厅里产生巨大共鸣，估计整个美术馆都听见了，这一下美术馆彻底炸锅了。开枪了，开枪了，突然有人惊叫，人们一下子变成没头苍蝇，横冲直撞团团乱转了。没人搞得清哪里在开枪，以为子弹就在头上呼啸，这里已经一片枪林弹雨，死亡的危险已经到处笼罩。有人以为是地震，有人以为是火灾，人们本能地向大门跑去。

大门口已经被惊慌的人群堵得水泄不通了。

妖言二十一日

你怕不怕坐牢啊？
坐什么牢啊，
有什么好怕的啊？

拾壹

我们大家都知道，在没有小妖精的情况之下，在清一色男人的饭局之上，在包罗万象的饭局话题之中，男人们不可或缺的话题，当然食色性也。既然没有秀色可餐，想象一下、望梅止渴是可以的；吃着碗里的、望着锅里的，也是可以的；这山望着那山高，也不是不可以的。交流一下，共同分享或共同检讨，虚心使人进步的。所以女性无有胜似有，男人们完全放开，思想彻底解放了，讲话口无遮拦了，大鸣大放了。何况，性这个东西学问很深，话题可以无穷无尽，只是我们的高等教育没有这个专业，没有专门人才，没有权威人士，泱泱中国至今也没有一个人敢说自己就是一个性博士，说了也没人信。

饭局谈性，津津有味，经久不衰，从负面角度去看，有低级趣味的倾向，有传播色情的嫌疑；从正面角度去看，是正视人类自身，关乎群众健康，有利社会和谐，为大家提供了一个开拓视野、取长补短的平台。这种性讨论平台，国家好像无提供，大概国家忙不过来；饭局似乎有提供，因为饭局闲得无聊。国家不但无提供，还动不动扫黄，好像中国是黄色大国似的；饭局不但有提供，还时不时泛黄，好像中国是黄色时代似的——这当然是个问题。“黄色”这个词之所以变得可疑，追究起来，和国家语言文字工作委员会的不作为有很大关系，他们专门喜欢搞“唯”与“惟”一类无关紧要的研究，一会分开，一会合并，搞得大家心口不一。对于至关重要的“黄色”这一类核心词汇，他们从来不做界定，任其永远面目不清，甚至把黄土地黄皮肤黄种人都和黄色混淆起来了。那天，一贯喜欢在饭局上谈性、几乎三句不离本的张晚报就说，现在，有许多官方和民间的机构，热衷于搞什么幸福指数，又虚假又空洞，不如搞一个性指数，叫性福指数也行，实实在在，对老百姓有一点帮助，造福于人民。性是有灵性的，性是一个很个人的问题，性就像一个万花筒，十三亿人的性都是不一样的，全世界人的性都是不一样的，所以尤其需要了解某种差异。现在和老外通婚的越来越多了，你知道黑人的性能力吗，你知道白人的性能力吗，你知道黑白的他或她，是一个极品、一个正品、一个次品，还是一个废品呢，不知道怎么能走向世界呢？所以，能弥补的就弥补，能进步的就进步，能领先的就领先。现在中国人，千人一面，都笑一个本山大叔，都看一个《新闻联播》，都讲一种标准官话，就像天下人做爱都用一种姿势，真是不可思议。也像某个家伙，把中国东西南北的湖光山色，都搞成一个人的印象，一个人的印象强奸全体人民的印象，无疑破坏山外有山天外有天人外有人，等于将祖国大好河山，拱手相让，出卖给一个人。

张晚报老朋友了，我们老家报社的名记，来北京参加移民面试。这个家伙也是一个老妖怪，依据大致如下：一、多年前一次车祸，半个脖子拉开，脑袋几乎落地，连医生都说凶多吉少，那几十条长蚯蚓似的刀疤，当时密密匝匝，现在荡然无存。二、小个子，络腮胡，精华浓缩，精力旺盛，一眼看去绝对荷尔蒙过剩。三、讨过两个老婆，一人给他生一个小孩，两个老婆很好，两个小孩很好，一碗水端平，两边都和谐。四、体制内一个职业，体制外两个职业，三者兼得，互动互利，各有所长。体制内是报社记者，官至群工部主任兼市民救援中心主任；体制外一个是律师，一个是没有房地产公司的业余房地产商，最成功的一次投标据说买下一个镇政府。五、家产无法估量，这里一栋楼房，那里十间商铺，还有两座不知从哪里整体搬来的清朝老屋，准备修旧如旧在老家的大江边，茶楼也可，沙龙也可，地皮已经搞定，目前精力主要在投资移民，加拿大温哥华，后老婆、后小孩、三个人一起去。那天的北京饭局，就是一帮老男人，人与人的性差异话题，就是三句不离本的张晚报挑头的，大家七嘴八舌乱侃一通，可能在老实坦白，可能在谎报军情，或者无中生有，或者添油加醋，互相嘻哈一番后，救援中心主任张晚报同志给我们上课了。

张晚报说，他有一个朋友，义乌一个老板，年纪不算小了，钱也不算太多，生意不大不小，千把万可能有，人长得精精瘦，一副猴子嘴脸，可他做那种事，真是不得了，大家可以猜一猜，他一年要做多少？场面上没人敢报数，这帮聪明人都知道，任何一个数字，都是凭自己的经验，哪怕想象也是从自己的基数为起点，所以报数等于暴露自己，极有可能成为大家的笑柄，这个让别人猜数的家伙，摸底调查，不怀好意，呵呵。张晚报最后报出一个数字来，让大家都目瞪口呆，面露愧色，看来超出一般人的想象了。张晚报说，最起码四百五十次以上，绝对精确的数字，每次都有记录的，他就有记数的癖好，那个记录本，张晚报亲眼见过的。记录的结果显示，一个五十多岁老男人，一年性生活总量，平均每天1.5次以上。或者也可以这样去理解，现在一个义乌老板，性生活已经远远超过一般人了。都知道老板钱多，老板生活质量高，没想到老板性事也多，性生活指数也高，这就让所有在场的都吃惊不小。张日报耐心解释，当然不可能都同老婆啦，那家伙基本固定的伴侣，一般是八个，就是说常年保持在八个的水平。张晚报说，什么叫财大气粗，财大气粗的最高境界，不就是财大屌粗嘛，就像央企变成地王一样，想操什么地操什么地，咱们穷人家的老二，望洋兴叹，跟着咱们受穷啊。张晚报自谦穷人，显然在笑话我们穷人。有人立刻不服，说那我们拿工资的怎么办哦，只有一个老婆，一个都经常不碰，经常空在那里，干脆戒掉算了。张晚报继续耐心解释，那个义乌老板的高人之处，就在于把老婆也搞定，一周一次，非常固定，一次做足，两个小时，然后就相安无事了。

大家好奇心被勾引出来，准备继续论证时，张晚报却话锋一转，说女人也一样，那次他去农村调查一个事，那个妖贰肆的故事太离奇了。张晚报故意停了一下，喝了一口酒，扫大家一眼——已经没人在喝酒了，眼光一律在贪婪。张晚报笑笑说，是一封群众来信，揭露村领导的。他们村里的妖贰肆，高中毕业，自学成才，成为村合作医疗的一个医生。妖贰肆细皮嫩肉，方圆几十里第一大美人，看上去完全一副观音相，却被村里人叫做花癫。乡下人说的花癫，其实就是一个性亢奋，一个性亢进者，这个妖贰肆，可能更厉害一点，只要被男人一碰，哪怕偶然间一擦身，无意中接触了，她都会浑身一颤，搞不好爱液就出来了，再搞不好晕过去都难说，所以她和那个村的一半人有过那种事，这是村里一个公开的秘密，被大家口口相传，谁也没觉得有什么不好。其实男人就喜欢花癫，花癫就是花枝乱颤，就是癫来癫去，癫个不停，意味着主动，意味着生动，男人甚至可以不动或少动，省去不少力气。荒唐的是，村委会竟然做出一个决议，决定那女的只能嫁给一个残疾人。那男的一米五不到，还是一个智障，不会管任何事，仅仅一个形式上的老公，好像有一个老公，这个花癫一样的医生就万事大吉了，也不晓得村干部安的什么心——村干部肯定没有少占便宜，这种决议很明显，准备继续占便宜，长期占便宜。张晚报说，有人揭发了，我就去核实，这个妖贰肆对我说这些的时候，显得很平静，正襟危坐，面无表情，日光零零散散洒在身上，好像花影婆娑。她那个残疾老公默默坐在门坎条石上，望着远处的田野，田野一片迷蒙，从屋里无处不在的阴影看过去，那男人就像一只匍匐在门口的狗，似乎在守卫老宅，守卫老宅里一个随时要冲出门去的花癫女，也像在捍卫一尊神圣不可侵犯的观世音。张晚报说，你们说这是一个悲剧吗，先不管村干部的荒唐，这个女医生性欲强大，有什么过错吗，完全是一种科学，完全是科学惹的祸呵。美国高尔夫老虎，可以花数百万美元去治疗性瘾。中国一个乡村女医生，有人居然拿一个残疾人去治理她，农民的智慧也太伟大了，太富有想象力了。又是一个闻所未闻的性故事，张晚报这家伙好像性专家似的。大家这回沉默了，都在闷头喝酒，不知道各自心怀什么鬼胎。

我的老家朋友，在北京的饭局上夸夸其谈，我的北京朋友，就觉得应该显露一下京城气派，让地方来的人开开眼界。北京人的尊严，不在故宫，不在长城，不在天安门，不在中南海，几乎没有一个北京人会向你夸耀这些东西，几乎说都不说。北京人的尊严，就体现在饭局，就体现在饭局的话语权，在饭局上你才能发现北京人的凝聚力，北京人的集体荣誉感。一个外地佬，一个陌生人，跑到北京的饭局，不谙行情，信口开河，其实是饭局大忌，至少有点犯忌，不会说话。当然，也不是北京人看不起外地人，地球人都知道，北京的宽容，至少中国领先，当然上升到包容层面，更高层次要求一下，即便中国领先，也是发展中国家，需要继续努力继续进步的，这些都不是什么问题。关键在于有的饭局存在技术问题，比如风头问题，比如风向问题——北京人呼吸的每一口空气，说不定就是皇上刚才的吐故纳新，气场大着呢。那天饭局，杭州的杨古玩也在场。杨古玩就是从前的杨文学，现在不文学了，早变身古玩了，这家伙说变就变，玩一行爱一行，玩一行精一行，几年前他把妖贰传给程编辑，传给丁书商，最后传给朦胧诗人，就是他给文学界或文学史最后的贡献，让伟大而贫穷的朦胧诗人，娶了一位80后小妖精，从此过上多子多福的幸福生活，迎来性生活和诗生活的第二春。杨古玩现在专攻玉器，所以经常跑到北京潘家园来，和南城老三、老青皮他们切磋，或者把良渚文化的玉器带到北京，或者把洪山文化的玉器带回杭州，文化交流兼经济交流比较多，可谓常驻东局的外地嘉宾，所以他就比较懂北京饭局。张晚报说完地方故事，杨古玩就察言观色说，还是北京厉害啊，跑过多少地方的歌厅，还是北京的天上人间，不倒的航母，永远的旗舰，一水的大学生，天生丽质，天生资质，硬件软件，软硬兼施，最后施展的温柔一刀，也完全出人意料，你想都想不到。

杨古玩说，那次他和朋友来北京，住在平安府，办完事去饭局，饭局后去天上人间，他那个朋友比杨古玩更会玩，唧唧歪歪到深夜两点，最后跟杨古玩说，他要跟妖贰伍走了。妖贰伍住后现代城，一套复式公寓，一派后现代装修，客厅里一架三角钢琴，显示出主人的某种品味。那朋友虽然久经沙场，见多识广，这时候也傻眼了，超出常识范围了，简直不敢进门了，在门口左思右想了。妖贰伍很大方，也很妖精，来来去去，几个转身，幻境出现了。葡萄美酒夜光杯，欲饮琵琶马上催，一聊才知道，妖贰伍不但硕士，而且二奶，替她买房的台商每月来北京，有时住几天，有时就一天，她根本不缺钱，缺的是男人。妖贰伍一点不忌讳她的二奶生活，还一脸坦诚地说，有时寂寞难耐，就跑去天上人间，算一个兼职，算一种解决办法，一举两得，钱嘛天下没人会嫌多的。杨古玩说，那朋友当夜未归，他想这家伙好色，陷入妖精之乡了。第二天一早，他打电话，没有开机，到上午十点，他想想时间也差不多了，有人喜欢黎明一炮，再长也该打完了，就继续电话，结果打到十二点，那朋友始终没有开机。这一下杨古玩觉得有点不对劲了：难道碰到什么黑吃黑？这种事社会上司空见惯，经常会发生命案的，醉卧沙场君莫笑，古来征战几人回。就在他如坐针毡、下定决心去报警时，消失了一夜的朋友最后一刻在平安府出现，救了他自己一命，否则警察就该插手了。杨古玩一场虚惊，惊魂未定，听完汇报，不免义正词严：你在打炮，我在掐表，这是人干的事情吗？你在后现代潇洒，我在平安府煎熬，这是朋友干的事情吗？按人之常情，按简单道理，电话总该有一个吧，你不知道我一个上午怎么熬过来的吗，你差一点就留在北京回不去了。朋友嬉皮笑脸，大言不惭说，谁不知道，天上人间，很安全的，我昨天手气好，抽到一个好对手了，我不是打炮，我是在掉包，我是在帮忙做好事呢。妖贰伍一直拖住他，说他的活好，不让他走掉，啊呀真是天昏地暗，不管它什么时间了，最后你猜怎么样，约好今天晚上继续。当然没钱什么事的，天下这种好事，千年不遇的，谁也挡不住的，看来只有重色轻友了，只有你先回去了。杨古玩说，这家伙还真有两下子，打炮打成掉包，把别人的二奶泡成自己的小三，高手啊。

杨古玩好像有意要讨好北京人、表扬北京人似的，又说，北京的二奶，不愧首都的二奶，首屈一指的二奶，基本上是台商、港商、外商、内商的“驻京办”，经费充足，条件优越，当二奶就要当北京二奶，就要当成驻京办。二奶的驻京办，像阳光普照，像月光如水，像满园春色，在京华大地芝麻开花，倒是听说真正的驻京办要撤了。行货驻京办，水货驻京办，都是“二奶经济”，都拉动内需，都刺激消费，都属于GDP，所以他们都会潜伏下来，连方式都一样——南辕北辙、借壳生蛋、桃僵李代、偷梁换柱、声东击西、金蝉脱壳……那个硕士二奶妖贰伍，就很懂兵法，潜伏得很深啊。杨古玩说完，满桌几个北京人的脸色显然大有改观，号称南城哲学家的老三，顺势接过话题，显示哲学灵光，说现在×博士的都出现了，大学生硕士生还有什么稀奇呢，你们知道北京现在最好玩的地方是哪里吗？

自然就是老三的话语权了，不愧是东局四大金刚之一。老三也是一个著名的玩家，玩青铜器，玩盗墓者，玩盗墓者的盗物，经常出没于河南一带的墓地，最近的一次，是从安阳的曹操大墓满载而归。故宫那些所谓专家，只玩皇上玩剩的东西，眼光就很有限了，比起老三玩全国、玩民间、玩地下、玩层出不穷、玩无穷无尽，就不是一个等量级的了。老三还敢玩酒，色玩不玩不好说，这家伙藏得很深，那天在东局，他就敢应战局长老青皮，赌十八罐330毫升的啤酒，条件是：两小时喝完，喝完不能吐，不准去洗手间，赌资五千。老三平常酒量很一般，在东局属于中等偏下，所以老青皮敢拿酒吓唬他。果然，喝到十二罐时，老三已经醉了，椅子摇摇晃晃，喝到还剩两罐时，已经需要服务员在旁边强制性按住了。让人难以想象的是，老青皮的失算在于，酒量不好不要紧，但是老三肾好，不走肾，胃也好，不会吐，在最后的一分钟，在倒地前的一刹那，十八罐啤酒眼睁睁被老三消灭了。接下来，老青皮乖乖付钱，老三躺在椅子上，一边语无伦次，听不懂在说什么，一边还能点钱，期间居然头脑清醒接了三个电话。我们说他头脑清醒，是因为他接了三个女人的电话。电话那头显然知道他醉了，我们都在旁边起哄，说过来过来，他一概说不要来不要来，最后还朝我们眨眼睛，说三个人撞在一起，他真是找抽了。这家伙在这种醉醺醺的时刻，还能玩金屋藏娇，女人不让来，既不让我们大家参观，也不让她们互相参观，不能不算一个收藏高手，连酒量都埋藏得很深，关键时刻一出土，五千块进账，从此没人敢在酒上和老三叫板。城南旧事多，南城故事多，老三有故事，长亭外，古道边，芳草碧连天，老三讲的南城夜总会×博士的故事，就让我们惊世骇俗。老三说，×博士就是性博士，对外公开称性博士，对内就通俗一点，就叫×博士了。和张晚报的事后总结不同，老三一开始就强调，他说的×博士，绝对也是科学。

老三的一个南城朋友，在南城的一个秘密据点，开一个不大不小的夜总会。现在夜店多如牛毛，竞争惨烈，人民的欲望又愈烧愈旺，野火烧不尽，春风吹又生，朋友就觉得应该另辟蹊径，以创新取胜，以科学取胜。朋友注册了一个性研究机构，在网上全国招聘性人才。重赏之下必有勇妇，妖拾壹脱颖而出了。妖拾壹不是一般人才，属于状元一级人物，从老家考上北大医学系，本科硕士博士连读那种，连续读八年。可妖拾壹读完大二决定退学，理由是不喜欢医学——课程艰深，枯燥乏味，还要给死人开膛破肚，想起来就汗毛凛凛，最要命的地方，妖拾壹天生晕血。虽然医生的职业不错，但一辈子干自己不想干的事，其实也干不了的事，绝对是一件痛苦的事。妖拾壹人小鬼大，做出一个很牛×的决定，回老家高中，复读一年，再高考一次，读自己喜欢的生命科学。高手就是高手，一年后考上浙江大学，成为老家报纸的一大新闻。这时候问题来了——北大的医学本硕博连读，国家一手培养，学费一律减免，生命科学是热门，学费最高的一种；妖拾壹家中贫寒，拿不出这么多钱，虽然学校考虑妖拾壹北大二年的背景，同意她插班三年级，可以少读两年，但学费无法减免。妖拾壹一考上北大，读医学，再考上浙大，读生命，既然高考高手，当然不可能被一点学费难倒，她和学校商量，暂缓入学一年，她先去打工，赚点钱再回来。这种要求不算高，这种人才很难得，思想水平也不错，不靠天，不靠地，就靠自己，很有当下80后的奋斗精神。北京南城的性研究机构，一年的报酬足够两年的学费，虽然妖拾壹觉得老板的设想异想天开，甚至冒险，但妖拾壹天生是一个冒险家，天下没有比北大退学重新高考更大的风险了，而且工作十分新鲜，符合生命科学，比解剖死人有趣，当然报酬是第一位的。妖拾壹不愧才女，才思敏捷，按照老板的思路，甚至优化思路，半个月就做好一切准备：内容、形式、教程、教案，甚至连幻灯片都制作好了。比较复杂的是人才的挑选，虽然报名者门庭若市，但真正符合条件的还需要严格筛选：特色第一，相貌第二；相貌好选，特色难觅。妖拾壹的过人之处，就是根据现有的人才，随时作教案的调整。老三说，说得明白一点，就是有些内容，是因人而设的，是就地取材的，属于×博士的研究成果，有知识产权的。

开张那天，老三定了包厢，饭局之后，带一批朋友去捧场，去得晚了点，过了半小时，妖拾壹才出现在他们包厢。妖拾壹戴着眼镜，一身正装，果然是一个博士模样，完全没有夜总会妈咪那种妖艳。妖拾壹对坐满三面沙发的客人说，对不起，对不起，没想到场面这么火爆，大家坐好了，开始讲课了，然后用步话机通知外面，意思是统统可以进来了。女生们鱼贯而入，一水泳装，落落大方，依次站好。妖拾壹开始上课了，妖拾壹说，我是本公司性博士，也就是×博士，专门讲授女性生殖器的种类。大家都知道，你们男人的东西，基本没什么类型，只有大小之分，再具体一点，也只有长、短、粗、细，简简单单，没有观赏性，毫无美学可言，形不成一种学科。女人就不一样了，女人的阴柔之道就是一门学问，百花齐放，千奇百怪，争奇斗艳，大放异彩，充满阴柔之美。为什么说性博士就是×博士呢，道理就在这里。天下没有屌博士的，那是一句骂人的话了。这是我第一个要讲的问题。

第二点，我要感谢我们的老祖宗。中华民族的性文化传统，根深蒂固，源远流长，已经领先世界很多年了。我毫不夸张地说，中国在这方面早就是超级大国了。我也可以坦率地告诉大家，本公司在这方面的研究，中国独一无二。第三点，最近北京正在上演一部话剧《阴道独白》，为了讲我们的课，我亲自去看了两遍，这是一部女权主义戏剧，由美国剧作家、诗人和行动主义者伊娃·恩斯勒创作并亲自演出。作者采访了数百位妇女，她们来自不同的年龄、肤色、阶层和国家。这个戏是一首写给阴道的赞美诗，唤起女性对身体和自我的认同，比如，戏里一个美国女性朗诵：我的阴道充满着远古的气息，她比大峡谷更加优雅，我的阴道无邪而清新，她比贵族的花园更加美丽……这个戏也是一纸对女性暴力行为的抗议书，比如，一个波西尼亚女性哭诉：我的阴道，曾经是一个生机勃勃四面环水的小山村，现在变成一条浮满死鱼臭肉的河流，那里充溢着浓血，满含着毒素……当然，今天我们不是控诉，我们也不是赞美，根据我们的国情，我们是科学普及。这个戏在北京的国家大舞台上公演，我们就是老北京天桥的民俗演出，以前有些话说不出口，不过是我们大家心里有鬼，今天我们必须要勇敢。最后一点，我们的研究工作，我们的普及介绍，意义还在于，让男人都能了解女人，都能找到真正适合自己的一款，总有一款适合你。

妖拾壹说，大家听好，接下来讲课方式是这样的：每人都可以得到一张卡片，我说的类型上面都有，也有说明，大家可以对照着看。我说一种，幻灯就会出现图片，相应的女生就会把她自己所属的这种类型，按顺序走到每位客人面前，展露出来，供客人观摩。我要宣布一下学习的纪律：每个模特走到每位客人面前，我都会做一分钟的讲解，也就是说，每人一分钟，客人只能看，不能动手，不能挑逗，不能讲下流话，要尊重科学，大家不要笑，听好了吗，下面就开始。妖拾壹说，根据传统文化的精华，根据她的潜心研究，中国女性的生殖器类型，主要分十六个大类，妖拾壹开始一个一个地介绍，完全把大家搞得目瞪口呆，但一个一个又很实在，在投影机的屏幕上，在眼前一个一个走来的女生上——收口荷包、骊珠迎龙、春水玉壶、九曲回肠、飞龙在天、娇花嫩蕊、含苞春芽、玉蚌含珠、凤凰点头、比目鱼吻、如意玉环、香菱玉齿、白玉老虎、层峦迭嶂、朝露花雨、玉涡凤吸。

老三说，真当学问去看，一点也不黄色，连邪念都没有，连正常的反应都没有，我以为就我没有，出来后大家一交流，都说自己的东西很老实，很听话，都在听老师的话了。大家遗憾的是，走马观花，浮光掠影，眼睛一眨，时间就过去了，这么多漂亮的名字，一个个都很形象，一个个都很文化，就是不好记，听了就听了，看了就看了，谁也记不住，出来全忘记，那卡片在这里呢。老三从钱包深处，掏出那张印刷精美的卡片，供大家传阅。这时我们发现，卡片在张晚报手里停留时间最长，他口中念念有词，然后笑眯眯地问老三，这一堂课，学费多少？老三说，统一结算的，连人头连包厢连消费，每人的小费都算在里面了，那天十几个人，都变成“三好学生”了，从来没有这么老实过，包厢里只有妖拾壹的讲课声，那么好的红酒都没人喝，不喝也算钱的。老三没有说具体数字，只是说，那天我是大放血，算是给朋友捧场了。从老三一脸的炫耀看，其实对结果还是津津乐道的。

那天一圈展示完毕，妖拾壹说，刚才我们展示了十四种，能把这十四种找齐，比大海捞针还难啊，这就是本公司的不同凡响。第十五种“朝露花雨”，这个类型，奇货可居，我们这里也只有两个，现在她们最忙，还在别的包厢里，我马上联系，看她们结束没有。几分钟后，一个“朝露花雨”终于来了，看去相貌很平常，没有一点奇货的样子。最后，妖拾壹说，还差一种了，第十六种，玉涡凤吸，这是真正的珍稀品种，研究分析表明，一万个人里面，出现一个都不容易，什么叫万里挑一，说的就是玉涡凤吸。

大家不由一阵叹息，包厢里这时才热闹起来，妖拾壹的授课终于接近了高潮。

妖拾壹说：非常幸运，本博士正是第十六种，玉涡凤吸，下面就给大家展示。

妖言二十二曰

对不起，对不起。

没想到场面这么火爆。

大家坐好了。

开始讲课了。

12

十五年后小妖精故伎重演，特警学院的枪声，很容易让人们想起美术馆的枪声，人们试图找出两者之间的联系，媒体又开始频频采访小妖精。小妖精的回答，很像是炫耀，小妖精说，十五年前的打枪，和十五年后的打枪，完全不在一个水平，那时是初生牛犊，现在当然虎口拔牙了。小妖精两次借枪发飙——现在的打枪，就是为了从前的打枪，不知道背后有什么高人在指点，美术界虽然鱼龙混杂，毕竟也藏龙卧虎；现在小妖精打枪，显然充满经济头脑，就是要唤起人们对美术馆枪声的追忆。

小妖精说，那时候在美术馆，根本记不清打了几枪，如果还有子弹，她还会打下去，完全顺着惯性，打完子弹，枪还拿在手上，人傻乎乎站着，耳朵嗡嗡响，眼前一团模糊，大脑已经一片空白。小妖精说，打完枪，局面就乱了，前后左右都是人，她被挤在人群中，她一点不知道，几个公安便衣已经冲上来，七手八脚摁住老青皮，一下子就把老青皮拿下了。

其实我们大家都知道，就是抓人这个细节，出现了魔鬼，让一个著名作品变得出身可疑，让两个艺术家变成一对欢喜冤家，最后变成中国美术界的公案，从此成为一个江湖传说，一个家喻户晓的妖精故事，一个美术史无法定论的悬疑。

民间传说一：明明是小妖精开的枪，为什么不抓她，要抓老青皮呢？从公安便衣行动迅速来看，他们应该就潜伏在周围，应该看得清谁打的枪。第二天的报纸证实，那天公安局长就在开枪现场。局长的在场，说明两个问题，一是必有精兵强将，二是必有前呼后拥。精兵强将前呼后拥，还可能看错人吗？答案显然是否定的。

民间传说二：既然没有看错，那就没有抓错，该抓的就是老青皮，何况他还大叫大嚷再来一枪，显然是指挥者，公安便衣早就盯上他了。可既然早盯上了，为什么不早抓呢，难道非要打完枪才抓吗？打枪的后果很严重的，影响很恶劣的，破坏安定团结不说，甚至造成国际影响。这种恶性事件，为什么不阻止在萌芽状态，不消灭在未遂之前呢？

民间传说三：没有阻止打枪，让打枪的阴谋得逞，从某种意义说，是警方的失利，至少也是失误。放走真凶，错抓嫌犯，这个既成事实，让天下人都以为“沟通”的案犯是一个狗男、一个狗女，这可不是破案之类的小事，是有关中国当代艺术史的大事，是改变艺术史的大事。

民间传说四：各种幸灾乐祸的说法，统统都是马后炮，到头来对警方没有任何意义。那时候没有什么新闻发言人，媒体也一贯遮遮掩掩，老百姓只能自说自话。这个公案，查究起来，是警方一手制造的。警方造出艺术历史公案，这也算中国特色了，全世界恐怕独一无二。

民间传说五：警方没有抓错人，老青皮不是主犯，也算从犯，至少是在现场的嫌疑犯，抓住一个，等于抓住一伙，完全可以顺藤摸瓜，然后一锅端掉。至于所谓艺术作品的来龙去脉，作品的张冠李戴，作者是李逵还是李鬼，那不是警方关注的问题，说起来和警方毫无关系，警方根本没有这个义务与责任。

民间传说六：西方是西方，中国是中国，警方对那种荒诞不经的艺术观念、那种混乱不堪的艺术展览，早就耿耿于怀，打枪是正中下怀。枪一打，就抓人，就关门，就大吉。警方是将计就计，就像现在流行的钓鱼执法一样。

最后一种说法，有点耸人听闻，不过，从抓老青皮这一点去分析，这种阴谋论、阳谋论、引蛇出洞论、诱敌深入论，也不是没有道理——百花齐放，大鸣大放，最后统统是右派，一网打尽，这一套大家都记忆犹新。所以，美术史家大胡子坚持自己的说法，大胡子坚定认为，什么叫“沟通”，“沟通”就是对话，动用极端手段，对话就无从谈起。

不晓得大胡子老师说的极端手段，是打枪呢，还是抓人。小妖精在十五年后回答媒体提问时，依然不知道错在哪里。小妖精说，打完枪后，老青皮被抓，美术馆乱套，她才知道自己闯祸了，当时脑子里的第一反应，就是赶紧让枪消失，好像手上握着一个定时炸弹，完全是魔鬼附身的感觉。

那时候，兵兵却在一旁看笑话，没有一丝大惊小怪——将门虎子到底不一样，和老青皮被抓后的一系列表现，完全异曲同工。不像小妖精之类的学院派，一有风吹草动，就手忙脚乱，差一点把枪都扔掉。兵兵被小妖精的慌乱搞得很奇怪：怕什么啊，又不是杀人。兵兵就对小妖精笑笑说，把枪还给我吧。

兵兵拿过枪，塞进怀里，很快就消失在骚乱的人群中。后来大家都知道，兵兵悠哉游哉去看展览了，作为美院附中的学生，展览是不能不看的。兵兵的选择很聪明，他是知情人，甚至是同谋者，至少也算嫌疑犯，不过他一点也不怕，他也不以为为了艺术打几枪，就是什么了不起的事，所以大家都往外跑，他却往里面走。也有人不少人就地躲藏，好在这个展览作品很多，有些稀奇古怪的东西，本身就像防空洞。小妖精就看见有人躲进一座木头房子，就在隔壁的展位上，也是一个作品，叫什么“指点迷津”。作者自然没有想到，自己作品已经显灵，当场就给许多昏头转向者指点迷津。

小妖精拉开门帘，里面一片黑暗，外面一片混乱，警笛混杂尖叫，脚步带着嬉闹。小妖精栖身“指点迷津”，光线渐渐适应之后，一个人问小妖精，外面枪打得一塌糊涂吧？小妖精说，哪里有啊，就打了四枪。小妖精的答非所问，让周围人大吃一惊。有人就崇拜说，你就是打枪的女大侠啊，你太牛×了。有人说，我们保护你，赶紧逃走吧。玩笑之间，十几个互不相识的家伙，掩护一个小妖精，像电影中一个地下工作者胜利撤退的场面，从“指点迷津”脱身，从美术馆后门绕到了前面的广场，从一个即将军事管制的是非之地，大摇大摆地去向不明了。

民间的传说，就完全不是他们自己说的那么马虎随便，老百姓在和平时期很少听到枪声的，尤其在首都这个首善之区，连“文革”时候全国到处武斗的枪声，都没有一点机会听到。从这个标准去评估，北京人民简直孤陋寡闻。现在老天长眼，北京终于开枪，一大群都自称目击者的，就把枪击事件说得绘声绘色，说得北京城流弹四窜，说得全世界都知道中国在开枪了。

一个版本传说：一个黑衣女侠，两个彪悍保镖，飞檐走壁，如入无人之境，神不知鬼不觉，潜入戒备森严的美术馆，眨眼功夫，枪声大作，会场大乱，人们从美术馆跌跌撞撞跑出来，屁滚尿流，呼天号地，黑压压一片倒在广场上。美术馆马上就被封锁了，防暴警察好几万，警车好几百，美术馆已经水泄不通，五四大街一带现在还在戒严呢，不信你们自己去看。

另一个版本传说：一个穿军大衣的光头大侠，被七八个便衣架着，从美术馆的台阶走下来。光头大侠笑嘻嘻的，和围观的熟人打招呼，有人认识他，一个高干子弟，父亲至少大军区司令以上，所以他毫不畏惧，一副英雄好汉样子，走上警车前，还向一个朋友挥挥手。听说是一个团伙干的，都是高干子弟，到底为什么开枪，打死打伤多少人，目前还不清楚，其他人都跑了，好像一个个都训练有素。听说开了很多枪，美术馆打得鬼哭狼嚎，从共和国成立以来，从没有出现过这么大的枪击案，在北京这个祖国的心脏里，就在皇城的脚后跟，离中南海没几步路——现在的年轻人厉害啊，无法无天了。听说现在整个美术馆都是当兵的，北京的机场车站全布控了，很多路口都在查车，北京已经天罗地网了。今年这个年啊，肯定没法过了，看样子什么活动都要取消了，大家都老老实实在家呆着吧。

妖言二十三曰

你就是打枪的女大侠啊。

你太牛×了。

拾贰

大胡子在网络上贴出一则广告，要招募一千零一个志愿者，制造一个宏大的活人作品，主题命名“神话”，去德国参加卡塞尔文献展，参加者一律免费，整个不掏一分钱的非公费的公费旅游。大胡子现在搞大了，能够呼风唤雨了，制造什么神话了，听起来像红卫兵革命大串联、知识青年上山下乡那样浪漫动人。

大概不是巧合，德国卡赛尔就是格林童话的故乡，灰姑娘、老水妖、白雪公主、青蛙王子、强盗新郎、篱笆国王、玻璃瓶中的妖怪、魔鬼的邋遢兄弟、一群二流子、三个小矮人、四个聪明兄弟、六只天鹅、七只乌鸦、十二个懒汉……都是天下小妖精的魂系梦绕。大仙局下的小妖精们，心有灵犀，奔走相告，欢欣鼓舞，成立一个什么大仙团，居然搞出一个军事建制，自诩大胡子神话军团下的一支妖精部队，准备将整个大仙局，统统端到到德国去。大仙局决心在另一块大陆粉墨登场，后来种种神秘现象的出现，证实这种一锅端的饭局，后患实在无穷——就像巴西蝴蝶的翅膀扇动会产生美国得克萨斯的飓风，北京小妖精的集体出洞，完全可以掀起德国卡塞尔的一场龙卷风。

大胡子一手缔造的神话，一开始就很怪异。两眼一抹黑，带一帮可疑分子漂洋过海，任何官方或民营机构，都不可能这么干，钱堆到天上去，也不会干这种妖怪事情。这一千零一个所谓志愿者，没有组织推荐，没有资格审查，没有经济担保，没有可靠来历，有的甚至没有正当职业，完全是社会闲杂人等，只要中国人就可报名，据说那些天大胡子的网站都爆掉了。这一千零一个身份不明者，据数据显示，大部分从未出国，从全中国城里乡下或者什么鬼地方，聚集到一起，纯粹一批乌合之众，一场无政府主义的乱说乱动，一场牛鬼蛇神的群魔乱舞。大胡子给每人发一个图案可疑的拉杆箱，穿一件充满神话风格T恤，让他们腾云驾雾法兰克福，人模人样地抵达卡塞尔，鬼鬼祟祟地潜伏在一座工业时代废弃的大厂房。二战时期这里生产坦克，轰隆隆地开往整个欧洲，现在这里成了中国人的占领地。楼下屯兵男妖怪，楼上屯兵女妖精，在阴魂不散的坦克声中，一时男欢女叫。最后好像全世界的媒体都来了，长枪短炮照妖镜，白光闪闪中，我中华妖怪妖精龇牙咧嘴，原形毕露。

怪异事情接踵而至。一日三餐完全是中国人民公社大食堂的死灰复燃，完全是一个中国特色大饭局，在欧罗巴大陆隆重开张：面包牛奶鸡蛋米饭水果饮料，尽管吃，尽管拿，全天候，不夜城，妖进妖出，川流不息。做包子的可能是河南民工，切菜的可能是一个道士，洗碗的可能是一个仡佬姑娘，那个端盘子的分明是一个摇滚歌手。一个不晓得从哪里冒出来的大厨吹嘘说，杯碟碗筷甚至酱醋小壶一概从国内运来，我们运来了十个集装箱，运输费就要上百万。大家享受共产，身份平等，都是义工，都在梦幻般的卡塞尔大吃大喝。吃饱了，喝足了，睡醒了，没有召集开会，没有领导讲话，没有活动安排，没有纪律要求，连正常的思想汇报都没有，只有每人一份的中文版卡塞尔地图，意思是可以随便去哪里瞎玩，把一千零一个神话分子全部搞傻。

大家每天睁开双眼，一哄而散，三三两两或独来独往，乌合之众即刻变成散兵游勇，在卡塞尔的大街小巷四出游荡：去超市，去酒吧，去爬山，去游湖，去森林，去墓地，去古玩一条街，去二手货市场，去布满战争阴云的古堡，去充满幽灵的死亡博物馆，去赌场把老虎机打得昏天黑地，去红灯区像深入敌占区那样勇敢、像投奔解放区那样喜悦。有人则开始搞怪，在卡塞尔的地下通道、大街的广告栏，贴满中国牛皮癣：包治性病、快速办证、私人侦探、信卡提现、管制刀具、迷药销售……神话完全生活化，甚至黑市化，把中国特色涂鸦搞得触目惊心。总之一切都随心所欲，一个人或一伙人，在卡塞尔东张西望，在德意志大地自由行动，在另一块大陆神出鬼没。卡塞尔的蓝天白云下，一个人口稀少的安安静静的小城，从来没有这么多面目不清形迹可疑的黄皮肤黑头发。德国佬惊呼：中国人来了！

只有相信神话的人才能拥有神话，中国妖怪妖精们在卡塞尔的集体性张牙舞爪，让德国媒体想入非非。《卡塞尔邮报》说：大胡子这个作品本身想表明什么不清楚，但可想而知，它会给人一个印象：中国人如果真的全往欧洲涌来，那怎么办？《法兰克福汇报》则展开更为广泛的联想：中国式的“集体生活”，在现在这种全球化语境中被重温，不可能不令人联想起上世纪一二十年代的苏联、三四十年代的德国、五六十年代的中国。“集体”意味着主义和宏大叙事。《列宁在十月》镜头中的莫斯科广场人潮、李芬斯太尔镜头中的纽仑堡人海、“文革”镜头中的天安门红海洋，都是不可磨灭的《意志的胜利》叙事片段。

妖怪的是，卡塞尔的老百姓好像一点不担心，甚至好像很开心，贡献几百辆自行车，让中国妖怪妖精在卡塞尔骑来骑去，他们狂欢节一般看西洋镜。有人跑到中国大食堂献艺巴伐利亚西餐，有人混进中国大饭局享受免费的午餐。卡塞尔市长大人在办公室坐不住了，微服私访妖气十足的中国基地，临走时不忘吞咽几个窝窝头，显示对妖国饭局的青睐。在那些吃喝玩乐的销魂日子里，一开始大仙团好像没什么惊人表现，甚至不见踪迹，只有夜深时分在食堂集体出现，十几个小妖精，三两个大男人，一堆德国香肠，数不清的德国黑啤，喝得排山倒海，唱得狂轰滥炸，公然显示他们的作战能力，完全国内老一套，一点没有异国情调，一点创新精神都没有。北京西局局长张弛老，本来也组了团的，因为局长兼团长的临阵逃脱，终于失去在卡塞尔的统一作战计划，没有一点集体作为。好像只有单兵作战的荀子，表现相对神勇，语言一点不通，居然能和德国鬼子喝到一起，而且深入到一个德国酒鬼家中，不说话，只喝酒，你喝你的，我喝我的，一直喝到喝不动为止，喝不动第二天接着喝。不知道他们怎么对上眼的，不知道中国酒鬼和德国酒鬼，配合怎么会如此默契。荀子这个啤酒主义者，到卡塞尔之后哪里都没去，昼伏夜出开展啤酒外交，充分显示北京饭局金刚的职业素养，也充分显示酒鬼没有国界、天下酒鬼一家人的真理。荀子好像以不变应万变，以自己一贯的作战方式，以身体为祭品，以饭局为祭台，以啤酒为祭礼，将进酒，杯莫停，活着干，死了算，好像要以死抗争，挑战大家的视觉和神经，成为卡塞尔神话中的一场独角戏。

说起来，张弛老也真是不争气，关键时刻掉链子，非常时候跳飞机，堂堂一个北京饭局局长，失去考察德国饭局的机会，失去北京西局名扬海外的大好时机。我们大家都知道，张弛老有幽闭症的老毛病，连电梯都不敢坐的，但他挡不住神话的诱惑，居然早早就报名，准备战胜恐惧，塑造全新自我。那天登机之后，他感到一种从来没有过的压迫感，六神无主，虚汗淋漓，完全没有荀子那么胸有成竹，一上飞机就向空姐要啤酒。荀子甚至以一个啤酒主义者的雄才大略，掏心掏肺地教导饭局领导张弛老说，先把自己灌醉，就什么事都没有了——荀子的啤酒攻略在国内饭局屡战屡胜，尤其在逃避买单方面。汉莎航空好像比中国民航有人性，几个空姐轮番上阵，甜言蜜语，百般安抚，差一点就要跪在张弛老面前了，好像张弛老不去是德国人民的一个重大损失似的；机长甚至破例允许他参观驾驶舱，展示现代科技的万无一失。满目的仪表，活像一个个京剧脸谱，面目狰狞，形象恐怖，不看也罢，一看更晕，张弛老毫不犹豫地跳下了飞机。张弛老后来检讨说，登机以后，哪有神话，只有害怕，满脑子充满了撤退，张罗半天，自己没去，没想到前方就出大事，真是对不起大家。在西局成员凯旋而归的饭局上，张弛老时过境迁满面红光，理直气壮说，他的飞机撤退，就是神话的破绽，如果他去卡塞尔，必然严明纪律，尤其要管住那个乱搞的风花雪月大仙团，不准小妖精乱说乱动，大胡子的那个妖怪塔，他绝对不会倒掉。

大胡子的神话系列，由三个部分组成：一千零一个妖精妖怪、一千零一把明清椅子、一千零一扇古旧门窗搭建一座神秘建筑，看去像牌楼，取名叫妖塔，造型古怪，气势阴险，基本没人看得懂。大胡子好像存心和格林童话干上了，一千零一个大活人每天在卡塞尔神出鬼没，一千零一把老椅子在卡塞尔的大街小巷耀武扬威。那个妖塔气场更不对，耸立在展馆的广场上，远远望去，活生生，鬼森森，气象诡秘，让德国佬指手画脚暗暗吃惊。果然，德国总统亲自驾到，一干人绕着妖塔走了一圈，第二天大家发现，妖塔倒塌了。卡塞尔市民几乎全体出动，把一片废墟围得水泄不通，成为卡塞尔电视台的直播新闻。一时间，满城沸沸扬扬，德国人有德国人的说法，中国人有中国人的说法。

中国人说：什么叫丢脸，什么叫坍台，大胡子就是榜样。

德国人说：哈哈，总统参观了，中国妖塔大功告成，松了一口气，浑身瘫掉了。

中国人说：妖塔是有灵性的，活就活，死就死，一塔倒，谢天下。

德国人说：很有可能哦，她不想回国了，生是卡塞尔风景，死是卡塞尔鬼魂。

中国人说：昨天晚上很大一阵风，龙卷风那种，妖塔被妖风刮倒了，妖塔遇见妖风，天翻地覆慨而慷了。

德国人说：不，不，气象台没预报有什么怪异天气，昨晚我们一直在和中国朋友喝酒，根本没听见有什么风。

中国人说：我说吧，不会大胡子深夜派人去拆迁吧，中国式的拆迁总是神出鬼没。

德国馆长斯女士说：卡塞尔市民很喜欢这件作品，有强大的视觉冲击力，能给人以神秘梦幻的象征性体验，其材料选择和形态构成，表现出大胡子的艺术才华和创作功底。但只顾形态而不管结构，显然是作品倒塌的原因。

中国人说：现在中国的艺术家就是一个包工头，构思一个方案，就由民工实施，民工一偷懒，作品就完蛋。

德国人说：大胡子早就测算好了，该牢的地方牢，该松的地方松，妖塔只能树立几天。为什么取名“妖塔”，我的理解就是，一有风吹草动，就抓紧机会倒掉。

中国人说：这个建筑，建造与摧毁，充分展示了中国人喜欢大破大立、胡拆乱建，恰到好处地表现了中国城市目前的现状，难道不是这样吗?

德国展览总监罗先生说：这是自然而然的结果，一方面是因为风灾，另一方面，这废墟让人产生更多的联想。

中国人说：大胡子就是喜欢搞鬼，这是大胡子的行为艺术，大胡子在玩德国人呢，呵呵。

大胡子终于在第一时间赶到，笑眯眯地接受几十家中外媒体采访，长须髯髯，狡黠一笑：她来自废墟，又化为废墟，天意地造就了一个完整的过程。

大胡子的自圆其说，让舆论普遍觉得可疑，不只卡塞尔，不只德国，世界许多媒体都参与讨论妖塔了。其实，卡塞尔市长大人开幕那天就说，这件作品不安全，已经围起来，不再让人进入。我们认为这个说法比较靠谱。倒塌的第二天下午，大仙团就传出一个惊人消息：他们团里前一晚至少有五个小妖精失踪，在外面过的夜。据说一个去了波恩，一个去了柏林，一个去了科隆；但是回来后又吞吞吐吐，欲说又止，另外两个，不知在哪里，根本不愿意坦白交代，一副目中无人的样子，不把村长当领导，不把大仙当团长。其中那个妖拾贰最可疑，专门和一个德国帅哥鬼混，有人从傍晚起，太阳刚刚下山，就发现他们两个围着妖塔转来转去，一个眨眼就不见了。根据这个重要线索，当下大家七嘴八舌，有人大胆想象，有人顺藤摸瓜，有人鞭辟入里，最后形成共识：一男一女，德国狗男和中国狗女，德国大妖怪和中国小妖精，钻进妖塔会干什么好事呢？干好事什么地方不可以，为什么偏偏要钻到妖塔里去呢？异国情调干起好事来，在一个狭小空间，在一个积木房子，扭来扭去，翻来翻去，大胡子再精确计算，大胡子再智慧头脑，一个搞艺术的，也根本不可能把这种好事的凝聚力、作用力、破坏力、物理能量、化学能量、性爱能量等方方面面的科学数据，算得一清二楚，破旧门窗拼凑的妖塔，怎么承受得了，怎么能不倒塌呢？妖塔撒手西去，什么风吹雨打去，完全是男女云雨去，而且是德中交欢的云雨，一场跨国做爱，一场超越国界的性爱艺术，完成了大胡子的神话，颠覆了大胡子的神话，怎么评价都不为过呵。

这么追究下去，疑点愈来愈多。有人一口咬定，这是大胡子的中国美人计。有人追踪说，这个妖拾贰什么人啊，冒充乞丐，路边一坐，中国版的卡塞尔地图一铺，就开始乞讨，我亲眼看见已经有一堆欧元了，估计德国帅哥就是这样子搞上的，醉翁之意不在钱啊。但是没人知道妖拾贰是谁，大仙也是心里有鬼，只要有人提起，一直到现在还有人提起，大仙总是一脸无辜，很不负责任地说，真不知道她是谁、哪里人、干什么的，一点不清楚，以前也只在饭局上见过一次，就见过一次，没什么印象了，听口音好像是江浙普通话，好像是妖贰陆的朋友的朋友带来的，只知道名字叫妖拾贰。

妖言二十四曰

真不知道她是谁。

好像是朋友的朋友带来的。

13

小妖精的逃亡之路充满诡异，小妖精在逃亡路上此起彼伏，大家之所以有这种印象，其实是小妖精十五年后对媒体的吹嘘，好像她身经百战似的。其实我们都知道，小妖精十五年前的逃亡之路，没有惊险，没有冒险，一点不险象环生，就坐着一辆公交车，平淡无奇地在北京城里转来转去。只有一句话，我们大家都深信不疑——小妖精说，那时候，我以为，打枪那妖精事，我的最大收获是爱情。

这样的话，虽然文艺腔，充满小资情调，但理论上是没有错误的，在和平年代里，没有比战火中的青春更浪漫的事情了。只是，谁也浪漫不过岁月，青春的终点就是怨妇。小妖精以青春将逝的口气对媒体说，那些年，老青皮不要婚姻，不要孩子，她都接受了，她把他看得很重，她以男人的愿望来塑造自己，她把爱情当做一种人生理想去实现，她进入一种忘我境界了。最后小妖精以总结青春的口吻说，两性中充满了控制与被控制，控制与反控制，天下最妖精的就是两性关系了。

这年头说这样不着边际的话，虽然可疑，但考虑到小妖精有反思的成分，大家也信，充分说明小妖精那次失魂落魄的逃亡，演绎了一条漫长的爱情之路。事实上，打枪打出来一场爱情，在和平时期出现本来就怪诞，老一辈的革命爱情模式，冥冥中降临在两位后代身上。不过，两个年轻人的爱情之枪，还是让警方措手不及，在北京的核心地带开枪，在举世瞩目的展览上制造动乱，竟然悄无声息突破千军万马，在乱象丛生中神秘消失，这让警方很没面子，甚至惊动了最高当局。

后来大家都知道，小妖精当时就在美术馆对面的一家店铺里，就隔着一条马路，远在天边，近在眼前——咫尺天涯的事，经常会在警方眼皮下发生。小妖精走出美术馆大铁门，根本没想过下一步要去哪里，小妖精只觉得自己闯祸了，但不晓得闯了什么样的祸，她已经没有思想了。小妖精的脚步，好像就是她的思想，脚步拖着思想，拖着小妖精横穿五四大街，走到了美术馆对面的一个商店。这家叫“百花”的美术用品专营店，她以前经常来，那天茫茫然进去，竟然有了走进老窝的感觉。这里的地理位置很不错，整个美术馆一览无余。

美术馆里的人都清场到广场上了，栅栏大门只能出不能进，只有警察和警车在忙乱——这种场面也经常出现，罪犯永远在天边，警察永远在眼前。有一群人从美术馆走出来，走下台阶后，小妖精看见了老青皮的硕大光头，在警察们的蜂拥下闪闪发光。阳光白花花，小妖精看不清老青皮脸上什么表情。被两个警察架着，被一大圈警察围着，光头好像很不老实，似乎还在东张西望。小妖精看着遥远的光头，觉得有点对不住那个光头，光头本来应该是长发，应该是她被警察扭送的，现在阴差阳错，小妖精就有一种冲过去的冲动，以长发交换光头，将老青皮解救出来。小妖精呆呆望着美术馆广场，警察还在进进出出，群众都被挡在铁栅栏之外，这时光头已经消失了，不知道被警察带到什么地方去了。

现在小妖精脑子有点清醒了，小妖精胡思乱想还可以，脑子一清醒就犯傻，所以她第一个念头就是去打电话，找个有门路的朋友，看看能否帮什么忙，听说进去的都可以捞出来——捞人现在已成为一种时尚行业，甚至发展成一个大产业了。她找到附近的一个公用电话亭，可是正如她自己那个鬼作品一样，电话根本不是沟通的工具，朋友电话始终没人接。直觉告诉小妖精：赶紧离开这里。小妖精的逃亡之路，就从一辆平常的公交车，平淡无奇的开始了。

不知道这一路车去什么地方，小妖精索性闭上眼睛，昨天晚上就没睡好，今天事件突发的紧张，没头没脑的忙乱，现在喧嚣渐渐远去，就开始迷迷糊糊了。不知道过去多长时间，小妖精睁开眼睛，发现自己又回到美术馆门口了，原来这一路公交，走的是一个大循环，在北京城里绕圆圈。小妖精看见整个美术馆已被戒严，到处都是防暴警察，荷枪实弹，如临大敌，一眼看过去，好像很恐怖。这里肯定不能下车，不过小妖精还是搞不清楚，自己该在哪里下车。

其实那时候小妖精的逃亡之路，已经连着千山万水了。事发不到三个小时，警方已经向远在杭州的小妖精父亲——美术学院的院长大人，勒令交出小妖精的标准像，准备向全国发通缉令了。警方的口气很严厉，完全枪杆子里出政权、政权里面灭枪杆的口气，责问院长是否有私藏枪支。院长一愣，觉得照片是没有问题的，枪支就有很大的问题了，这不是一般问话的水平问题，简直就是一种羞辱。院长一辈子只受过一次羞辱"文化大革命"的革命羞辱，那次羞辱时间很长，高帽带了半年，牛棚待了一年。现在简直就是"反革命"的羞辱了，虽然时间很短，虽然只有一句话，怎么可以认为他会私藏枪支呢？大小也是一个有身份的革命干部，怎么可以当"反革命"一样来责问呢？当然，为了小妖精，院长大人后来还受过一次羞辱，老青皮那次对院长大人叫嚣的"操×论"，就是一次公然的羞辱，尽管没有一点官方色彩，充其量是群众斗群众，这个大家都知道了，不过是老青皮公开抢劫小妖精的一次革命行动罢了。

院长回答警方："我们家，像是私藏枪支的地方吗？你们是不是想到我们家来看一看呢？"

警方警告院长："我们奉命行事。小妖精的案子很大，你作为一个父亲，有配合的责任，到时候问责起来，谁都吃不了兜着走。"

院长说："小妖精现在在哪里呢？"

警方说："这是我们要问你的问题！"

院长说："她不会出什么事吧？"

警方说："她已经出大事情了！"

警方是不把院长放在眼里的，不就一个画画的吗，警方俨然要把院长大人的尊严，横扫到千里之外，去对小妖精在这个世界上的诞生承担什么责任——女儿是逃犯，父亲对逃犯就有脱不掉的干系。院长逃犯一般回到家里，不敢告诉夫人真相，只说需要一张照片。小妖精母亲以为有什么好事，女儿确实该找对象了，就翻开影集精心挑选公主倩影。小妖精照片几大本，一个看得大喜临头，一个看得大祸临头，最后院长竟然看见了一个被击毙的身影，连声叫道就这张就这张。后来我们分析，警方找到院长，有两个可能：一个是老青皮的招供，一个是大会组委会的提供——实际上这是无法隐瞒的事，天下人都看见了。

汽车不知走了几个来回，小妖精一路浑浑噩噩，最后眼睛一亮，心中忽然激动，决定在北京饭店下车。小妖精意识到，她的逃亡之路，应该在北京饭店结束了。这个基本属于老外租界的饭店，住着一位外籍教授，以前在浙江美院任教，现在北京做画廊生意。因为父亲的关系，因为专业的关系，小妖精和这位德国老师关系非同一般，事实上，指导她毕业作品“沟通”、甚至建议打一枪取得震撼效果的，就是这个叫汉斯的家伙，只是当时搞不到枪，在学校无法实现。前几天一到北京，小妖精就专门去拜访，请老师一定要去看看她的展览，说这次就要弥补当时的缺憾了。汉斯说，这么大一个展览，中国第一次，他当然不会不到，汉斯甚至请小妖精在饭店酒吧里喝了一杯咖啡。说起来，汉斯和中国当代艺术渊源很深，先是卧底，后来策划，再后来就收藏，中国许多天价油画，就是经过他的手，满世界去拍卖的。这个老外在中国赚大钱了。

小妖精在饭店大堂，给汉斯打了一个电话，说自己现在处境很糟，说老师啊，我已经一团乱麻了，好乱好乱啊。小妖精甚至幻想在汉斯那里暂时躲避一下——北京城里没有比老外的住所更安全的地方了。小妖精还没有说完，这个狡猾的德国鬼子，典型的中国通，不知道是借口，还是实话实说，马上反应出一句话来——就是汉斯的这一句老外普通话，彻底改变了小妖精的逃亡方向。

汉斯说：“你知道、你们国家的政治、你不应该来找我的、这个事情、如果、和我联系起来、只会制造、更大的麻烦、你不要再说了、你自己、应该知道怎么办、我没办法、给你意见。”

妖言二十五曰

打枪那妖精事，我的最大收获是爱情。

天下最妖精的，就是两性关系了。

拾叁

大家都知道，我们老家有一句口头禅：人杰地灵，或者说，地灵人杰。意思都一样，人杰必然地灵，地灵必然人杰。颠来倒去说，翻来覆去说，人人说，天天说，月月说，年年说，咒语一般说下去，必然咒出一种应验，咒出一番新气象，所以，妖拾叁在我们老家出现，完全是有道理的。妖国著名的干女儿那次从我笔下神奇消失，潜伏在我们老家，出现在政府机关，也完全是有道理的。当然妖拾叁也不会轻易放过北京，她的人生终极目标就是伟大首都，就是去钓鱼台，就是上天安门，就是进人民大会堂，登峰造极到中南海也不是没有这个可能的。乌蒙磅礴走泥丸，万水千山只等闲，妖拾叁与其她小妖精最大不同，就是她充满野心，换一种说法是勃勃雄心，就是满怀政治理想，一心从政，独步政坛，大权独揽，君临天下。按理说，一个小地方的小女子，而且出身农民，没什么文化，要走什么仕途之路、官宦之道，听起来比神话还神话，比《一千零一夜》还天方夜谭。不过，世上无难事，只怕有心人，世上无难事，只要肯登攀，妖拾叁就懂这个道理，这个道理就是妖拾叁的第一个干爹王公路亲自传授她的。

王公路不是修路工，是公路大王，修完东边修西边，修到妖拾叁的小山村，发现一个小美女，就三天两头去视察，就摆一个乡野饭局。青山绿水共为邻，一个大工棚下十几桌，父老乡亲随便吃随便喝，就大碗喝酒大块吃肉，就口气很大地放出一句话来：自己从来不收干女儿的。妖拾叁妖父亲在王公路工地食堂打杂，听到这话，暗自一喜：村里没有比自己女儿更出挑的了，莫非大老板看上了小妖女？要在世界上成为一个干女儿，第一条件就是年纪轻长相好，妖拾叁不但符合标准，而且皮肤也好，雪白粉嫩，身材也好，四肢修长，素质也好，能歌善舞，初中没毕业就在乡村民间歌舞团跳大神，王公路的眼光像公路那样一览无余。妖父亲听话听音，反应敏捷，当下就把妖拾叁领到王公路面前，磕头三响，拜了干爹。大家自是一番欢喜，一阵惊叹：一个农家小女子从此变成小妖精，改名妖拾叁，跟着王公路一路金光大道了。

王公路军人出身，浑身魄力，豪爽大方，第一桶金和我们老家那位妖壹一样，搞定野战军，大炮一响，黄金万两，大炮不响，黄金也万两。不一样的是妖壹最终消失，不知所终，而王公路终于成为一方富商，成为我们老家政协副主席。政协的基本功能就是莺歌燕舞，王公路或王政协很称职，天天和政府官员莺歌饭局，无限风光在险峰，夜夜和妖拾叁燕舞床第，天生一个仙人洞。王公路公司在部队大院，私邸在部队小院，三步一岗，五步一哨，军事禁地，闲人莫入，包括老婆和小孩，偌大一个中国，没有比野战军更安全的地方了。王公路的关系网像公路一样四通八达，妖拾叁就不时出现在四面八方，婀娜多姿，涂脂抹粉，乔装打扮，改头换面，成为百变女郎，成为变形女金刚，身份一下子层层又叠叠，年龄一下子大大又小小，让人一下子脑子转不过弯——干女儿、妖助理、城里人、公务员、高干子女、大学毕业、转业干部、共青团员、共产党员、二奶、小三……一人身兼无数职，每一职都有出处，每一职都备有档案，每一职都被王公路搞定，每一职都干得很出色。在最出色的时刻，又孝心大发，把妖父妖母接到城里，彻底改变了一个农民家庭的命运。妖拾叁天生聪颖，精力旺盛，最擅长和老男人打成一片，四面出击，六面魔方，八面玲珑，十面埋伏，每次的饭局应酬，眼睛亮，笑脸好，声音甜，酒量大，所有王公路的朋友政要，一律都是大哥，一律都要敬上三杯，所有秋波一一送出，所有媚眼一一到位，最后在关键时刻，发扬光大王公路的暴发秘籍——金钱与权力，权力与女色，女色与金钱。妖拾叁把钱、权、色这个铁三角关系，搞得浑然天成，天衣无缝，然后呼风唤雨，暗渡陈仓，从第一干爹，过渡到第二干爹、第三干爹，直至第 N 干爹，确切数字连妖拾叁自己都要在法庭上回忆半天。

妖拾叁的第二干爹，是赵交通，我们老家的交通局长。王公路和赵交通，天生一对亲家，交通局有一个大项目，大型停车综合中心，开发权自然被王公路拿下。多年后据张晚报调查，市领导批准确有其事。妖拾叁最后一任干爹就是市委书记，当时王公路与赵交通的交易条件：一、压低地价，回扣赵交通八十万；二、赵公子列为王公路此项目的公司股东；三、王干女儿妖拾叁调入交通局任稽征处人事科副科长。交易成功，就是妖拾叁的策划成功，原本就觉得一个干爹不够用，被一个老男人罩住，简直虚度光阴，在第一干爹拿下大项目的同时，顺便拿下第二干爹，从此青春就有接力棒。妖拾叁不止一次对王公路撒娇，干爹啊你听我说，赵交通虽然够朋友，但官场风云变幻，说不定哪天就消失，我去赵交通做卧底，机会就会更多，一来对你干爹事业有利，二来我们都不能在一棵树上吊死，只要是跳板，就要往上跳。妖拾叁果然目光远大，后来赵交通犯事，逃亡国外，妖拾叁早转战第N干爹了。后来妖拾叁和第一干爹分道扬镳，可能与分配不公有关，可能与干爹给干女儿的红包有关，可能干女儿觉得妖助理的贴身助理费有点不像话，总之与一桩盗窃案有关——王公路到处筹钱准备项目开工时，家中保险柜里的一百万美元不翼而飞了。王公路报警时，公安侦查后认为，同居的干女儿妖拾叁有重大嫌疑。立案不到三天，王公路又找到公安，提出撤案，理由是：家庭纠纷，内部问题，你们不要管了。事实上，据后来写专题报导的张晚报说，王公路报案后，妖拾叁威胁王公路说，你不撤案，我就告你强奸。

张晚报说，这就是小妖精的杀手锏，屡试不爽，如果不是太贪心，妖拾叁还会升官，前途不可限量，今天说不定在什么高位上，呵呵。赵交通东窗事发逃往国外，妖拾叁早就暗渡陈仓到杨政法，使其成为妖拾叁的第三干爹，市政法委书记的第N干女儿，成了老家一个革命纪念馆的馆长助理，级别正科，最关键的是成为经市委组织部核准后的年轻后备干部，换句话就是共和国的第三梯队了。妖拾叁对第三干爹自然又是十分孝敬，人前人后，鞍上马下，体贴入微，无微不至，逢年过节黄金周，必然大包小包红包。不但送货上门，而且妖姬脸似花含露，玉树流光照后庭，杨政法法海无边，每天搞一搞后庭花，也就一朵小浪花。长时间在官场浸泡的小浪花，长出许多官文化，所以浪得也极可爱，有一次，高潮远远到来，竟然随着节拍，一字一顿，对身后正在后庭花的第三干爹叫道：上、善、若、水、水、性、杨、花……这种难得的隐秘细节，都是后来被另一个小妖精妖贰柒深挖洞挖出来的，张晚报无法写进专题报导——晚报也是党报，这种边角料只能用来作为饭局的爆料。

接下来一切都如鱼得水，一个一个干爹，一步一步升迁，妖拾叁如同浪里白条，欢快畅游在众多干爹之间，权力是最好的春药——小妖精一路高歌猛进，春天在哪里呀，春天在哪里呀，春天在那湖水的倒影里，春天在那青翠的山林里，这里有红花，这里有绿草，还有那会唱歌的小黄鹂，嘀哩哩，嘀哩哩。小妖精一路春光明媚，春意盎然，春风化雨，春诵夏弦，春蚓秋蛇，春露秋霜，春华秋实，以自己的春秋笔法，在共和国的党政干部史上，添上辉煌一笔——最年轻的开发区副主任、最年轻的开发区党委书记、最年轻的团市委副书记、最年轻的市政协常委，正科、副处、正处，最靓女乡长、风云女书记、杰出贡献奖……连各类奖项都让人想入非非，仿佛是对妖拾叁床上功夫的褒奖。倩女幽魂小妖精，居然把国家机器搞成自己的红灯区，翻云覆雨，青云直上。国家机器的好玩之处，就在于变幻无穷：有时候风调雨顺，多少美女如云；有时候东风化雨，多少横财飞来；有时候疾风骤雨，多少人头落地；有时候和风细雨，多少鸡犬升天。当然，能在里头玩的，都是高手。

这时候妖拾叁的大干爹王公路离奇死去，死得不是时候，死得毫无道理，连遗嘱都没有，留下一座即将完工的价值五亿元的停车中心。这回是妖拾叁主动报警了，要求进行尸检，同时强调自己是唯一的遗产继承人。后来张晚报总结性说，妖拾叁智商不低，情商也高，一路以自己的智力和体力奋战过来，攻城略地，所向披靡，石榴裙下俘虏一片，居然会犯这么一个低级错误，真是小女人之见啊，一颗政治新星就这样陨落，可惜啊可惜，不然现在还在电视上频频露面，还在主席台上向我们大家讲科学发展观呢。我们有同志对张晚报的说法不以为然，一笑了之说，什么叫政治，假作真时真亦假，真作假时假亦真，真就是假，假就是真，真真假假，假假真真，这就是政治之道。王公路、赵交通、杨政法他们都是玩政治的，说起来妖拾叁就是政治们的干女儿，政治干女儿搞一点遗产，不过小菜一碟，囊中探物，信手拈来，什么叫欲壑难填，什么叫利令智昏。后来不过是妖拾叁仗着政治，目中无人，干女儿眼中完全没有亲女儿，最后亲女儿暗战干女儿，小妖精暗战小妖精，这种地下间谍般的女性暗战，无疑给官方高调的反腐，提供了一种全新的样本。

事实上，王公路的亲女儿妖贰柒，年龄和妖拾叁相仿，做人低调，潜伏很深，几乎从不抛头露面，一看有个陌生女人公然要抢夺遗产，就誓死捍卫，暗中调查。王公路不愧是我们老家的风云人物，不幸仙逝，两个女儿几乎同时登场，一真一假，亦真亦假，也是一个赛一个，强中自有强中手，好像强强连手般要让亲爹干爹死后不得安宁。妖拾叁心狠手辣，妖贰柒心明眼亮。妖贰柒以妖拾叁年纪为经、官职为纬，画出一张升官图，按图索骥，道路迂回曲折，路线错综复杂，几乎涵盖我们老家各级政府各个部门，甚至部队医院之类都不放过，完全可以成为中国官场的哥德巴赫猜想。妖贰柒思维慎密，思路独特，经过九九八十一天的掘地三尺，一举挖出九十九个公章来。要命的是，这九十九个公章，三分之二是真公章，三分之一是假公章，真假交织，真假难辨。妖贰柒也真是了得，一路追杀九十九个公章，一一考证来历，一一分析背景，一一数落真迹，充分展现新时代一个小妖精对另一个小妖精的革命行动，完全继承了中国人内战内行的革命传统，将一个革命的接班人、一个前程远大的梯队干部、一个生机勃勃的团派生力军，硬生生活生生地拉下马来。

光大化日之下，一个小妖精浮出水面，九十九个公章暴尸天下，就像在我们老家投放了一颗原子弹，就像在我们老家引发了一场大地震。那些日子里，我们老家大大小小饭局，人声鼎沸，万众一心，一律谈公章，一律谈妖精。公章神出鬼没，妖精无人之境，公章金碧辉煌，妖精光芒万丈，谈得大家都无限憧憬无比向往，谈得我们都浮想联翩翱翔万里，像嫦娥奔月，像后羿射日，像精卫填海，像愚公子子孙孙挖山不止，像张思德为人民服务死得比泰山还重，像白求恩毫不利己专门利人不远万里来到中国。

据说，妖贰柒的举报信直抵中央，张晚报手上有妖贰柒举报信的复印件，我们看见妖贰柒对妖拾叁的最后结论：浑身上下，除性别是真的，什么都是假的。

妖言二十六曰

浑身上下，
除性别是真的，
什么都是假的。

14

院长大人亲自提供照片的小妖精全国通缉令，终于没有现身东西南北中的大街小巷，让全国人民去瞻仰。小妖精天不怕地不怕，一路逃亡到老外，吓死老外之后，又被老外吓死，从北京饭店出来，又坐上那一路公交，重新往美术馆方向去了。

自首当然是警方的说法，或者是媒体的说法，其实小妖精完全没有自首的意识，就像根本没有犯罪的意识一样，小妖精仅仅想去把情况说清楚，就像去老师办公室做一个检讨。用小妖精后来的话说，艺术无止境，我拿枪打自己，为什么不可以。小妖精那时候压根不知道，还有一个私携枪支罪。小妖精从小接受的所谓精英教育，什么乱七八糟的教育都有，就是从来没有受过关于枪支的教育，好像枪支从来都是阴谋似的，上不得大雅之堂。所以，小妖精再次上车下车，简直一身轻飘，一飘一飘往美术馆走去。大门里面的广场已空无一人，外面警车排队，警察林立，铁栅栏高高挂着一块木牌，上面写着：中国现代艺术大展因故暂停。小妖精撒娇一般对一堆肃立警察说：

“我是小妖精，我要进去。”

“去去去，谁都不能进。”

“我有重要情况。”

“这里出大事了，你不知道啊？”

“我知道啊，我就是大事啊。”

“知道还来找死啊？”

“嘿嘿，我就是来找死的。”

“还笑，快走快走，不要儿戏。”

警察严肃的拒绝，把小妖精搞笑了。小妖精一笑，警察愈严肃，他们大概觉得，这样的小美女，与打枪的罪犯，根本对不上号，不在他们的训练课范围。这时小妖精看见里面有一张熟悉的脸孔，好像是方画家，展览筹备组的，就大声呼喊，差一点跳起来，兴奋得好像遇见亲人。方画家好像有点不相信自己的眼睛，走近和警察耳语一番，步话机哇啦哇啦之后，小妖精被隆重放行了。像电影里的一个英雄，也像一个检阅部队官兵的首长，总之小妖精在夹道欢迎中，在无数注目礼之下，屁股一扭一扭，走得很神气。小妖精跟着方画家往美术馆会场走去，广场上空空荡荡，那些“不准掉头”的标语已经不见，现在只有小妖精一个人掉头回来了，小妖精觉得自己有点伟大了。

方画家说：“别人跑都来不及，你怎么又回来了？”

小妖精说：“我来承认错误啊。”

方画家说：“真是你打的枪啊？”

小妖精说：“不是我打谁打啊。”

方画家说：“不是老青皮打的吗？”

小妖精说：“他是冤枉的。”

方画家说：“不管谁打，你现在不该来的。”

小妖精说：“为什么啊？”

方画家说：“你这个傻丫头啊。”

这一段对话后来也消失了，后来事情的发展完全由不得小妖精，也完全由不得方画家。在现场的好像没有话语权，真相彻底消失，假像频频出现，历史的公案永远扑朔迷离，供人利用。

在美术馆的警方办公室，满屋的警察盯着小妖精，好像看一个怪物。一位便衣长者，估计是局长之类，请小妖精坐下，说我认识你爸爸，我们是好朋友。小妖精想，真认识假认识不管，哪怕是哄她也不管，既然认识，就好说话，于是就轻声要求：让屋里的警察都出去，眼光怎么都怪兮兮的，看我什么人啊，我又不是妖怪。长者笑起来，居然同意，屋里只剩下长者和小妖精。长者开始询问打枪的动机、打枪的经过、枪的来源和去向，一切都围绕着枪。这样的问题很简单，小妖精一下子就说清楚了，没几分钟后，长者对小妖精说，你跟我走一趟。

一辆警车载着小妖精，从美术馆呼啸而出，小妖精坐在警车里，没有一点恐惧感，甚至有点小骄傲，自己的事情已经结束，接下来听天由命，爱谁谁了。警车开进一个局里，扔下小妖精，长者消失了，小妖精终于变成一个女罪犯了。成为罪犯的程序也简单：登记，搜身；然后拍照，正面，侧面，标准的妖精玉照；然后打手模，食指，拇指，无名指，标准的妖精档案。如此这般锁定小妖精，接下来就该去蹲大狱了。

小妖精这回坐囚车了，搞不清东西南北，不知道是哪里的拘留所。开始正式审讯，两个审问，一个记录，又是枪的问题，来龙去脉，小妖精对答如流。只有一个问题，主审官反复问，小妖精说来说去，没办法说清楚。主审官翻来覆去问，艺术就艺术，怎么需要打枪呢，为什么要打枪呢？这样深奥的问题，估计世界上没人说得清楚，问了也白问，说了也白说。审讯就此可以结束，主审官最后说出一句总结性的话，小妖精竟然很不正经，噗哧一声笑了出来。

主审官说：“我女儿现在正在学画，我真怕她将来学出来，也去干你这种事。姑娘，我怎么也想不明白，学画怎么学出个打枪来。”

妖言二十七日

姑娘，我怎么也想不明白，
学画怎么学出个打枪来。

拾肆

这年头，真有妖精，人的身份完全不靠谱，一眨眼就变得面目全非，一个旧身份转眼消失，一个新身份转眼出现，让你目不暇接。昨天还高官，今天就囚徒，昨天还草民，今天已大款，一夜之间什么都可以改变，所以，小妖精变身大书记，丁文联变身丁书商，王商人变身王教授，蒋发行变身蒋大师，肖铜管变身肖木材，也都算不了什么新鲜事。王商人企图去沙特做大生意，结果血本无归，几乎倾家荡产，后来消失商界，摇身一变北大什么文化中心研究员，经常去外地讲课，甚至在电视上侃侃而谈，知识与风度都十分了得。蒋发行大家已经知道，开金矿丢掉老婆、泡小妞那个家伙被泡成宫外孕，后来图书发行方面也没有什么建树，不久前回到老家，居然改了一个名字，以风水大师面貌出现，到处给人看风水，给企业看公司朝向，给官员看豪宅方向，给富豪看保险柜置向，甚至给某个性事爱好者看大床的高低，生意好得不得了。据说最近去了一趟台湾，给一位绿营县议员看什么竞选前程去了，不得不让人感慨：蒋先生终于有出头之日了，钢铁就是这样炼成的，大师就是这样诞生的，就像许多大人物，都是从草寇或草根，甚至不知道从什么鬼地方，突然横空出世一样。肖铜管当年是老青皮发小，国家乐团吹铜管的，据说还是首席，后来脑子忽然有病，认为一天到晚吹喇叭，帮人抬轿子，实在不好玩，迟早死路一条，就下海去中蒙边境倒木材。肖铜管变身肖木材，算是逃离艺术苦海，在蒙古国的茫茫林海里翻江倒海了。有一次饭局相遇，肖木材铜管气质还在，不露钱大气粗的痕迹，一副高贵而低调的模样，大概知道老青皮的遭遇，就语重心长地开导当年的发小说，艺术就是毒品，一旦沾上，终生颓废。对此，老青皮深表赞同，然后诡秘一笑，说天下道理，看你怎么说，在后现代社会，颓废是勇气，懒惰是反抗，空虚是性感，这方面人才也不少，苟子就是身体力行的北京劳模。不过，苟子一个文学青年，生在大院里，长在红旗下，凭什么要颓废呢，完全没有理由。我当然无所谓了，已经让艺术倾家荡产了，连老婆都远走高飞了，我不艺术很多年了，我的人生里就剩下饭局了，什么时候你牵头组个团，咱们去蒙古大草原饭局吧，见一面，少一面，吃一餐，少一餐了。

看来，北京的饭局，一生追求者大有人在。黄门宴黄局，其江湖地位，就不在东局、西局、手稿局、大仙局之下。四川有个黄诗人，和一帮诗人去曲水流觞，结果曲折到山路上，车祸流觞，落花流水，一车十一个人，十个飞出窗外，一个卡在窗口。飞将出去自然就是死，卡在窗口当然就是活，活着的就是黄诗人，因为黄诗人太胖，飞不出去，上帝留他。自即日即时即刻，黄诗人大彻大悟，像鲁滨逊那样思考起来：上帝为什么要拯救我呢，我何以回报他的用意？想来想去，上帝给他关上一扇门，一定也打开另一扇门——祸在曲水流觞，关上的只能是诗歌之门；活在大难不死，打开的必然是饭局之门。黄诗人仰天长叹，葬死人，焚诗稿，之后北漂北京，天天在家大摆黄门宴。黄局至今坚持十年有余，食客无法计数，三百六十五天，没有一天不开张，每天肉二十斤，鱼二十斤，蔬菜不计，酒类不计，食客不计，朋友的朋友，朋友的朋友的朋友，朋友的朋友的朋友的朋友，不管认识与否，一律拱手相迎，上门不杀客，只管大块吃肉大碗喝酒，少则二三十人，多则五六十个，最高记录二百五，当夜翻桌五六次，到天安门升旗时分，方才清扫杯盘狼藉，黄局遂成京城著名风景。黄局由黄诗人亲自监制，四川姑娘妖贰捌主理，配助理两名，妖贰捌手艺从此名声大噪，竟成电视上黄局形象的代言。妖贰捌一口四川话如大江东去，在回答每天开支多少、每年开支多少万时，竟敢小桥流水人家，断肠人在天涯，好像天生演员，从此北京又添一位著名小妖精。据说妖贰捌现在已辞去黄局主理，亲自开一家川菜馆了，不知道是翅膀长硬了，可以去单飞，还是黄诗人的精心设计，有什么幕后投资。从上电视这一点去评估，黄局已然超越东局西局了，当然比起同样上不了电视的、那些动辄五位数六位数、出台费明码标价的地下明星饭局，估计还是小巫见大巫的。黄门宴设在回龙观，每天天安门降旗时分，黄门宴如期开局，小妖精不期而至，老妖怪呼朋唤友。黄诗人家门一带，堵车现象严重，交警分外忙碌，有时候黄诗人不好意思，就会差人去唤交警若干，下班后务必敬请光临，以表其维护饭局之功不可没。所以，黄局天时地利人和，发展势头势不可当，甚至开出黄门宴分局三个，一律取名“天下盐”。当然，黄门宴是白吃的，天下盐是不白吃的，从这一点上再去评估一下，黄局比东局、西局、手稿局、大仙局、甚至地下明星局，显然多了一点科学发展观。说起来，也要感谢黄夫人，受不了黄诗人天天请客，自动出局，事实上天下恐怕没有一个老婆受得了老公天天请客，一请十几年，以我们自己的经验恐怕连请三天都受不了。这个天下不散的宴席，已经超过一千零一夜了，这个饭局科学发展观，看来已经开创吉尼斯纪录了。所以黄诗人在回答人们对黄局经久不衰的种种疑惑时，只有一个答案，黄诗人说：菜好，酒好，不如人好。黄门宴的最大特色，就是无须看女人脸色，女人脸色都很妖精的，这一点大家都有体会的。

那一天黄道吉日，肖木材或肖团长，带着老青皮东局一干人，浩浩荡荡向蒙古大草原进发，准备吃一餐少一餐，开始跨国黄色之旅了。说黄色之旅，其实和流行的红色之旅一样，都是一厢情愿，都是大家说说开心而已。旅游就是离开自己玩腻的地方，去到别人玩腻的地方，旅游的根本问题就是寻开心，红色也好，黄色也好，开心就好。现在还有一种黑色之旅，国内外都刚刚兴起，到死亡、灾难、痛苦、恐怖事件或悲剧发生地去旅游，强调对死亡、灾难、暴力与悲伤的感受，忆苦思甜，永志不忘，如国外的二战奥斯维辛集中营、飓风卡特里娜袭击的新奥尔良，国内的汶川大地震、山西王家岭矿难之类。这种旅游有什么好玩吗，除非有什么特别变态的需求。其实，黑色之旅与红色之旅异曲同工，比如红色之旅的井冈山、渣滓洞，前者是革命的暴动，后者是反革命的暴力，都是以暴制暴。

我们黄色之旅第一站先到肖木材的木材基地——中蒙边境的二连浩特。肖木材不愧是肖团长，一个人就把大家的签证搞定，然后将大家的人民币都兑换成蒙古币蒙图，一张变成一堆，让我们瞬间变身百万富翁。钱多了好铺张，火车一路北上，什么风光在所不惜，成吉思汗都不在话下，一路金戈铁马扎金花，昏天黑地杀到乌兰巴托。肖团看来确实蒙古通，住宿之后，午饭之前，居然领来一堆蒙古小妖精，一排十几个，一个个如马似羊，充满异域风情，出现在大家面前，让大家啧啧称奇。肖团说，都是乌兰巴托大学汉语系的，也是勤工俭学，大家随便挑吧，她们打工也不容易，一人一个，一个都不能剩，不能挑肥拣瘦，挑中的就是你的翻译，一天费用四千图，就是人民币两百元，这里翻译的行情就这样，私下谁也不许给小费，大家不要暗中哄抬物价，最后统一结算。这话听起来好像肖团有猫腻似的，不过大家还是为蒙古小妖精的价廉物美叫好，这么便宜啊，大家一阵惊喜。龙闲师当下大叫道：除了翻译之外，还有其他服务吗？龙闲师是出版社的，虽然写过编过很多行走文学，但都走不出西藏啊黄河啊，从来没有出过国，第一次迈出国门，所以就有想法。张大肌说，这个还用问吗，就看你自己的临场发挥了，估计你水平一般，不可能有戏。听起来好像张大肌就有戏似的。肖团就说，你们私人的事，不在团长管辖范围，我就不操心了，翻译每天出发就算上班，一天行程完毕就算下班，她们的食宿费用大家公摊，就像咱们所有费用到时候算总账一样。看来肖团运筹帷幄，早就想到这个问题了。旅行团看起来很民主，大家欢天喜地挑翻译，肖团表现出先人后己的领导风范，说你们先挑，剩下就是我的。最后因为龙闲师和张大肌看中同一个，丁书商和南城老三看中同一个，大家互不相让——看来女人长相方面的事，简单说女色事，来不得半点民主。肖团就爽朗大笑，说统统都抽签，抽完后要掉换的，你们自己看着办。一干蒙古小妖精就被编号，张大肌抽到妖贰玖，龙闲师抽到妖叁拾，丁书商抽到妖叁壹，南城老三抽到妖叁贰，老青皮抽到妖叁叁。好不好就是她了，都是手气问题了。

抽完签，去吃饭。肖团教导我们，蒙古人餐厅，吃饭很安静，有点像西方，大家务必注意。又教导我们说，蒙古是禁酒的，除了酒吧有酒出售，任何地方不准卖酒，白酒是绝对禁止，很严厉的，主要原因是蒙古人太喜欢喝酒了，太能喝酒了，这一点比俄罗斯人都厉害，你们这帮家伙，不是酒鬼就是色鬼，吃饭时就忍着点吧，晚上去一个好地方，大家再狂欢。肖团在表现领导责任，这里也是他的地盘，不过除了龙闲师，这个黄色旅游团出过国的大有人在，张大肌之流甚至在国外生活过很多年，所以就更不屑一顾，和肖团唱反调说，什么西方，在美国、欧洲，吃饭大声喧哗的太多了，根本没有什么禁忌，你们中国人，就是不自信。这个张大肌，仗着美国护照，开口闭口“你们中国人”。火车通关时，我们的中国护照很快就被送回，只有张大肌的美国护照一去不回。开车时间已过去半小时，张大肌就去问列车长。这里海关人员从来没见过美国护照，正在通过传真在仔细核实呢，从来没有一个美国人，从中国陆路进到蒙古国，所以张大肌的美国护照就很可疑。大家讥笑张大肌：美国人都飞着去乌兰巴托，只有你这个假洋鬼子，才和我们中国人一样，坐蜗牛火车，爬行去蒙古，看来美国护照也是假牛×，不如我们中国护照好使哈，不过你还是很牛×的，让一火车的人等了你一小时。

肖团的安排，晚上蒙古大餐，中午就简单中餐，可饭局的走向，一向无法预设，不是按着大酒走，就是按着小妖走，这已经是我们饭局的一个基本规律。肖团带我们去了一家中餐厅，不但异常安静，蒙古人看我们的眼神也异常怪诞，好像看外星人似的。我们不敢往敌视方面去想，我们猜测和每人携带一个蒙古小妖精有关，这种一团和气的景观，远亲不如近邻的民族大团结景象，看上去一定十分可疑。恐怕也和丁书商从餐厅老板那里搞来的白酒有关。老板温州人，老乡见老乡，老乡就从台面下变出两瓶白酒来，一瓶草原白，一瓶五粮液，正宗中国货，让我们又一次见识温州人的厉害。有一次东局开到纽约，在布鲁克林的一家温州餐厅，当地华人老大很自豪地说，这是全纽约唯一可以抽烟的餐厅。那个饭局因此分外妖娆，成为美国黄色之旅的一大亮点。温州人钻空子的本领真是匪夷所思，就像温州炒房团把中国楼市搞得天翻地覆一样，温州佬绝对是中国的一个妖怪部落，在我们这个星球上天马行空，神出鬼没。温州老板的精明之处，是犯忌的白酒带来丰厚的回报，我们喝酒喝酒再喝酒，点菜点菜再点菜，胡话胡话再胡话，一瓶一瓶再一瓶，温州佬一刀一刀再一刀，一下子就把我们的公积金削掉一大块。肖团的安排步步紧逼，已经有同志东倒西歪，眼看有失控之势。肖团命令蒙古小妖精，一对一把我们拉上大巴，说要带我们去蒙古最牛×的森林度假村。一群蒙古小妖精裹挟一群中国老妖怪，顿时就有东邪西毒的模样，一路歪歪斜斜地往乌兰巴托郊外开去。

蒙古大街上比较空旷，跑来跑去的大都是德国车韩国车，就是没有一辆中国自行车，超市也都是韩国超市，没有一家属于中国人。南城老三可能酒没有多，也可能古玩眼光，一目了然，就问他的随身翻译妖叁贰怎么回事，妖叁贰笑而不语，老三就问其她小妖精翻译，也都笑不露齿。老三就说，蒙古的小妖精，怎么和歌厅里的北京妖精、上海妖精一样啊，只拿钱不干活，没有川妹子、湘妹子好玩啊。大家哈哈笑，肖团严肃发话，说她们照顾你们情绪呢，蒙古人开始和前苏联很近，后来又和德国韩国很近，她们好意思说你们这帮中国人不怎么样吗？蒙古人既然有成吉思汗大英雄，难道就没有精灵古怪小妖精吗？看看你们这帮人熊样，国际关系一点都不懂。团里几乎没有体制人，对临时领导总是不服，丁书商就说，谁不懂啊，有一首诗，海内无知己，比邻若天涯。

我们就充满诗意地看乌兰巴托郊外。蓝天白云，空气清新，没有什么工业园区。民居错落有致，蜿蜒在山坡上，大都是铁皮屋，四围木栅栏，屋顶五颜六色，色彩炫目，沿着河滩远去。极目草地，马匹独步，羊群悠闲，一派自然风光，疑似人间幻境，让我们一路心怀鬼胎。大巴往森林深处开去，遮天蔽日的树木间，四处散落的蒙古包、集装箱改装的铁皮屋，就是所谓的别墅度假村，阳光从树木中射灯似照下来，一片斑驳，满目迷离。晚餐很蒙古，烤全羊之类，铁盘匕首，刀光剑影，哥们吃的不是味道，吃的是粗犷，吃的是沸腾异乡，蒙古包里打情骂俏豪气万丈。一位白制服蒙古姑娘恰到好处地走进来，牛高马大，浑身性感。肖团大概很熟，介绍说，这位美女，就是这里海关关长妖拾肆，也是这个度假村村长，大家不要挤眉弄眼，笑什么笑，他们也官商一体的。妖拾肆用英语叽里咕噜说了几句话，大概表示欢迎的意思，然后高举酒杯，引吭高歌，性感洋溢，眼神飞来飞去给大家敬酒。酒后自由活动，大家一片欢呼，一干人转眼不见，消失在森林深处。丁书商和张大肌去森林酒吧，木屋的酒吧不大，充塞着原始木材的香味，老板就是妖拾肆。一个小姑娘妖叁肆，坐镇吧台，流光顾盼。张大肌立刻来劲，展示他的英语稀里哗啦，意思当然是要酒。一打啤酒上来，张大肌悄悄和丁书商说，今天咱们俩，一人泡一个，你泡妖关长，我泡小姑娘，双管齐下，怎么样？丁书商笑起来，说我一句英语都不懂，对牛弹琴，牛不入耳，像鸭听天雷一样，怎么泡啊？张大肌也笑起来，说有我在啊，绝对称职哈。据说丁书商就是听了张大肌这一句话，开始了那个晚上的通宵买单——有翻译协助泡妞，买单不在话下。张大肌开始左右逢源，一边和妖拾肆叽里咕噜，一边和妖叁肆叽里咕噜，一忽和妖拾肆跳舞，一忽和妖叁肆跳舞，上蹿下跳，左拥右抱，看来忙得有条不紊。丁书商看来看去，一副花钱买享受样子，准备坐享其成。果然，妖拾肆笑盈盈地走到丁书商面前，干杯干杯，跳舞跳舞，丁书商则OK OK，买单买单。妖拾肆浑身滚烫，紧紧贴着丁书商，好像要把男人融化在胸前，最后目光灼人，手掌动人，悄悄向丁书商竖起一个大拇指，显然表示一种欣赏，很可能就是一种信号。丁书商不由得心旌摇荡，心想张大肌果然厉害，今天的单没有白买。肖团不知从哪里冒出来，看来他是这里的常客，和妖叁肆也很熟，嘱咐她酒水务必要打折，说这两位是他最好的朋友。也不知喝到几点钟，也不知喝了多少啤酒，也不知买了多少单，最后丁书商从外面撒一泡很长的野尿回来，酒吧里灯火依旧，空无一人了。

丁书商转了一大圈，空落落地走回蒙古包，发现老青皮和老三他们都没睡，坐在那里好像在等什么结果，看着丁书商一副失魂落魄样子，诡秘一笑，问丁书商，没戏了吧。这是一桩悬案，那天其实老青皮他们一直在森林里转悠，侦查各种动态，酒吧阴谋全在他们眼皮底下，天亮后甚至一个一个集装箱去巡视，集装箱没有窗帘，里面床上的情况，一清二楚。检查结果，他们说只在一处集装箱，看见床边有两双鞋，明显一男一女，大棉被鼓鼓囊囊，罩住整个床，看不出狗男狗女，鞋子既不是张大肌的，也不是肖团的，他们拿出照片，可是铁证上的鞋子很模糊。后来我们分析起来，基本也是自说自话。老青皮说，什么叫后下手遭殃，张大肌这种战士，泡妞从来冲锋陷阵，怎么可能当电灯泡翻译，翻来翻去，不翻到自己床上去，那才有鬼呢。南城老三则火眼金睛般地说，妖拾肆被肖团泡走啦，他们本来就是老情人，我们到这里来，就像北京一日游，肖团就是导游，肯定有回扣的，妖拾肆玩中国人，一套一套的哈。肖团基本是蒙奸，张大肌呢，在丁书商面前，完全是汉奸行为，本来就看上妖叁肆，后来去哪里，藏得很深啊，集装箱密封两人，大森林野合一回，都是高峰体验啊。龙闲师忽然又大叫：荒唐啊，荒唐！其实那天晚上，他也不见踪影，不晓得喊别人呢，还是喊自己，是对别人的感喟呢，还是对自己的忏悔。

第二天回城，一车妖精妖怪，看去人头一个不少，大家七嘴八舌追查，张大肌和肖团都一口否认，而且理由都一样，都说酒喝多了，怎么回去，睡在哪里，一点印象都没有了，有一个时段彻底空白，断片了。只有丁书商，一路怀念蒙古妖精的大拇指。偷鸡不着蚀把米，泡妞请人翻译，天下第一傻×，丁书商捶胸顿足：身上的蒙图都花光了啊。肖团就讥笑丁书商：你真是自作多情，竖大拇指都不懂？表扬你买单啊！老青皮则嘲讽丁书商说，泡妞这点狗屁事，来不得半点虚伪，心慈手软，绝对没戏，没听说语言不通，就影响做爱吧，男女之事，几个手势，就是人类共同语言，比划几下，妖拾肆这种国际小妖精，绝对手到擒来——老青皮显然马后打炮。一路哄笑中，丁书商痛定思痛，发誓说，为了泡好妞，以后非把英语学好不可。

大约半年以后，听说蒙古来了一个探亲团，大家想都想不到的，我们黄色旅游团成员又凑在一起了，除了肖团之外，大家基本到齐，和蒙古小妖精们欢聚一堂，重温草原美好时光。她们一共来了三位：龙闲师的妖叁拾、南城老三的妖叁贰、老青皮的妖叁叁。为什么是他们的三位，没有张大肌的那位，也没有丁书商的那位，我们也搞不懂，看来那次黄色之旅，一个个都不是吃素的，背后有小动作的大有人在。丁书商看一眼张大肌，又看一眼张大肌，似乎又想起了买单的快乐时光。来的那三位妖说，她们快要毕业了，中国发展很厉害，准备在北京看看有没有什么机会，你们中国老大哥，要多多关照啊。她们呵呵笑着，频频举杯，唱蒙古长调，唱蒙古呼麦，饭局充满大草原的新鲜气息，看着她们和老青皮、龙闲师、南城老三，一对一对，坐在一起，一副亲热模样，让我们很是眼红。探亲团是蒙古小妖精自己笑嘻嘻说的，不知有多少玩笑成分，不过至少从找工作的层面上说，责任或义务，民族或团结，他们是跑不掉了。

妖言二十八曰

泡妞请人翻译，
天下第一傻×。

15

那天审讯完毕，小妖精从一个审讯室出来，老青皮从另一个审讯室出来。男牢在西边，女牢在东边，狭长走廊，冤家路窄，一个前呼后拥走过来，一个前呼后拥走过去。两伙人相遇时，小妖精和老青皮都站住了，两人相视一笑，好像天生患难夫妻，一切尽在不言中。

大年三十一天的折腾，似乎就此画了一个句号，他们当然没想到，一笑十五年，火种就此埋下。后来小妖精不止一次说，那个一眼啊，真是打动了我，好像共同的磨难之后，突然的心心相印，好温馨好温馨。老青皮呢，相视肯定相视了，笑肯定也笑过，但绝无小妖精那种含情脉脉的小女人情调。老青皮甚至连怎么审讯、怎么在牢里度过，一个字都不透露，好像不屑一顾似的，好像职业犯人似的。老青皮最愿意和我们说的，是他看到的“百鸡图”，说他经过一个女牢时，透过铁窗栅栏，里面全是高低铺，高高低低几十个美女，一起掀开上衣，一起露出乳房，一起朝他呼喊：香烟！香烟！香烟！香烟！老青皮说，好看啊，一屋的鸡，一片白花花的乳房，一片白花花的肚皮，这种美丽风光，除了在拘留所，天下哪里有啊，眼睛都看花了。老青皮说，他当下就撕开一包香烟，朝里面扔去，一个天女散花，里面那个开心啊，白花花中抛出一片飞吻，飞出一屋子浪笑，把监狱都闹翻了，哈哈。我们认为，从理论上去说，从监狱背景去分析，以乳房换香烟，这个可能性是存在的，但扔香烟的具体细节，就有可能是老青皮的加工。进审讯室之前，早就搜过身了，哪来的香烟啊！再说你是一个嫌疑犯，身旁有警察管着，能让你在鸡窝前欣赏乳房与肚皮吗，而且看得轰轰烈烈？老青皮对我们的疑问一脸不屑，说搞定几个小警察，那还不是分分钟的事，好像他有军区首长老爸，就能罩着他一样，就可以胡作非为。这就让我们搞不清楚，老青皮是不是又在吹牛。

我们很想听听老青皮的狱中故事，甚至想听听他怎么搞定小警察，我们从心里还是认为，他这个水平还是有的，但老青皮从来不说。事实上，老青皮在狱中的故事，除"百鸡图"之外，至今无人知晓，他什么段子都会说，就是从来不说自己在拘留所的倒霉日子。不像小妖精，喜欢翻老账，十五年过去，为了清算老青皮，一直接受媒体采访，一直在网上喋喋不休。尽管有搞臭老青皮之嫌，但从对历史负责这一点去说，小妖精还是认真的，应该知无不言的，应该言无不尽的，况且历史本身很可疑，历史就是天下最大的一个嫌疑犯。

小妖精说，和她关在同一个号里的，有两个女犯人，一个是杀人犯妖叁伍，一个是诈骗犯妖叁陆。小妖精也不知道自己是什么犯，从关押人数上看，看来都是要犯，没有大呼隆关在鸡窝里。小妖精进去时，已是晚饭时分，就是说已经到大年三十吃年夜饭的时候了。

在这么一个关键时刻，小妖精被送进大牢里，真不知是祸从天降，还是喜从天降。两个女犯人见到除夕之夜，又送进来一个小妖精，居然面露喜色。大凡女犯人，尤其犯大案要案的，都有一定的姿色，姿色有时候甚至是大案要案的最基本要素，所谓爱江山更爱美人、红颜薄命之类，都同这种要素有千丝万缕的联系。可以想象，那天春节前夕，女牢里姿色洋溢喜色，无疑就春色满狱了。

那个诈骗的妖叁陆，笑眯眯地问小妖精，你带钱了吗？小妖精觉得奇怪：为什么要问钱，我的钱同你什么关系？妖叁说，我很长时间没见到钱了，心里痒痒的，就想看看钱，在牢里，什么不看都可以，唯有看不见钱，真是叫人难受死。天下还有这种嗜好，小妖精虽然难以理解，还是给了她几张钱，妖叁陆顿时喜笑颜开，爱不释手了。

那个杀人的妖叁伍，则对着送进来的年夜饭——破天荒的饺子，笑嘻嘻地对小妖精说，你刚进来，外面吃得很多了，可以消化好多天，今天就不吃了吧，我们进来后，没有一餐吃得饱，你的这份就让给我们吧。她们这样子的笑里藏刀，让小妖精这样的新科犯人，无疑不具备招架之功。好在小妖精一点食欲都没有，虽然从早晨到现在，她也没吃过一点东西，今天整个人好像都在龙腾虎跃，看着她们狼吞虎咽，小妖精其实已经眼泪汪汪了。

小妖精手无缚鸡之力的表现，让杀人小妖和诈骗小妖很满意，决定设一个牌局，共度这个大年。席间她们问小妖精犯了什么事进来的，小妖精机械抓着牌，简单说了一句打枪，让她们觉得不好玩，倒是听到北京大乱，美术馆一带戒严，一边是警察封锁，一边是人山人海，才认为外面还是蛮好玩的。于是，杀人的就开始吹嘘杀人，诈骗的就开始吹嘘诈骗。

涉嫌杀人的妖叁伍，一听就是情杀，一个大四痴情女，杀一个研一负心郎，情节曲折，手段凶狠，但似乎充满了道德正义，不杀不足以平民愤。涉嫌诈骗的妖叁陆，不是北京人，却在北京被抓，好像很冤枉，说有人在陷害她，一个她以为资深的朋友，企图勾引她，图穷匕首见，就借用国家机器了。妖叁陆说，常在河边走，哪有不湿鞋，哪个生意人没有资本家的毛孔，哪个没有原罪，偷税漏税就像官场腐败一样，随便查一查，谁都可以抓，用卡车全部拉走，不会冤枉一个人。从小妖精的描述去看，我越来越觉得那个妖叁陆，无论从哪方面去比对，都很像我们老家的妖壹——妖壹后来也是涉嫌诈骗，聪明反被聪明误，被一个掌握核心机密的家伙举报。虽然诈骗的过程大家不甚了了，勾引上床之类的前因后果也莫名所以，但先前的发家和后来的搞大，人物、情节、地点，甚至姓氏都一样，都姓妖，完全一个妖壹的作为。不可能有这种巧合的，同在我们老家，同是搞军工的，同是公司老总，同有军界背景，同和金融界纠结不清，最后都在北京机场被抓，难怪后来电话一直打不通，那个最接近妖壹的朋友，说不定就是举报人，那家伙也一天到晚色迷迷的。一个当年老家意气风发，一个现在牢里黯然销魂，天翻地覆，令人扼腕。仔细一想，好像又不对，至少时间上有漏洞，也许妖精就是妖精，如出一辙的神出鬼没，甚至可以穿越时空，让我们云里雾里，浮想联翩，永远搞不清真相。

小妖精在博客上，对两位女犯人津津乐道，好像犯罪都振振有词似的，好像都冤假错案似的，可能她们曾经是牢友，牢不可破，也可能她对那段日子耿耿于怀—— 一个纯粹的艺术家，也免不了牢狱之灾。小妖精说，那个大年三十，开始还有一批一批的老头，在她们的铁窗探头探脑，鬼影幢幢，时不时冒出来，吓她们一跳。老头们叽里咕噜说，来看看那个打枪的女侠，说就是那个女侠搞得他们过不好年。监狱无端紧张起来，如临大敌一般。两位女牢友告诉小妖精，那批老头子，都是腐败分子，级别还很高。

小妖精的博客说，后来夜深了，灯也熄了，牌也扔了，我们三个女囚，在大牢里过年的三个傻×，和男牢里最大的不同，就是男人以拳为王，武力称霸，我们却以一份饺子的友谊，开始促膝相谈，互诉衷肠，最后抱头大哭。我曾经去过青海的劳改农场，那里的老反革命老右派，都是内地的知识分子，他们在那里蒙冤了几十年，看上去一个个灰头土脸，其实一个个内心强大，他们的阴沉眼光，他们的阴险笑脸，比哭更厉害，让你吓一跳。这些平日里体体面面娇里娇气的小妖精，显然没有前辈们把牢底坐穿的功力，在大年三十的大牢里忆甜思苦，忆着忆着就抱头大哭，就哭成一团，完全可以想象。小妖精说，她们三个，一个接一个哭，三个傻×哭大牢，越哭越凄凉，越哭越响亮，最后哭天喊地了。

妖叁伍哭道："我凭什么要和爱情过不去啊，天下压根就没有爱情啊，女人什么东西啊，真是一个傻×。"

妖叁陆或可能的妖壹哭道："我凭什么要和尊严过不去啊，没有钱尊严就是一个屁，男人不过一个求偶动物，浑身兽性，女人什么东西啊，真是一个傻×。"

小妖精哭道："我凭什么要和一把破枪过不去啊，去你妈的枪，什么狗屁艺术，女人什么东西啊，真是一个傻×。"

妖言二十九曰

我凭什么……啊。

女人什么东西啊。

真是一个傻×。

拾伍

小哥是老三的朋友。老三在南城古玩，小哥在青岛古玩，老三主玩青铜器，小哥什么都玩，他的家就是青岛崂山的一座老式德国别墅，也算他的收藏品，满墙藤蔓，满目海景，永远牛×。屋里几乎就是一个博物馆，古今中外什么玩意都有，看去就像德国老贵族的后裔。奇怪的是，不知道什么基因，小哥长得就像日耳曼人，鹰钩鼻子，天然卷发，所以很讨小妖精们喜欢。可能喜欢的人多了，选择余地比较大，所以小哥至今还在选择，选成钻石王老五。玩古玩首先把自己玩成古玩，这才是真正的好玩。小哥有好玩的条件，有好玩的心，人就比较好玩，所以老三经常去青岛，小哥经常来北京，来去多了，很快就成为东局的外地金刚，东局也就经常拉到青岛去，在小哥的德国别墅里，吃青岛海鲜，喝德国啤酒。现在古玩是时尚，小哥又那么好玩，玩成青岛古玩界老大，所以小哥差不多也是青岛时尚界老大，经常要接受媒体采访，小哥的大名三天两头要出现在青岛媒体上。现在玩时尚媒体的，玩媒体时尚的，差不多都是年轻女记者，基本属于妖精之列，所以小哥的青岛德国别墅，差不多就是青岛小妖精中心，按老青皮的概括性说法，小哥就是青岛灵魂。所以在青岛灵魂那里喝酒，小妖精不是一个两个的问题，是一桌两桌的问题，是成群结队的问题，按老三的说法，是招架不住的问题。

我们去德国别墅青岛灵魂饭局，小哥待客的饭局规矩，每一餐，海鲜不重样，妖精不重样，一餐一拨青岛小妖精，当然有某人特别喜欢，或者小妖精特别喜欢某人，餐餐都奉陪，那也无所谓了。我们曾经见过一位日本小妖精妖叁柒，在青岛留学，性格特别温柔，几乎每次都出现，紧紧挨着小哥，一点也不避嫌，当着大家面，亲口告诉我们，她就喜欢小哥，她爱死小哥了，好像已经嫁给青岛小哥的样子。吃中国大餐，娶日本女人，住德国房子，开美国汽车，天下四大好事，小哥几乎全部拿下，他的坐骑也是一辆老式美国吉普。最后妖叁柒很伤心地回日本去了，不知道小哥为什么没有娶她，小哥的好玩，真是深不可测。有时候，小哥也会把饭局拉到青岛一些著名酒楼，比如有个青岛小妖精要举办婚礼了，北京的东局就变成小哥的亲友团，集体一个红包，集体去喝喜酒。又比如，青岛某位小哥朋友，出面接待北京小哥朋友，那必然是一个很大的局，大到酒后去卡拉 OK，场子比一个篮球场都大，一大圈的人，对面都看不清脸，点歌的小姐都要一群，东南西北奔忙，大家排队等唱歌。东道主是个跛脚，光头墨镜，手舞拐杖，指指戳戳，一看就是个老大，脸上鬼气森森，面前一堆人民币很刺眼，左右两位影视明星很面熟。还有一个角落，摆着一套最新设备，吸管皮管试管，很复杂地连接起来，像化学实验一样，唱歌的不唱歌的，谁都可以去吸上几口。毛装修走过去，看了一眼，吓了一跳，溜回来和我们说故事，有天他和老青皮一人喝了一瓶大二，跑到草场地朋友那里玩，一仓库人都在那里摇头，他们一进去，可能是主人的指使，一群小妖精立刻冲上来，几个人贴身老青皮，几个人贴身毛装修，香雾盖头盖脑，肢体滑头滑脑，毒蛇般缠住他们，往他们嘴巴里塞什么东西，等到香雾四散，他们意识到情况不妙时，一人一粒药片已经吞到肚子里了。毛装修说，后来他才知道，别人都是四分之一四分之一、一小时一小时添加的，他们一下子就一大粒，形势就很严峻了。老青皮后来情况怎么样不知道，他那颗东西在身体里和一瓶的二锅头剧烈搅拌，不过几分钟，脑袋就大起来，根本摇不起头，直接到一个屋里躺下了。他当时尚有意识，拿出手机想打电话，手机从裤袋里掏出来，在眼前晃来晃去，就是无法拨动按键，他想事情坏了，被小妖精暗算了，伸出左手去摸右手，小臂皮肤竟如塑料纸一般，摸去喀拉喀拉响。很快他觉得自己躺在一辆什么车上，轰隆轰隆朝前开去，前方好像是一座永远到不了的立交桥，巨大的壁画一幅一幅扑面而来，一幅向左边闪过，一幅向右边闪过，记忆中的画面，妖魔鬼怪，凶神恶煞，他总想去触摸一下，总是遥不可及。毛装修说，他一直还想挣扎着爬起来，可是完全动弹不得，似清醒非清醒，似昏迷非昏迷，完全醒过来时天已黎明。走到外屋，面目不清的一群还在摇啊摇，回到家里，天已大亮，奇怪的是他整整一天不想睡觉，甚至一点睡意都没有，那真是一种抓狂的遭遇。毛装修说完，大家噤如寒蝉。眼下那种场面，不要说一般人，连见多识广的北京东局成员，都会吓一跳的。小哥就宽慰大家，青岛的黑社会大家都知道，全国都出名的，公安局长不知换了多少个，都是好哥们。

小哥到北京东局饭局，就会叫上在北京的青岛小妖精，这时青岛灵魂就变成青岛驻京办事处了，各色人等小妖精，随着青岛小哥的赴京，纷纷在东局饭局亮相。不过，小哥是有文化的，所以比较喜欢一些文化小妖精，这和青岛灵魂一脉相承的。小哥最喜欢和丁书商讨论黑道文化，丁书商出过上海滩杜月笙之类的书，杜月笙一向是小哥的偶像。那天小哥酒喝高兴了，说着说着又说起杜月笙，说现在上海市面上，只有张爱玲，没有杜月笙，张爱玲是上海的情调，杜月笙是上海的腔调，只有情调，没有腔调，难怪变得嗲里嗲气，难怪大家都喜欢骂上海了，杜月笙还活着，谁敢骂上海啊。丁书商借酒兴重回上海滩，说现在上海人厉害了，有刘跨栏的速度、姚篮球的高度、韩博客的风度、周清口的广度、余文化的厚度，深度有没有都一样，有也是假大空，说起来就缺一种：当年杜月笙杜先生的大度。小哥就说，英雄所见啊，上海滩最厉害的，就是杜月笙杜先生的面子，只有杜先生的面子，可以走遍中国的天下。看来杜先生去国经年，怀念的大有人在。大约是青岛灵魂的缘故，小哥一向有江湖情结，他招呼来的小妖精，也似乎有某种魂灵附体，看起来很文化，其实很江湖，甚至有某种黑道文化气象，不但神出鬼没，而且心狠手辣。

妖拾伍就是采访过小哥的青岛小妖精，西北姑娘，身材高挑，妖艳惑众，一双眼睛乌溜溜滴溜溜，让人目不暇接，大学考到青岛，海洋大学新闻专业，供职青岛一家时尚杂志，失恋之后对青岛很失望，跑到北京变身北京小妖精。我们喝过不少次酒，大都是小哥在北京的时候，妖拾伍喝酒基本文静，时间一长大家对她都很放心，没想到就出事了。那次在北京东局专设的小哥饭局，一开始就反常，不知道受了什么刺激，婉约派突然变成豪放派，不是来者不拒那种，是她自己不惧那种，主动讨酒喝，拦都拦不住，这种一喝到底的风格，无疑是自杀性爆炸，散场时果然醉意分明，走出饭局没几步，就四仰八叉躺在马路上，不省人事了。小哥随后出来，刚刚和丁书商讨论完杜先生，脑子还在继续思考，徐徐踱步到街边，看见许多汽车亮着灯乱成一团，喇叭乱鸣，妖拾伍被无数灯光聚焦，一片冰清玉洁。小哥当即发挥灵魂作用，组织现场，指挥大家，把自残的妖拾伍拖起来，塞进出租车，然后让一个北京80男、一个青岛80女，双双护送妖拾伍回去——他们两位一起来的，看起来像一对小恋人。看来不会出什么大事了，后来的发展却大大出乎小哥预料。据说送到妖拾伍住的小区时，妖拾伍不知是不肯回家，还是无法回家，倒在地上不起来了。80女没喝什么酒，但基本没什么力气，80男很健壮的样子，但本身就喝了不少酒，所以两个人无论怎么用力，都没办法把妖拾伍拖回家去。第二天中午前后，小哥想起昨晚妖拾伍的表现，想想作为青岛灵魂应该关心一下青岛女同胞，大家这时都应该起床了吧，想起80女是最清醒一个，就先发她短信。小哥不发也罢，一发就不可收拾了，完全是一个混乱局面。那天青岛灵魂小哥的短信是这样留存的——

小哥给80女：昨晚你们没事吧？

80女给小哥：喝大了，非常严重，真的很严重，您以后一定得劝他们别这样喝，真会出事的！

小哥给80男：昨晚怎么样？

80男给小哥：门牙全掉了。

小哥给80男：什么情况？

80男给小哥：哼！气愤。我只想说一句安慰自己的话：掐妖拾伍屁股的手真他妈的爽！三颗上门帘牙残缺者。

小哥给80男：牙怎么回事，掐屁股怎么回事，具体一点！

80男给小哥：妖拾伍醉了，我和80女送她，结果，我牙没了，她钱没了。我过会儿去医院。

小哥给80男：牙到底怎么会没有！钱又是怎么一回事？

80男给小哥：是她腿踢的啊，怎么会踢这么高。

小哥给80男：讲过程！

80男给小哥：我从泥地里扶她起身，没想到她软绵绵地躺着，突然飞起一脚，好像练过螳螂腿，她那条长腿上的高跟鞋，太厉害了。她还踢了80女一脚，很重。我们还在泥地里搂着亲半天。完全中邪了。

小哥给80男：我们指谁！你和谁亲？

80男给小哥：我和妖拾伍啊。哈，以一口牙换满口亲，也值啦！

小哥给80女：80男说，昨天他和妖拾伍抱在一起，有这回事吗，你看见了吗，你怎么不管啊？

80女给小哥：他们真把我折腾死了，小哥啊，我拿80男没办法了。

小哥给妖拾伍：昨晚喝多了吧？

妖拾伍给小哥：没事，丢钱包了。您帮我去那家饭店问问，我都记不得什么饭店了。

小哥给妖拾伍：好的。你也去问问你们小区保安。

妖拾伍给小哥：小区保安问了，说不知道。这酒喝大发了。

小哥给妖拾伍：饭店说没有。前台说有东西落下，服务员都会交给前台的。一服务员说，她亲眼看见你走前，把钱包放进手提包里的。

妖拾伍给小哥：可能吧，离开时好像还清醒，怎么突然就爆发了。

80男给小哥：我现在正用吸管喝酒呢，心情差得一塌糊涂。

小哥给80男：还喝酒啊，你不要命啊？

80男给小哥：酒牙二事交织，喝点还魂酒，平静一下。我去医院了，牙要补，一颗掉了，两颗断了。妖拾伍的腿太无敌了，一腿就踢掉我好几千块，一腿把我踢成蒙面大盗，我现在出门戴面罩了。

小哥给80男：以后要当心一点，尤其不能和女孩子瞎喝酒，女孩子喝酒往往后发制人，开始不喝，看你们喝高了，她们忽然要和你们喝了。女人还有一种后发制人，就是酒后暴力，比男的厉害啊。

80男给小哥：以后该记住的是，坚决不送女酒鬼回家。

小哥给80男：呵呵，你是中大奖了，大家都朋友，送还是要送的，男人绅士风度还是要的，人活着都为了一个面子嘛。以后大家都记住，不能灌女人酒。没想到一个80女，这么能喝，这么凶残。

80男给小哥信：她就想胡搞，借酒乱性，我知道的。

小哥存档的这些短信片段，很快变成我们眼前生动的视频画面，闪过来闪过去。最具刺激效应的，一是妖拾伍长腿高跟的惊人一踢，二是妖拾伍和80男当着80女的面长时间拥吻。只是搞不清楚，拥吻在踢腿之前，还是在踢腿之后，短信在时间方面反映模糊，时间不同，性质就不一样的。我们开始分析妖拾伍的行为方式与心理背景，酒后真言、酒后真情、酒后暴力、酒后装疯、酒后卖傻、酒后伤心、酒后郁闷、酒后乱性，酒后诸如此类的种种表现，都有一定轨迹可以追寻的。大家根据此前妖拾伍的种种经历、她自己神智正常时的透露、朋友提供的蛛丝马迹，七拼八凑，结果让我们大吃一惊。

妖拾伍失恋之后，从青岛小妖精变成北京小妖精。工作是次要的，工作对她来说，怎么都不在话下的。相貌好，学历好，能力好，这样的三好女生，不但工作不愁，找老公也一点不用愁的，所以她的一个最大的愿望，就是找一个新男友，填补情感空缺，忘记过去，携手未来。这个很正常，有人工作第一，有人事业第一，有人婚姻第一，有人爱情第一，没有那一类的第一也不要紧，人各有志，身体第一，性爱第一，饭局第一，也大有人在的。粗略统计一下，妖拾伍从青岛到北京的将近一年半时间，谈了四个朋友，前三个听起来一般：一个搞商贸的北京人，一个搞IT的外省人，一个职业不详籍贯不详。不是经济不够好——就是相貌不够好；不是性格不够好，就是出身不够好；不是工作不够好，就是学历不够好——好像都没有非嫁不可的人。按时间分配来算，一个三个月，一个四个半月，一个两个半月，第四个时间不太好算，认识一年多了，刚到北京时就认识了，那时不能算谈，发展是后来的事，上床是最近的事。

看来，妖拾伍到北京后，除了在一个杂志社正常上班，一点也没闲着，不论从什么管道找的，网络的媒介的邂逅的艳遇的，加上谈之前的铺垫，谈之后的分手，谈情说爱基本就把日子填满了，没有什么空子可以钻了。第四位说起来有点吓人，一般人不大容易遇到，第四位是一个将军。我们分析：上将的上位，没有一点可能性；中将的中位，可能性也不大；那只能是少将了，少将的下位倒是可以去尝试一下。其实少将也不得了了，至少在我们生活范围，没见过哪个小妖精敢和将军谈恋爱，将军恋在人们心中很神圣的，一般人想都不敢想的，但是妖拾伍说上就上了。妖拾伍说，将军把授衔证书亲自给她看过，就是说妖拾伍亲眼看过将军证书。什么情况下看的，妖拾伍没有说；真的假的有没有公章有没有什么人亲笔签署，妖拾伍也没有说；将军是文职还是武职，妖拾伍更说不清楚。我们当然认为武将比较厉害，文职嘛，稍稍打一点折扣，不过也蛮厉害了。想想一个小妖精，来北京时间不长，居然搞出一场将军恋，真的很了不起，什么妖精，有此能耐？妖拾伍说，将军是文艺兵出身，演奏什么乐器的，演奏奏成将军，像唱歌歌成将军，演戏戏成将军，中国倒也不少，听起来应该是文职。看我们稍稍有点失望，妖拾伍又补充一句，现在他干什么事，负责什么单位，她也不是很清楚，好像不便细问。家在北京，亚运村往北，一座小别墅，是确凿无疑的，她亲自去过的，她还去了两次。不过，妖拾伍又解释，将军的别墅只有警卫和勤务，一律都是男的，没有其他人了，将军的夫人在国外，带着一个女儿。不过，妖拾伍进一步解释，将军和将军夫人，已经分居整整十年了，今年就要回来，回来办离婚手续。

引起我们兴趣的，不是将军夫人之类今年回来离婚什么的，妖拾伍说将军有七个手机。一下子把大家镇住了。平常我们见过发烧手机的，或工作确实需要的，或商业需要机密的，或男女关系需要诡秘的，或装模作样仅仅显摆的，一个人也不会超过四个手机。七个手机，七个号码，难道将军需要七条线路，和七个方面的人打交道吗？七个手机都在将军身上吗？七个手机万一同时响起来，同时就响三四个吧，也会让人手足无措的，难道现在的将军还配有一个专职的手机秘书？妖拾伍说，她只知道其中两个号码，意思这已经说明问题：将军的神秘使命，将军对她的重视。要不是妖拾伍一身淑女就坐在我们对面，一脸认真的态度，我们绝不相信什么七个手机。这年头臆想症疯长，我劝天公重抖擞，遍地英雄下夕烟，结果都是疯子，不是疯子那就是骗子了，搞短信诈骗的有七个手机倒是不足为奇。但是，妖拾伍我们还是相信的，她只要不把自己喝醉，基本上还是靠谱的，再说她也没必要瞎吹，我们也没必要一查到底，大家都是像亲人一样，在饭局聊天而已。最不容我们胡思乱想的是，以将军的身份地位，不会拿那种下三滥，去骗一个女孩子吧。妖拾伍认识将军，也是在一个偶然的饭局，她去采访一个企业家，饭局上就端坐着将军。将军有许多企业家朋友；这和社会是接轨的；将军对妖拾伍产生好感，这也和社会接轨的；留下电话，互相联系，经常问候，一切都和社会完全接轨了。

妖拾伍第一次去将军家，是认识将近一年，期间他们之间也有过饭局，都是很多人那种，都是别人请将军，将军顺便叫上她，他们只是一个饭局的两位成员而已。饭局是饭局，成员是成员，饭局是气场，成员是戏场，调侃肯定是有的，暧昧也不会没有，暗中信来信去大家都可以想象的，所以才会慢慢发展到去将军家的关键一步。那天将军给妖拾伍短信，说他刚执行任务回来，请她吃个饭。妖拾伍公交地铁小三轮，一路屁颠屁颠赶去，两小时后准时到达将军北郊的别墅，大厅里空空荡荡，餐桌上满满当当，客人就她一个。妖拾伍没说她很意外，也没说心生欢喜，当然也没说她是有思想准备的。席间将军的谈笑风生，妖拾伍也没有透露一句，连频频举杯之类，都一概省略，吃完饭就直接上二楼，坐进沙发，直面一张两万多的大床。

关于床的价格问题，妖拾伍报出两万多的价，不晓得是妖拾伍惊叹之后，将军顺便告诉她的，还是将军主动告诉她的，还是妖拾伍对床比较识货，自己一眼就看出来的，总之价格是无可厚非的。在直面大床之前，或直面大床之后，将军当然说了好多话，妖拾伍当然也听了很多话，让妖拾伍留下深刻印象的，大约只有三句话。第一句话，将军说，以后我就是你的保护伞了，你们是需要保护的。

“你的保护伞，你们需要保护”，好像人民军队对人民说的话。这个话妖拾伍也许没有过脑子，也许过了之后马上就没了，妖拾伍回答有点出人意料，妖拾伍说，我又不在你的保护区域，我凭什么需要你保护，呵呵。这个回答虽然有点不近道理，但可以理解为，你又没有保护过我；也可以理解为，我可以成为你的保护区域；当然也可以理解为，我不可能成为你的保护区域——从撒娇方面、从话中有话方面去理解，那意思就很丰富了，将军恋到底将军恋。将军就笑起来，哈哈大笑之后，说了第二句让妖拾伍印象深刻的话，将军说，请你放心，我不会做你不愿意的事情。这一句话，可以理解为先礼后兵，也可以理解为师出有名，当然也可以不要往深刻方面去想，仅仅是一种大战在即的放松，将军毕竟是将军。当时，妖拾伍怎么理解，只有她自己知道，妖拾伍在这个主题上含混不清，只是说将军把大手一指，直指那张两万多的大床。

那一晚，他们在那张两万多的大床上，宽衣解带，相对而眠，都是没有问题的，问题到临门一脚，妖拾伍死活不肯，如是反复多次。将军毕竟有修养，第三句让妖拾伍印象深刻的话，就是在这样反复多次的背景下，舒缓了几口气之后，缓缓说出来的。将军说，汉字的“三点水”，无非就是女人的口水、乳水、阴水，女人的三点水，好好利用，对身体是大有好处的，所谓女人的采阳补阴，男人的采阴补阳，就是阴阳和谐，就是男女之间的和谐，就是天地之间的和谐，如果一味堵塞，成为死水，白白消耗，不但是浪费资源，而且是摧残身体，科学就是这样的无情。妖拾伍说完将军的第三句话，背后在我们面前这样评论这一位将军，说将军嘴巴里的口气很重，荷尔蒙好像也不怎么样，还要求她主动，这种事情怎么要女人主动啊，她是一个没有结婚的女孩子，他虽然要离婚但毕竟没有离，今后也不知道会怎么样。几个方面的问题一并袭来，大床就有点死气沉沉了，妖拾伍不但不可能主动，连被动都被动不起来了，她的兴趣或者性趣一下子就没有了。

我们终于有点听懂了：将军说了一句保护伞，没有说具体怎么保护的；将军说了一句要做女方愿意的事情，没有说自己非做不可的；将军说了一句女人的三点水，没有说女人什么情况下才能产生三点水的。所以，我们就开始理解妖拾伍了，妖拾伍这样的小妖精，小哥门下才女，青岛灵魂结晶，不说江湖不江湖，绝对是一个优秀守门员，一切都很现实的，没有具体承诺，没有黑球那样的幕后交易，轻易不让临门一脚的。不过，我们以男人的心理、男人的身体，将心比心、将身比身，以我们的心比将军的心，以我们的身比将军的身，比来比去，就觉得妖拾伍有点过分了。大家都是过来人，妖拾伍谈这么多场恋爱，谈这么多人恋爱，早就经风雨见世面了，没有什么不可以坦诚相见的。我们就批评妖拾伍说，你不替将军想想，也要替男人想想，男人对着空门，抬腿劲射，是自然而然的，是习惯性动作，临门不射，是很难受的，不但不好受，而且很伤身体的，这个和将军说女人的水堵塞是一个道理，不但在身体方面，而且很伤心理的，很伤自尊的，很没面子的，百姓都这样，何况将军乎？

第二天一早，将军顾自起床，妖拾伍也跟着顾自起床，妖拾伍看着将军走到另一间较小的卧室，把一张床上的被子，呼啦一下铺开来，搞成有人睡过的凌乱样子，出来和妖拾伍说，这样就可以了。妖拾伍想，什么意思，一个晚上，一男一女，两个人在楼上，难道警卫和勤务，没有一点想法吗？将军眼光敏锐，一眼看出妖拾伍的心思，报以惯常的一笑，意思大概是即便有什么想法，部队的纪律也是很严肃的，况且别墅里除了大厨外，基本都是贴身保镖。什么叫保镖，某种意义上说，就是拉皮条，或者具备拉皮条的功能，这方面历史上的许多要害人物，都有详细记载，都有光辉榜样，在一些要害别墅，连大厨都有很厉害的厨房功夫，菜刀飞舞起来，以一当百的。既然这样子，为什么要伪造现场呢，没有一点必要嘛，完全画蛇添足。有聪明人不这样看，聪明人说，你们差矣，将军毕竟是将军，懂得战略战术，别人看法是别人，自己做法是自己，不留一点尾巴给别人，恰恰是将军的心机，尾巴藏不住，无论当武官还是当文官，都是很致命的。就像妖拾伍考验将军一样，将军也在考验妖拾伍呢，越是在关键时刻，越能暴露狐狸尾巴。妖拾伍在兵临城下，竟敢和将军搞城下之盟，实在是没有一点战争智慧。听君一席话，胜泡十个妞，我们就开始设想，如果妖拾伍抓住战机，将机就机，引蛇入洞，把将军搞成洞房花烛，两万大床，锦上添花，说不定现在早就是堂堂将军夫人了。

一次不死心，两位都不死心，就有第二次，第二次又重复第一次，一二不过三，就有第三次。第二次还是在别墅，还是在那张两万的大床上，不同的是两位在外面饭局，一起回去别墅，也许别墅有条件反射，也许大床有条件反射，第三次将军觉得应该换一个环境，搞一点陌生化效果，就在城里五星级开了房，终于成为拉锯战、攻坚战，最后演变成两个人的战争，一个三打白骨精，一个三打祝家庄。

妖拾伍说，现在将军在上海执行任务，可能是世博会吧，很快就要回来了。

什么意思？一个小妖精，难道还想和共和国将军打持久战？再有一次，一二过了三，就和那个好叔叔强暴小妖精一样了，尽管过程可能不太一样。当然，也不能排除，妖拾伍的将军故事，完全在为自己涂脂抹粉。

我们当然乐于看到这样的局面：一个小妖精，一个少将军，一个女人，一个男人，消灭心中鬼胎，最好喜结良缘，和气做爱，和谐相处，和平万岁。

妖言三十日

以后我就是你的保护伞了。

你们是需要保护的。

我又不在你的保护区域。

16

小妖精不知道自己要关多少天，在关了三晚、哭了一夜、打了两次牌、吃了八顿分给牢友两顿实际上六顿牢饭、因哭声过于响亮被狱警训斥四次、被那帮老腐败分子当成观赏动物无数次之后，第四天大年初三上午九点，狱警通知她：可以出去了。

后来小妖精知道了，他们的罪名发生变化了，罪名一变，提前出狱了。不是什么私携枪支罪，因为那支枪是老革命司令夫人的，这个罪名显然不合适，甚至十分荒唐。报纸上公布的案由是扰乱社会治安，这个帽子就很广大了，可以戴到任何人头上。不过，小妖精在博客中承认，在一个法律制度健全的国家，她是会被判刑的——好像大家都在钻法律空子。

大家都知道，小妖精的父亲，那个院长大人，虽然在办案的小警察眼里不算什么东西，实际上不论从行政级别还是从全国知名度，换句话不论从政治上还是从艺术上，都是一位响当当的人物，而且还有一位虽然已死但大名依然鼎鼎的革命烈士老丈人。老青皮的父亲大家也都知道，兵兵的司令爷爷更是如雷贯耳，风传也象征性地作了检查。还有就是，全世界的大报纸，都在关注这个大新闻，据说已经惊动最高当局。如此内部外部，国内国外，天时地利人和，不放人真有鬼了，不放人才是出妖精了。

放人需要有人签字，小妖精自然想起兵兵。一个电话，兵兵驾到，一下子签了两个单子，老青皮也顺便了。打枪的小妖精，帮枪的老青皮，出枪的兵兵，三个人一团和气地走出大铁门。

太阳很好，风景很好，大街上似乎还是过年的气氛，小妖精回头望了一下，牌子上拘留所的大名依旧吓人，老青皮则戏法似的变出香烟，一脸阴笑地吞云吐雾。兵兵对小妖精说，那天你说要请我吃午饭，我找你好半天，美术馆周围起码转了有三圈，真以为你不守信用呢。你们在里面呆了三天，我也在家里呆了三天，公安通知我们家，说结案之前，我不能出门，态度倒是不错，算是对我照顾，过年就惨了，和坐牢也差不多了。今天看在你们蹲大牢的份上，比我凄惨一点，我请你们吃个饭，算是我们一起过年吧。

迟到的过年饭局，就在胡同里一家小饭店举行。席间兵兵说，今天一定要喝酒，扫扫牢狱晦气，庆祝大家胜利。小妖精喝了一瓶啤酒，兵兵喝了两瓶半啤酒，只有老青皮，不但喝了三五个啤酒，还喝了四个小二，大有弥补过年的架势。喝得上下通气浑身解气之后，他们一起去了美术馆。

民间的大肆传说，媒体的羞涩报导，两者的互为印证，双方的取长补短，北京人民对时事的关心，不但十拿九稳，而且了如指掌了。大年三十的惊魂枪声，一男一女的被抓被放，艺术大展的被关被开，美术馆简直成为这个春节的盛大狂欢地，成为北京人在这个春节最具观赏性的节目，人们成群结队赶来凭吊，枪声好像把老百姓的胃口都吊起来了。

在门口他们碰到大胡子，大胡子狡黠一笑，对他们说，开了四枪，关了三天，两位出大名了，一战成名，很合算啊，美国之音 BBC 当天晚上就广播了，全世界都知道了，当心点哦，你们进去之后，记者们可要把你们当明星了。事实上，大胡子的话音还没有落地，小妖精和老青皮已经被嗅觉灵敏、一哄而上的记者团团围住，问题集中在一点，竟然和警方的审讯一模一样——为什么要打枪？

小妖精好像有点惊场，对着长枪短炮，就是不肯开口。说起来开枪仅仅源于个人情感的困惑，而个人情感是一个非常私密化的区域，不可能在大庭广众公开亮相的，她没法开口的。老青皮后来对小妖精这种小女人风格很不以为然，说你把一个很伟大的作品，看得太渺小啦。

面对这种场面，老青皮正中下怀，挺身而出，不晓得是不是酒精的作用，竟然一口气滔滔不绝，从“沟通”的语境，谈到艺术的、社会的、政治的、法律的，等等等等的意义，阐释开枪的必要性、合理性、先进性、传奇性，甚至谈出了时间性、空间性、全球性、宇宙性，把记者们听得一愣一愣的。老青皮不像在召开记者招待会，而是在做一场关于“沟通”的学术报告会，记者们一个个表情严峻，好像面对一件很严肃的国家大事。

老青皮的强力解释，第二天支离破碎地出现在许多报纸上，有专业媒体甚至配上老青皮的大幅光头照片，俨然一个大明星。有人分析，就是小妖精的失语，老青皮无处不在的话语权，给天下人一个错觉，给人印象那个“沟通”，就是他们两个人的作品，一起被抓就是不打自招的证明。

那天要不是开幕时那个卖虾的挤进来捣乱，老青皮的学术报告会远远不会收场，卖虾的当然也荣幸地成为第二天报纸的花边新闻。那个卖虾的一出现就大叫大嚷：那天我卖虾很激动，觉得卖虾特别刺激，你们的枪一响，什么都泡汤了，天下还有什么东西，比得过打枪刺激啊，你们一枪就把美术馆里的全部作品，统统枪毙啦。

卖虾的当然无碍大局，形势当然有利于两个人的“沟通”，“沟通”继续朝着有利于两个人的共同方向发展。从美术馆出来，已是天安门降旗时分，正是百万饭局开张时刻，小妖精却想起晚上要命的住宿问题。按理说，小妖精住牢房之前，不是没有地方住，老青皮住牢房之前，也不是没有地方住。现在他们两位决定去中央美院，表面看似乎去解决住宿问题，实际上大家都知道，去美院就是一次彻底的“沟通”，尽管十五年后小妖精在清算老青皮时，反复提起都轻描淡写。那天他们两位，不知道是谁先提出去美院的，总之他们一起去了美院。

美院小妖精有同学一大帮，老青皮有朋友一大帮，所以他们到达学生宿舍后，几乎全校师生都赶来了，整个走廊水泄不通，整幢大楼被团团围住，那场面仿佛他们不是从牢里出来，好像是一个满载盛誉的校友从海外归来。老青皮到处摇头晃脑，双手作揖，把自己搞成国宝熊猫似的，也不管身旁的小妖精，手都不晓得往哪里放了。老青皮应广大师生盛情邀请，又开始侃侃而谈，从当下“沟通”的缺席，到当下“沟通”的出席，从什么什么什么，到什么什么什么，听起来完全一种玄学味道，完全走火入魔了。后来我们叹息：撇开朋友不论，老青皮大小也是一个饭局局长，做人是靠谱的，离婚也是靠谱的，对所谓艺术的追求也不能说不靠谱，为什么活到今天，脾气越活越大，心眼越活越小，与艺术也渐行渐远，几乎金盆洗手？想来想去，只能说那个什么鬼“沟通”，完全是一个魔咒，一个害人精，又招警察，又招戒严，又招监狱，最后把一个我们眼中未来的艺术大师折磨得神神道道，逆风飞扬了。

倒是小妖精，大概被牢房搞怕了，哭得洗心革面了，对“沟通”没什么感觉了，所以在老青皮大谈特谈“沟通”时，觉得那个“沟通”好陌生，已经不像是自己的作品了，恨不得找个洞钻到地下去。小妖精就是在这个浑身难受的时刻，看见一个老同学妖叁捌，心里一动，就说要借两间宿舍。

妖叁捌说：“干吗要两间啊，地球人都知道你们是一对了。”

小妖精说：“呵呵，没有的事啊。”

妖叁捌说：“你还跟我装什么蒜啊，这里可是在美术学院。”

妖叁捌不容分说，只给了小妖精一把钥匙。关于这一段，我们都知道，美术学院固然前卫，美术学院固然瞎搞，但不想一起住，完全可以再找人借，这不是什么技术性难题，成不了他们非“沟通”不可的障碍。后来大家都知道了，小妖精和老青皮的彻底“沟通”，就是他们的上床，就是他们的做爱，不过中国的媒体好像对一切男女之事，男女爱做的事，都有羞于启齿的美德，所以尽管在十五年之后，他们也说得很隐晦。

一家说：“那一天，他们在一起了。”

一家说：“那一天，他们过夜了。”

一家说：“那一天，他们好了。”

妖言三十一曰

干吗要两间啊，

地球人都知道你们是一对了。

你还跟我装什么蒜啊，

这里可是在美术学院。

拾陆

传说中的《妖精图》，后来出现在妖拾陆的遗物中，让大家觉得不可思议。妖拾陆生前话不多，简直沉默的羔羊，生前和同学们说的最多一句话，就是关于小妖精。妖拾陆不止一次说，我可不是什么小妖精，我不喜欢小妖精，男生也没有人把我看做小妖精的。妖拾陆说，我就是一个平常80后，谁也不要往我身上贴什么标签。妖拾陆其实是1988年出生，差不多90前，从青海考上北京的大学，父亲是当年北京一位著名的红卫兵领袖，后来以替罪羊的名义在青海塘格木服刑，刑满后就在劳改农场安家，娶妻生女，就有了妖拾陆，说起来是好多年前的事情了。现在的年轻人，喜欢拿年代说事，不晓得是自己炫耀呢，还是别人强加他们，抑或中国特色的历史遗留——70后、80后、90后，00后都呼之欲出，然后又据此往前推，60后、50后，40后终于没有人说起，大概都年逾古稀，都旧社会的人了，不值一提了。其实，旧社会、新社会，都是社会，蒋介石、毛泽东，都是领袖，就像初唐的诗、晚唐的诗，都是诗，不会因为城头变幻大王旗，就对诗歌有另外的评价。妖拾陆的父亲就是40后，因为劳改，人生滞后，差不多五十岁才生了妖拾陆，在别人眼里是老年得子，在自己心里是劫后余生。

考证起来，富有中国特色的50后、60后、70后、80后、90后能够流行，大行其道，既有历史原因，也有文化原因，极有可能与一位女作家和一位男诗人有关。这两位基本不食人间烟火的神仙文人，在中国家喻户晓，所以就有家喻户晓的语录。可以这么说，这两句非凡的语录，超过中国古代任何圣贤的经典；也可以这么说，这是两句影响中国文化的语录，是对中国文化产生巨大影响的语录。不是说文人故意要影响，是我们大家都被影响了——影子的响动，响动的影子，影子与影子，之间似乎有一块充满诱惑的魔土，有一种不可抗拒的魔力。事实上，这两句不是妖言胜是妖言的语录，让我们国人始终陶醉其中。

女作家的一句：出名要趁早。

男诗人的一句：一万年太久，只争朝夕。

性别不同，指向不同，意思九九归一。就不往前考证了，“大跃进”一天等于二十年、“文化大革命”红彤彤新世界、时间就是生命时间就是金钱、大干快上大拆大建之类，当下这两句语录依旧让中国人为之疯狂。出名要趁早，意味着很多的趁早：成人要趁早，成熟要趁早，成功要趁早，当官要趁早，赚钱要趁早，拼命要趁早，哪怕买一个蜗居都要趁早，除了生儿育女不允许趁早，一生都要趁早，趁早算日子，趁早倒计时，把国人都搞成热锅上的蚂蚁。

算日子，倒计时，可以催人只争朝夕，也可以让人看见人生苦短，坟墓就在不远处的前方，所以倒计时不能不说是一个好东西。什么东西都可以倒一下，奥运会世博会亚运会，全运会城运会农运会，似乎都需要倒一下的，所以媒体上永远都在倒一下，不知道世界上还有哪个国家这么喜欢倒计时，好像北京时间和地球时间不同步似的，好像北京时间逆时针在走，好像世界末日马上就要到来，搞得时空错乱，精神不错乱也错乱。设想一下，家家户户都来倒计时，从生命的终点开始算，大家都变成神经病。奥运会倒计时什么时候开始，现在恐怕没人说得清了，有人说从2001年7月13日申奥成功就开始了。世博会倒计时什么时候开始，也没人说得清了，网上说倒计时五周年有一系列的庆祝活动，想来时间也蛮长的了。这就需要查一查“倒计时”，这个让人疑窦丛生的东西，辞海没有这个词，属于创新，以我这个拿过文凭的汉字书法专家理解，解释起来，乃千钧一发之时刻——最多从10秒倒数，像火箭发射那样，像世界各国迎接新年仪式，新年正一秒一秒走来，人们屏息以待、听得见自己心跳的时刻。至于学生高考备战倒计时，运动员参赛备战倒计时，凭空制造紧张，无端增加压力，都有悖简单心理学常识。倒计时，倒计的是关键时刻，并非倒计垃圾时间，并非倒计日、倒计月、倒计年，不要倒计出笑话来——不该遗忘的一概遗忘，没有发生的提前发生，既让历史成为虚幻，又让未来成为梦境。还有好多年，数不清的天数，遥不可及的日子，就利用国家的公器，浪费电视资源，秒杀观众生命，对全国人民高喊什么倒计时，有什么科学根据呢，有什么实际意义呢，说形式主义都是牛头马嘴，又不是谣言，重复千遍就成真理。天天《新闻联播》一开始就来倒一下，从中央到地方都来倒一下，像半夜鸡叫自鸣得意，像小和尚念经有口无心，像小孩子喊狼来了狼来了大家都不信。从小大家都学过寓言故事，自己又在不断制造后现代寓言，中国人的浮躁哪里来，中国人的虚无哪里来，如果没有其他更令人信服的解释，只能把这个账算到倒计时文化上去了。

妖拾陆死于清明节，所以妖拾陆一生的倒计时，应该从清明节开始，这一天妖拾陆抵达了生命的终点，迎来了某种意义上生命最灿烂的一天。但妖拾陆从哪一天开始倒计时，看见死亡已经在向她招手，向死亡大步流星走去的呢，这就没人说得清楚了。妖拾陆的母亲说，清明节的晚饭后，她还和女儿在网上视频聊天，没有什么不正常的迹象，唯一不同的是，她们过去大都通电话的，妖拾陆也极少上网聊天，那天妖拾陆破天荒提出要视频，其实也没聊多长时间，妖拾陆就说要去洗衣服了。妖拾陆的一位室友说，妖拾陆洗完衣服回到寝室，她已经睡觉了，因为睡在门口，就对妖拾陆说，请把门关一关。妖拾陆说，她还要出去，语气很平常，没有什么异样。室友看见妖拾陆穿好外套，在电脑前默默坐了一会儿，然后走出了寝室。妖拾陆的另一位室友说，妖拾陆好像打听过，学校的主教学楼，晚上什么时候关门。妖拾陆的室友一致说，出事的前几天，妖拾陆一直在洗衣服，几乎天天在洗，好像把衣柜里衣服都洗了一遍，春夏秋冬的衣服，一件一件全都洗干净了。还有和洗衣服一模一样的情况，手机也被妖拾陆清洗了，没留下任何片言只语，计算机里所有的蛛丝马迹，都被妖拾陆清洗得荡然无存，连硬盘都是一片空白，让人惊叹一个计算机高手的遁空而去。洗衣服，洗手机，洗电脑，一番自我的彻底清洗之后，妖拾陆似乎一身清白，干干净净地离开人世，却让家人、同学、老师和校方陷入一片茫然。妖拾陆的母亲父亲，在校方陪同下，一起去电信局，查询妖拾陆最近三个月的通话记录，发现妖拾陆的社交圈就两三个同学，就母亲和父亲，没有其他任何人了。校方的调查显示，妖拾陆没有一个男友，完全可以排除感情问题。

我们在东局第一次见到妖拾陆，是在奥运会闭幕式的第二天。奥运比非典更要命，莫须有的管制与戒严，北京的饭局因此大受限制，闭幕后大家都如释重负，可以开怀举杯，庆祝解放了。妖拾陆是妖叁玖带来的，她们算是同学里的闺蜜，妖叁玖从我们老家考到北京，学校不错，专业不错，却要跑去新西兰留学。留学无需理由，家里有钱就行，喜欢折腾就行，父亲赶到北京来送她，就有这么一个老乡饭局。妖叁玖在老家的高中就小有名气，现在是豆瓣网著名的“父母皆祸害”小组成员，这个80后和50后的父母“宣战”很多年了，“战斗”手段五花八门——不听话、不入党、不读报、不看新闻联播、不看春晚、考一座远离家乡的大学……现在已经考到北京了，离家乡好几千公里了，感觉父母还在遥控，干脆跑到国外去。“祸害”这个名字很惊悚，从前好像只用来形容万恶的旧社会、美帝国主义、四人帮、麻雀之类，这个豆瓣讨论小组，成员数万，居然用到父母头上，而且旗帜鲜明：我们不是不尽孝道，我们只想生活得更好。网页上指导性很强——如何高效地 anti－parents（反父母）？让我们不要重复他们失败的人生；你是否在重复父母的错误……

面对这样的宝贝女儿，妖叁玖父亲只能不远万里，摆一个送行饭局，顺便找几个在北京的老乡，对即将远走高飞的女儿，旁敲侧击，开导开导，其实无可奈何花落去了。妖叁玖看着一大圈老家的叔叔阿姨，显然有所警惕，东拉西扯说，她费了好大的劲，才把妖拾陆拖来，说这个青海人，大概受老爸影响，不喜欢饭局，不愿意见生人，标准的古典仕女，就像绝尘的西域圣女，今天就是要把她拖出来，见见世面，晒晒太阳。其实我们都清楚，不过是拉来做个伴，80后就喜欢同学饭局、同龄饭局，饭后那一套程序，唱歌、宵夜，也和社会流行的一样，但他们就是讨厌和父母一类的大人吃饭。妖叁玖伶牙俐齿地介绍同学，我们笑眯眯地看妖拾陆，果然一个乖乖女生，安静坐着，不苟言笑，默默听饭局上大家的天花乱坠，好像和妖叁玖两个极端。那天饭局话题，自然是绕来绕去，自然是从奥运开始，接着集中在大脚印，天安门上空那种古怪的烟花。妖叁玖性格好，快人快语，根本不在乎一桌的老前辈，显出80后的不甘寂寞，妖叁玖抢先说，好看啊，历史的脚印，在共和国的天空出现。看来这小妖精对父亲的企图心知肚明，不愧是“父母皆祸害”的成员，故意高调出击，听去就是反话。马上有老前辈笑了——老青皮身为局长，最擅长正话反说，老青皮笑起来说，你们80后只会鹦鹉学舌啊，官方说什么，就听什么啊，媒体上的一套，一点新意都没有，什么历史的脚印，历史有什么脚印吗，我们看得见什么历史的脚印吗，一片虚无，粉饰太平，那只能是神仙的脚印，呵呵。看见妖叁玖窃笑，而且楚楚动人，老青皮精神大振，得寸进尺说，什么神仙的脚印，那鬼样子，耀武扬威，狰狞恐怖，明明是魔鬼的脚印，从天安门践踏过去，从我们头顶碾压过去，大家都惨遭蹂躏了，明明是暴力，却一片叫好声，愚昧啊愚昧。看大家听得出神，老青皮意犹未尽，又喝了一个小二说，开幕一次南北向还嫌不够狠，闭幕再来一次东西向，东西南北中，天安门片甲不留，北京城气数殆尽，天下不会我一个小人之心吧，我只能说烟火设计者，那个姓蔡的家伙，在糊弄那些智商低下的政府官员呢，姓蔡的聪明啊，太厉害了。老青皮的这番高论，自然有人不服，大家海阔天空，老青皮笑笑说，大家都不要多嘴，你们臭男人，嘴巴都太脏，咱们今天听听小朋友的意见吧，她们最干净，她们最纯真，她们说了算，就算一个选择题吧，三选一：一、历史的脚印；二、神仙的脚印；三、魔鬼的脚印。说完偏偏不理妖叁玖，故意点名妖拾陆：你选什么，就什么了，大家都听你的了。我们大家都没想到的是，那天一句话没说的妖拾陆，后来说了一句声音很轻的话，让老青皮心花怒放，让我们刮目相看，从此对妖拾陆记忆犹新。当时妖拾陆好像很害羞，几乎自言自语说，我选三，看上去就是魔鬼的脚印。

不晓得是不是魔鬼的脚印让妖拾陆鬼迷心窍，妖拾陆那次的昙花一现，让我们唏嘘不已。一年后，妖叁玖回国度假，妖拾陆已去了天国。妖叁玖说，妖拾陆死得没有一点理由啊。功课是有几门挂了，可挂科的大有人在，不都活得好好的吗？妖叁玖出国之后，妖拾陆确实没有更知心的同学了，宿舍里每天进进出出，聊天或谈心的机会，好像也不多，一个辅导员是研究生兼的，管三百个学生，有没有都一样，也没人发现妖拾陆有抑郁症之类，学校真有抑郁症的也不少，也没人会去自杀啊。妖拾陆的母亲目光呆滞说，我们对孩子的了解太少了，我们进不了孩子的内心，交流起来的话题，和陌路相逢的路人甲、路人乙一个样。妖拾陆的父亲，那个当年叱咤风云的红卫兵领袖，后来的青海劳改犯，一脸沧桑，神色黯然说，也许青海的环境对她潜移默化了，我们上一辈的欠她太多了。所以，谁也搞不清楚，妖拾陆为什么在清明节的晚上，走出寝室，走上教学楼的九层，爬上一米多的窗台，纵身一跳，像跳大神，像神仙跳，跳出了三界之外，彻底在人间消失了。

不知道是不是有一种跳楼向往症，是不是跳楼有一种腾空飞越的迷人感觉，这年头神州大地天天有自由落体的神话传说。北京有一座大学，一年里有七八个学生从楼上往下跳。广东有一家外企，半年不到有十几个80

后从楼上往下跳，密集时候一天一个，保安拦都拦不住，老板歉也道了，泪也流了，头也低了，薪也加了，甚至风水大师也请了，一点用都没有，挡不住鲤鱼都往龙门跳，老板最后采取守株待兔的老办法，不惜工本在所有大楼都装上防护网，严防死守漏网之鱼，终于为守株待兔谱写了新篇章。那时候，我们老家的徐日报好像也很眼红，企图制造一种跳楼传说，最后一次见到他时，他很诚恳地对我们说，不想活了，死了算了，死了拉倒，说完呆呆望着窗外突然漫卷的黄沙，那神往的样子，好像随时准备往下跳。徐日报和张晚报，都是老家报人，他们的不同之处，在于张晚报坚守老家，因地制宜，终于家产万贯，成为一方绅士，而徐日报闯荡天下，水土不服，终于一贫如洗，成为一个光棍。开始的时候，徐日报眼红丁书商，辞职下海，跑到北京，成为一个娱记，狗仔多年，著书立说，终以文豪自居，娶了老乡妖肆拾。该老乡非同小可，是那时候一位党和国家领导人身边的工作人员，据说还坐过专机，开始我们如雷贯耳，一致讨好徐日报，奇人奇相，大富大贵。后来我们一起饭局了几回，美言来美言去，歌功颂德半天，妖肆拾马脚渐渐露出来——其实也不能说马脚，妖肆拾也没有刻意掩饰，可能徐日报有点神经质，一时激动过分，对我们朋友的口误，妖肆拾大概在领导人家当过小保姆，说工作人员也没错，就像在中南海掏大粪的也是工作人员一样。那妖肆拾看上去也不错，白白净净，有模有样，不要说领导人家，一般百姓人家，都喜欢小保姆长得乖巧点，相貌不够顺眼的，看去总觉得哪里不对劲。而且，大家都知道，在我们大多数人对北京房地产还没有启蒙、还木知木觉的时候，徐日报结婚不到两年，不晓得是不是妖肆拾有内部消息，房子买了两套，尽管是小户型，汽车买了一辆，尽管不算大牌子，成为我们一圈人里最早有房有车一族，反过来把丁书商搞得很眼红，自叹不如：来北京虽然早，不如老婆讨得好。妖肆拾结婚后，不知道是不是领导人的安排，反正小保姆出山了，出来工作了，听起来不错的一个公司。徐日报和张晚报还有一个不同之处：张晚报喜欢张罗饭局；徐日报虽然也喜欢饭局，但不喜欢张罗过，请他，自然来，不请，永远见不到他。我们记忆中，好像他没有主动张罗过一回，当然这不能断定他小气，但渐渐地就有点疏远，丁书商就会说，这家伙，娶了老婆，忘了朋友，典型重色轻友。其实，有点冤枉徐日报了，买房买车不久，妖肆拾就跟一个上海人跑了，多年以后再见到徐日报的时候，徐日报已经变成男版祥林嫂，絮絮叨叨说，她要买房就买房，她要买车就买车，他那些年半夜狗仔、半夜写稿的积蓄，都贡献给一个小保姆了，没想到小保姆是个闷骚型，最后骚到上海人怀里，一去不复返了。情况大致清楚了，分手结果，两套房子，一人一套，徐日报卖掉房子，从此骑车周游四方，孤身穿越塔克拉玛干沙漠，从北京沿大运河到杭州，从友谊关沿胡志明小道到西贡……徐日报说，钱花完就拉倒，每到一个目的地，就给朋友发一条短信，简单几个字，本人已于某月某日、几点几分、抵达某某地，不晓得什么意思。没必要报平安，报平安也不是这么一种报法，看去倒像是告别，好像随时准备离开人世，或者已经离开人世似的，好像每一天都是世界末日。一位精神病医生朋友说，这可不是热爱旅游、喜欢体育、崇尚大自然，恰恰相反，这种现象属于厌倦世界，逃避人生，是抑郁症的典型表现。一个闷骚型小保姆终于打垮了一个神经质大文豪。我们都劝过徐日报，妖肆拾走了就走了，你真以为皇亲国戚啊，不过一个小保姆，有什么想不开啊？徐日报说，不是说想不开，没有什么想不开的，可我就是喜欢她，喜欢她居高临下的样子，喜欢她的眼色，喜欢她的冷笑，天天都会看见她，我们也没有吵过架啊，怎么一句话没有就不见了呢？徐日报面孔绯红，目光游离，神经兮兮讲半天，不晓得要表达什么。我们就开玩笑，她做爱都喜欢居高临下吧，你没有她就不行了吧，你就是一个贱骨头吧。玩笑归玩笑，现在我们已经彻底见不到徐日报了，也许跳楼了，也许跳河了，也许还活着，我们相信，扬言要死的家伙，一般不会去死的，不过没有一点音讯的活，活得一点音讯都没有，在旁人眼里同死也差不多了，世界上没人知道你活着，你在世界上还算活着吗？妖肆拾当然也见不到了，我们想到徐日报，就会想到妖肆拾，想到妖肆拾，就会想到妖叁，两位都算是皇亲国戚，至少沾亲带故，都算见过世面的人，不过那个正宗的老革命后代，在做人方面，在追求幸福方面，如果有小保姆的本事，有闷骚型的敢作敢为，现在可能就是另一个人生了，不知道她现在活得怎么样了。

应该跳楼的都没跳，不该跳楼的都跳了，那天在清理妖拾陆的遗物时，妖拾陆母亲发现有一叠 A4 纸打印的资料，封面上写着“妖精图”，一共十二页，装订精致，插图精美，都是妖拾陆亲手绘制的动漫，十二个小妖精，一个一页，栩栩如生。妖拾陆从小就喜欢画画，风格很时尚很日本，母亲翻着这个充满女儿童年记忆的东西，画面仿佛荡漾着大西北的妖魔岁月，人物很妖艳，文字很简单，就是读不懂是什么意思。最后，母亲叹了一口气，似乎对妖拾陆父亲，又似乎对自己，喃喃说，我们家妖拾陆，要真是小妖精，那就好了，那就不会死了。妖拾陆的《妖精图》，其实就是传说中的“12星座男喜欢的小妖精”。明明不喜欢小妖精的妖拾陆，为什么要装订成册，为什么要亲手配图，而且搞得神秘兮兮，让活着的人莫衷一是？文字倒是好懂，隐隐约约透露些许妖拾陆的生前信息：

……女生真是不争气，不大气，一方面，充满妒意，把那些特别会讨男生欢心的女生，叫什么小妖精；另一方面，却恨不得自己的每一根发梢，都能透出勾魂摄魄的妖气，将男生们迷得灵魂出窍，像哈叭狗一样匍匐在自己的石榴裙下。现在的年轻人，都把天上的星座，作为自己的坐标，好像都是天上人，都是天上神仙，完全处于梦游状态。顺我者昌逆我者亟，男生们情有独钟的小妖精，稀奇古怪，乱七八糟，都是乱点鸳鸯谱，好像大学就是一个妖精王国。本同志悉数画出，也没有一种对得上号，让人莫名其妙，大概只能算十二妖精之外的第十三种女生—— 一种没人喜欢的女生了。

……白羊座喜欢的娇柔可爱型，金牛座喜欢的美丽委婉型，双子座喜欢的精灵古怪型，巨蟹座喜欢的温馨可爱型，狮子座喜欢的小鸟依人型，处女座喜欢的执灯红袖型，天秤座喜欢的知书达理型，天蝎座喜欢的妩媚风骚型，射手座喜欢的清新脱俗型，摩羯座喜欢的娴静贤淑型，水瓶座喜欢的洒脱奔放型，双鱼座喜欢的诗情画意型。(本书图略)

妖言三十二曰

顺我者昌逆我者亟。

如何高效地 anti - parents，

让我们不要重复他们失败的人生。

你是否在重复父母的错误？

17

从东四“孔乙己”往北一里地，就是忙蜂酒吧。这是我们当年东局饭局之后的第二站，冠名第二站，是因为常去。偶尔去的，后海三里屯南锣鼓巷之类，谈不上站点。可惜忙蜂现在已荡然无存，已经被查封了。忙蜂是在鼎盛时期被查封的，理由很古怪，什么背离主流、导向不正之类，我们都听不懂，可能骂天骂地的摇滚有人不喜欢。酒吧主人高摇滚，从此趋于破产，不得不变身高装置，靠一些匪夷所思的手工业作品，到处拍卖，勉强度日，一位北漂的艺术之路，越走越乱。东局第二个第二站，工体北门的哈瓦那，几百人一起露天喝啤酒的盛大场面，各种肤色的肚皮舞跳得风生水起，至今历历在目。哈瓦那的被封，也是在鼎盛时期——看来一到鼎盛就有事——理由依旧古怪，是主题暧昧，作风超前。东局第三个第二站，就是工体北门对面胡同的甲55，张大肌就是当年的老板，张大肌就是在那里泡上女魔头妖贰叁，从此变身一对小冤家，至今没有和谐的迹象，这个倒不是别人查封，是自己亏本了。东局最后一个第二站，就是台湾人阿吾开的阿苏卡，那里的台湾牛肉面，那里的北京冰小二，都属于经典的温柔一刀，常常把我们男男女女宰得神魂颠倒，不倒不散，后来南三里屯拆迁，据说搬到南锣鼓巷去了，从南到南，说起来都朝南，中国人迷信的吉利，也逃不掉北京城大拆大建的厄运。鉴于东局第二站的屡屡失利，现在东局基本上就把第二站给废了。饭局之后，若有余兴，或者需要，直接就去歌厅了，正统的那种，钱柜或同一首歌之类，前者充满铜臭，后者充满屁臭。偶尔也去夜店，那是特殊需要，比如杨古玩从杭州来了。其实是经济危机来了，大家都把钱袋子捂得更紧了，胡乱买单的现象愈来愈弥足珍贵了。

东局的不景气，已经开始显露，次数愈来愈少，人数愈来愈少，看来前人的唯有饮者留其名，后人是很难学的，境界根本达不到。一来当下已没有圣贤，即便有个把，也不甘寂寞，早已声名聒噪；二来酒鬼和饮者，也完全不在一个档次，酒鬼是酒鬼，饮者是饮者，饮者就像酒鬼里的奥运冠军。眼看东局即将关张，饭局后人推前人，一位1986年出生的妖肆壹，从西局杀到东局，在虎年几近颓败的东局虎虎生威。中国的农历都讲生肖，我们理解动物图腾和妖精图腾，没什么区别，生肖很妖精，尤其本命年，大家都犯忌，所以雌老虎妖肆壹趁虎年收拾我们，把几个老男人杀得人仰马翻，也不足为怪。妖肆壹其实是丁书商从西局挖过来的，那次丁书商客串西局，发现妖肆壹一个80后，一个娇小玲珑出版人，居然将局长张弛老及其局下四大金刚，一个个搞得东倒西歪，妖肆壹则若无其事，笑眯眯地消失在出租车的尾灯里。丁书商想，这小妖精好生了得，如果请她去东局一游，和东局老青皮及其局下四大金刚，大战三百回合，将会是一个什么局面呢？以前东局和西局，在酒上互相不服，曾经火并过几次，结果互有胜负。所谓胜负，就是人醉我不醉，我醉人不醉，没有具体的衡量标准，一种酒鬼的心理优势而已。妖肆壹第一次出现在东局，老青皮如沐春风，决定亲自出马，和妖肆壹单吊，一人一个小二，喝完第六个，两位看来都没事，我们知道这是老青皮的底线了。老青皮就望着妖肆壹，意思是怎么样，好男不与女斗了。妖肆壹并无言语，笑嘻嘻又开了一个，又开了一个，喝到第八个，依然没有休战的意思，其他人见状，面面相觑，欲言又止。胜负昭然若揭，和西局一个样，西歪东倒，妖肆壹可谓不战自胜。老青皮作为一个资深酒鬼，可谓半个酒仙，身经百战，百炼成钢，眼看就要到达饮者境界，结果却完败一位小女子，称臣于一位80后，这是东局历史上从未有过的新气象。妖肆壹也真是妖精，平常不喝酒时候，一双猫眼几乎毫无光芒可言，怎么看都一片朦胧，喝完第八个小二，猫眼居然光芒四射，怎么看都一片明亮。更可怕的是，你们不敬她，自己照样喝，酒后话不多，一直笑眯眯，端庄得一塌糊涂。这样的小妖精，如果按东局老规矩，酒后去和她谈什么人生，谈什么爱情，估计就该自己抽自己的嘴巴了。妖肆壹是八旗后人，一个家族的女性，据说统统是格格。格格后裔的妖精再世，让我们大家都很惭愧，终于想起一句妖言：革命尚未成功，同志仍需努力。

看来东局还得苟延残喘一段时日，我们也将继续尸位素餐一段日子了。

七九八业已显出经济危机的不景气，画价飞涨的时代，好像一去不复返，画家身价暴跌，画廊纷纷倒闭，一片关门景象，出租出租出租，出售出售出售，转让转让转让，七九八的沃尔玛时代已经消失，又重现从前那座军工厂的颓败模样了。小妖精的“江湖牙”，大概没请过风水师，出笼就有点超前，所以，那种武装到牙齿、解放全人类的壮丽景观，至今也没有出现，“江湖牙”的关门大吉，倒有人亲眼所见。最近的消息，说小妖精去了北京西山的大觉寺，不知道什么意思，听起来好像是出家，也有说同一个和尚成家。成家说法很妖怪，听起来就不靠谱。我们分析，与和尚成家太搞笑，出家的可能性倒不是没有，搞艺术的有时候疯狂过头，就是四大皆空，天下这样的例子太多，古代的白居易，民国的弘一法师，都是榜样，小妖精“江湖牙”的开张，本身就暴露神经病苗头。那一天，我们很恶俗地去香山看红叶，不知谁触景生情，一番感叹后，提起小妖精，并且一口咬定，大觉寺的斋饭很有名，去那里搞一个饭局，别有一种风味，顺便打探一下小妖精。大家一致叫好，就悄悄地进去，开枪的不要，准备出其不意，打她个措手不及。大觉寺古木参天，殿宇森严，游人稀少，空旷旷，寂寥寥，竟让人产生汗毛凛凛的感觉。我们转过来转过去，钻进去钻出来，没看见什么女僧人，倒是遇到一位花和尚，不晓得是不是主持。花和尚身着花毛衣，这种样子的时尚，让我们刮目相看，除了光头像和尚，佛珠像和尚，什么都不和尚，也许和尚在休闲，也许和尚也与时俱进。聊天后我们知道，花和尚其实一位佛学博士，很牛×的一个家伙，面色红润，谈吐不凡。花和尚说，现在开宝马的和尚尼姑，多如牛毛，妙哉妙哉。我们觉得花和尚心情不错，看来氛围已到，便打听小妖精。花和尚说，大觉寺僧尼同庙，确有不少尼姑，她们忙得很哪，坐禅念经木鱼，点香读书丹青，韬光养晦，六根清净，一般不出来接待客人，至于你们说的小妖精，可能性也不是没有，只是这里非寻人之地，不要打扰她为好，尘归尘，佛归佛，不能惊动，善哉善哉。花和尚的神神道道，让我们一致感觉，小妖精就在某个紧闭的花门里，某个花窗的阴影里，窃笑着看我们庸人自扰；又让我们一致感觉，小妖精与花和尚，倒是天生的一对，与宗教人士共生佛天净土，也不算太离谱。所以我们仍不想离去，我们毕竟是老青皮的朋友，也算小妖精的朋友，他们一日夫妻百日恩，我们好歹也朋友一场，眼看老青皮自甘沉沦，玩世不恭，小妖精爱情败北，艺术失守，朋友也是很没有面子的。花和尚见我们没有想走的意思，双手作揖说，只要我能帮你们做的事，我一定代劳，可是有五件事我帮不上忙，必须得靠你们自己的。我们围着花和尚，瞪大眼睛，听他娓娓道来。花和尚说：第一，吃饭，因为我吃饭你不能饱。第二，穿衣，因为我穿衣你不能暖和。第三，屙屎。第四，屙尿。第五，走路。

佛界之地，不可久留，告别大觉寺，告别花和尚，也算告别小妖精，我们驱车回城，风驰电掣。天上云彩群魔乱舞，仿佛妖精显灵；地上树木张牙舞爪，仿佛妖怪丛生；不远处一大片水域，云树交叠，波光摇曳。一路飚车，有一个卡拉 OK 麦霸，目空一切唱起歌来：千村薜荔人遗矢，万户萧疏鬼唱歌，看红妆素裹，分外妖娆，数风流人物，还看今朝……

北京城到了。

2010 年 7 月于北京后现代城

图书在版编目（CIP）数据

小妖精时代/丁小二著. -北京:作家出版社，2011. 1
ISBN 978-7-5063-5719-7

Ⅰ.①小… Ⅱ.①丁… Ⅲ.①长篇小说-中国-当代
Ⅳ.①I247.5

中国版本图书馆 **CIP** 数据核字（2010）第 249577 号

小妖精时代

作　　者：丁小二
责任编辑：懿　翎
装帧设计：牡丹平面
出版发行：作家出版社
社　　址：北京农展馆南里 10 号　**邮码：**100125
电话传真：86-10-65930756（出版发行部）
86-10-65004079（总编室）
86-10-65015116（邮购部）
E-mail：zuojia@zuojia.net.cn
http://www.zuojia.net.cn
印刷：紫恒印装有限公司
成品尺寸：152×230
字数：159 千
印张：13.5
版次：2011 年 1 月第 1 版
印次：2011 年 1 月第 1 次印刷
ISBN 978-7-5063-5719-7
定价：28.00 元

作家版图书，版权所有，侵权必究。
作家版图书，印装错误可随时退换。